# 한국인 1권

# 한국인 1권

## 금의환향

이원호 지음

한결미디어

# 저자의 말

"한국인"은 기업소설입니다.

1970년대 후반을 무대로 한 지방대 출신 사원의 성장기(成長記)가 되겠습니다.

1970년대는 대한민국이 한 덩어리가 되어서 세계로 뻗쳐나가는 시기였습니다. 1964년에 1억 불 수출 실적을 올린 대한민국은 1971년에 10억 불, 1977년에는 100억 불을 달성합니다. 6년 동안 10배의 실적을 올린 것입니다. 그 중심에 주인공 이태진을 넣었습니다.

2023년 8,205억 불로 세계 9위의 수출국이 되었지만 1970년대는 그야말로 몸으로 때우는 시기였습니다. 가장 활발한 시기, 목숨을 걸고 내달리는 시기였지요. 그래요, 물불 안 가리고.

1977년 이후 1996년에 1,000억 불이 되기까지 20년 가까운 기간이 걸립니다. 그것은 1970년대 후반부터 한국의 산업기반이 치열하게 갖춰지는 준비 기간이었습니다. 그러다 2004년에 2,000억 불, 2006년에 3,000억 불로 궤도에 오른 것입니다.

1977년, 주인공 이태진이 날뛰는 그림자에 저자(著者)가 묻혀 갑니다. 저자(著者)의 경험 없이는 “한국인”이 만들어지지 않았을 것입니다. “한국인”의 대부분이 논픽션을 가미한 것이라고 믿어도 되실 것입니다.

지금도 저는 옛 전우(戰友)들과 자주 만납니다. 그들은 저를 지금도 사장님이라고 부릅니다. 저는 그것이 자랑스럽습니다. 그래서 작가(作家)가 부업 같습니다.

다시 같은 인사말을 올립니다. 읽고 에너지를 충전하시기 바랍니다. 과거가 없는 인간은 없습니다. 이것이 여러분, 한국인의 정체입니다.

2024년 7월

이원호 드림

# 차례

저자의 말 | 4

1장 잡초의 반란 | 9

2장 코리안과 예멘인 | 64

3장 금의환향 | 116

4장 신분 상승 | 168

5장 꿈의 상승 | 220

6장 분가(分家) | 275

# 1장 잡초의 반란

“이 대리, 나 좀 보자.”

최재일 부장의 목소리.

오후 2시 반.

사무실은 오후 일과가 시작되어서 분주하다.

몸을 돌린 이태진이 뒤쪽 최재일의 책상 앞에 다가가 섰다.

최재일. 38세. 우유부단. 경력 11년. 작년에 부장 진급. 사장 안석호의 심복.

그때 최재일이 목소리를 낮추고 물었다.

“이번 조직개편 알고 있지?”

“뭘 말입니까?”

알긴 뭘 알아?

그동안 소문만 무성했을 뿐이다.

회사는 연초에 유럽, 미국 등에 치우친 수출 선을 ‘세계적’으로 다변화시키겠다고 선언했다. 일단 선언부터 해버린 것인데, 그 시기가 다가왔기 때문에 분위기가 술렁거리고 있다.

무역부는 1개 부(部)에 3개 과(課), 총원 32명이다.

대영산업은 작년에 450만 불을 수출한 의류 제조, 수출업체다. 그러나 내수 시장에는 ‘대영’ 브랜드 의류로 점유율 45퍼센트를 차지하고 있다. 내수 기반은 든든하지만, 수출은 시작 단계.

그때 최재일이 물었다.

"이 대리, 지금 뭘 맡고 있지?"

"트라이톤(Triton)이죠."

바이어 이름이다.

서울역 앞 대우빌딩에 있는 트라이톤 서울 사무소에 가서 오더를 받아 생산, 수출하는 것인데, OEM이지.

알면서도 묻는 최재일이 수상했기 때문에 이태진이 바짝 다가섰다.

"부장님, 알면서 왜 묻습니까?"

"이 자식, 눈깔 치켜뜨는 것 좀 봐."

최재일이 어깨를 치켜올리고 으르릉거렸지만 이태진은 안 넘어간다. 여기서 '눈깔' 깔았다가는 개무시당한다. 그때 그 '눈깔'을 받은 채로 최재일이 말했다.

"너, 말야."

이제는 이태진이 어금니까지 물었다.

트라이톤은 미국, 캐나다로 수출되는 오더, 연간 40만 불 정도. 작년 초에 인계받을 때는 15만 불이었는데 1년 만에 3배가량 신장시켰다. 올해에는 50, 60만 불 정도 예상이다.

그때 최재일.

"넌 개척 능력이 뛰어난 놈이야."

"난 주는 것도 못 받아먹는 놈입니다."

"다 인정해."

"나하고 원수진 놈들이나 그러겠죠."

"그래서 말인데."

"부장님, 사람 잡지 마십쇼."

"널 중동과장 직대로 발령 낼 거야."

이태진이 마침내 어깨를 늘어뜨렸다. 최재일이 말을 늘어놓았지만 들리지 않았다.

중동?

오일 달러 때문에 건설회사가 쏟아져 들어가고 있지.

아직 수출실적 1백억 불도 안 되는 국가 경제에 작년인 1976년, 40억 불인가를 해서 수출실적의 60퍼센트를 건설이 차지했다던가?

그런데 의류는?

대영산업의 중동지역 수출실적은?

자리로 돌아온 이태진이 무역부 자료를 찾아보았다.

수출실적 450만 불의 회사다. 수출은 5년 전 18만 불부터 시작했고 대부분이 미국, 캐나다, 유럽이다. 미국, 캐나다 비율이 70퍼센트, 영국, 프랑스, 일본 등이 30퍼센트.

그러면 중동은?

있다.

재작년 1975년에 6만 5천 불.

사우디 제다에 4만 3천 불, 리야드에 2만 2천 불.

2년 전이다.

이런데 '중동과장 직대(직무 대리)로 발령을 내?

내 개척 능력?

에라이, 상놈들.

아부하는 놈들은 다 미국, 유럽 시장으로 보내고 나는 '구조조정' 핑계를 대고 사막으로 쫓아냈다.

다 경쟁자다.

동기는 진급을 다투는 가장 격렬한 상대.

후배는 치고 올라오는 놈들.

상급자는 견제하는 놈들이다.

이놈들을 붙들고 하소연을 하면 제 얼굴에 침 뱉기다.

약점만 노출되고 금세 소문이 퍼진다.

경쟁사회인 직장에서 진정한 친구는 없다.

그날 밤.

이태진은 고등학교 동창 박기만과 둘이 소주를 마셨다.

박기만은 '유신' 반대 데모를 주동했다가 지금도 수배 중이다. 잡히기만 하면 바로 교도소로 간다.

포장마차 안.

이태진의 울분에 찬 하소연을 들은 박기만이 말했다.

"야, 그래도 1년은 버틸 수 있을 것 아니냐? 내년 초에 다시 구조 조정할 때까지 말이다."

"먼 소리여?"

이태진의 시선을 받은 박기만이 소주잔을 들고 웃었다.

"1년은 기다려줄 것 아닌가? 실적이 없어도 말이다."

"그러겠지."

"그럼 1년 동안 다른 직장을 구할 수 있는 여유가 있네."

"…."

"나는 도망 다니느라고 시간관념이 없어졌지만 말야."

"…."

"누우면 자고, 배고프면 먹고 하다 보니까 지금이 아침인지, 낮인지, 몇 년도인지도 모르겠어."

"…."

"날 쳐다보는 놈들이 다 형사 같고, 뛰는 발소리만 나도 심장이 덜컥 내려앉고."

"너 여자 만난 지 얼마나 됐어?"

마침내 이태진이 말머리를 돌렸다.

'도망자' 박기만을 만나는 이유가 바로 이것이다.

'운동' 하느라고 딴 세상을 사는 놈들을 만나면 '현세'에서 이태진이 겪는 일들이 꿈속처럼 느껴진다니까.

나이 30에 아직 미혼이다.

봉천동의 13평형 '서민 아파트'에서 혼자 산다. 직장생활 3년 만에 대출을 받아 산 이태진의 전 재산이다.

밤 11시.

집에 돌아온 이태진이 씻고 나서 손바닥만 한 거실의 벽에다 등을 붙이고 앉는다.

지방 대학을 졸업하고 중소기업 대영산업에 취업한 지 3년 6개월이 되었다. 대리 진급한 지 5개월째이고.

자, 이제 인생의 기로에 섰다.

다음 날 오전 9시.

대영산업 사장실 안.

안석호 사장이 최재일 부장과 마주 앉아 있다.

"출근했어?"

"예, 사장님."

"근무할까?"

"할 겁니다."

최재일이 안석호의 시선을 그대로 받는다.

둘은 지금 이태진에 대해서 이야기 중이다. 최재일이 말을 이었다.

"충격을 받았겠지만 좀 거친 놈이라 사표 내고 나갈 것 같지는 않습니다."

"거칠다고 했나?"

안석호가 눈을 가늘게 떴다.

"언제는 끈질기다고 하더니."

"예, 끈질기기도 하죠. 바탕이…."

"최 부장은 그놈이 지방대 나왔다는 선입견이 있는 거 아냐?"

"그건 아닙니다."

정색한 최재일이 안석호를 보았다.

"무역부 대리 6명 중에서 중동으로 보낼 적임자는 이태진뿐입니다."

"하긴."

고개를 끄덕인 안석호의 눈이 가늘어졌다.

안석호는 45세. 회장이며 사주인 정병현의 외사촌 동생이다. 회장 이모의 아들인 것이다.

내수 사장으로 있다가 수출 간판회사인 대영산업 사장으로 영전된 것은 작년 초.

최재일은 안석호의 수족 역할을 하면서 미래를 내다보고 있다.

소문이 다 났다.

그것은 최재일이 사원급들까지 불러 미리 통보했기 때문이다. 본인 생각은 충격을 막으려는 의도겠지만 인사발령이 나기 전에 회사 분위기가 뒤숭숭해졌다.

"중동과야?"

이렇게 물으면서 다가선 인간은 서병준 과장. 이태진의 직속상관이다. 33세. 입사 7년. 과장 2년차로 3개 과장 중 서열 2위.

이태진과 2년째 같은 과에서 근무했지만 같이 술을 마신 적은 2번뿐. 제 생일날하고 작년 말 3개 과 중 실적 1위를 달성해서 회식비가 나왔을 때다.

"그런 모양입니다."

이태진이 시큰둥하게 대답했더니 서병준이 의자를 당겨 옆에 앉았다.

오전 11시 45분.

점심시간 전이어서 사무실은 뒤숭숭하다.

"잘된 거야. 과장대리 달고 독립해 나가는 게 낫지."

서병준이 각진 얼굴을 펴고 웃었다.

"김 대리는 영국을 맡게 되는 것 같은데, 거기도 불안정해. 데이비스가 비틀면 끝장이야."

거짓말이다.

2과장 서병준 밑에서 같이 근무하는 김문기 대리는 영국 데이비스뿐만 아니라 프랑스 오더도 떼어간다는 소문이다. 미래가 창창한 오더들이다.

과장 서병준은 기존 미국 오더 외에 이태진의 캐나다 트라이톤 등을 흡수한다. 그러다가 상반기에 부장대리로 진급할 것이라는 소문.

그때 이태진이 서병준을 보았다.

"과장님."

서병준의 시선을 받은 이태진이 눈을 가늘게 떴다.

"3개 과의 대리 6명이 모두 과장 직무대리로 나올 예정인데 말입니다."

"…."

"중동과만 작년 실적이 1달러도 없는 과란 말이죠."

서병준의 얼굴에 쓴웃음이 번졌지만 입을 열지는 않는다.

"재작년 실적이 겨우 6만 5천 불이란 말입니다. 어떤 개새끼가 그걸 찾아내서 중동과를 떡 하고 만들어 놓았는지 아세요?"

"야, 말 함부로 하지 마."

서병준이 이맛살을 모았지만 목소리는 낮아졌다.

하급자와 싸우면 상급자도 손해다. 상하 손해 비율이 4 대 6쯤 되니까 일단 싸움은 피하고 본다.

그것을 잡초처럼 뿌리를 박은 이태진이 알고 있는 것이지.

그때 이태진이 잇새로 말했다.

"신설과 중에서 중동과만 작년 실적이 1달러도 없는 과란 말입니다. 니기미. 최 부장은 내가 개척정신이 강하느니 어쩌구 하던데, 여기가 서부요? 무조건 사막에다 툭 던져 놓으면 개척이 되는 거요?"

서병준은 이태진이 '서부' 이야기를 할 때 슬그머니 일어섰기 때문에 끝까지 듣지는 못했다.

퇴근 무렵에는 내일 인사발표 내용이 다 알려졌다. 과장들이 대리들을 불러 신설과 사원 배치 현황까지 다 알려줬기 때문.

중동과에는 남녀 사원 하나씩이 배정되었다.

남자는 2년 차 윤정규와 여사원 한여옥이다.

과장들로부터 통보를 받은 사원 중에 제각기 새 과장대리들을 찾아가 인사를 하는 놈도 있다. 과장되는 놈이 부르기도 하고.

여기서 이태진은 다시 소외감을 느낀다.

고참 여사원 축에 끼는 한여옥은 오후에 그림자도 비치지 않았고 윤정규는 비실거리더니 눈치를 살피다가 역시 사라졌기 때문이다.

저희들도 소외되었다는 것을 안 것이지.

이태진은 이중, 삼중으로 낙담한다.

'인사'에 전혀 무지했던 것이다. 과장되는 놈들 중 대부분은 제가 데려갈 사원에 대해서 윗놈들하고 최소한 상의를 한 것 같았기 때문이다.

평소에 '잘' 지내던 사원들을 데려갔다. 그런데 이태진은 아니다.

윤정규, 한여옥이 중동과로 온다는 것을 오늘에야 알았다.

여자?

없다.

상경한 후에 일에 쫓기고 공부에 밀려서 제대로 시간을 내지 못한 것, 경제적인 사정 등이 이유겠다.

특히 입사 후 3년 동안 오전 5시부터 7시까지 2시간 동안 영어 개인 교습을 받았다. 아주 본격적으로 영어 회화 수업을 받은 것이다.

그것이 이태진에게는 군대에서 훈장을 받은 것보다 더 영예다.

훈장?

군대에서 공비 잡았다고 훈장을 받았다.

물론 스치고 지난 여자들이야 있었지.

하지만 1과장 휘하에서 과장 직무대리로 분가해 나간 오세영의 표현대로라면 이태진은 저한테 집적거리지 않은 유일한 '놈씨'라고 했다.

물론 술 처먹고 한 소린데 그 말은 사실이다.

이태진은 오세영처럼 잘난 척하는 '종자'는 질색이었으니까.

그 오세영이 이태진에게 전화를 했다.

인사발령 발표 전날 오후 5시 반.

퇴근 무렵의 뒤숭숭한 사무실 안에서, 오세영과는 10미터쯤 떨어져 있었는데 구내전화로.

"난데, 오늘 저녁에 시간 있어?"

"왜?"

"술 한잔하게."

"무슨 이유로?"

"이유는 개뿔."

오세영은 일본 담당이 되었다.

일본은 작년 실적이 60만 불 정도였지만 신장세가 두드러진 시장이다. 모두 탐을 내는 지역인데 오세영이 채간 것이다.

갖가지 뒷소문이 쏟아지겠지. 그때 오세영이 말을 이었다.

"넌 그따위 성격 때문에 이 꼴이야. 알아? 그냥 지나갈 수 없어?"

마침내 이태진이 고개를 돌려 오세영을 보았다. 오세영은 전화기를 귀에 붙이고 앞만 쳐다본다. 이태진의 얼굴에 쓴웃음이 번졌다.

이렇게 자신한테 퍼붓는 대리급은 오세영뿐이다.

오세영. 27세. 입사 3년 6개월. 이태진과 입사 동기다. 명문대인 일화여대 경영학과 졸. 그때 오세영이 말했다.

"8시에 조선호텔 커피숍에서."

다시 오세영을 보았더니 전화기를 내려놓고 자리에서 일어선다. 이태진은 오세영의 엉덩이 곡선을 처음으로 눈여겨보았다.

저렇게 빵빵한 줄은 몰랐다. 그러고 보니 종아리도 괜찮다.

퇴근 시간이 다 되었을 때 사라졌던 한여옥이 나타났다. 책상 앞으로 다가온 한여옥이 말했다. 그늘진 얼굴.

“대리님, 저 좀 봐요.”

“지금 보잖아?”

“샘플실에서요.”

“뭐하게?”

대답 없이 한여옥이 몸을 돌렸다.

한여옥. 25세. 고졸. 입사경력 5년. 신장 168의 날씬한 몸매. 미모. 업무처리 능력이 뛰어남. 남자관계가 많다는 소문.

이번 인사에서 이태진의 ‘중동과’에 한여옥이 배속된 것도 뉴스감이 될 것이었다, 좌천성 인사니까.

곧 망해서 내년이면 없어질 가능성이 풍부한 중동과인 것이다.

샘플실에서 둘이 마주 보고 앉았다.

밖은 사원들이 퇴근 중.

한여옥이 입을 열었다.

“저, 내일 사표 내겠어요.”

이태진은 눈만 껌벅였고 한여옥이 말을 이었다.

“그냥 그만두려고 했더니 이 대리님한테는 미안해서 이야기하고 가려구요.”

“…”

"제가 어디 갈 데 없겠어요? 며칠 안에 이보다 더 나은 회사 들어갈 수 있어요."

이태진이 고개를 끄덕였다.

가능하지.

"어떻게 할 거야?"

오후 8시 5분.

이태진이 자리에 앉자마자 오세영이 물었다.

조선호텔 커피숍.

여긴 외국인 손님이 절반 이상이다.

이태진이 지그시 오세영을 보았다. 3년 동안 오세영과 이렇게 사적(私的)으로 마주 앉은 것은 이번이 처음이다.

"그것 때문에 보자고 한 거야?"

"그럼 다른 이유가 있을 것 같아?"

"말 돌리지 말고."

"맞아. 그냥 견딜 거야?"

"나가라는 소리 같은데."

"나가도 된다는 생각이 들었거든."

오세영이 이렇게 진단했다.

평소에 잘난 척하는 습성이 또 나왔다. 매정하고. 그래서 별명이 '뱀'이지.

종업원에게 커피를 시킨 오세영이 말을 이었다.

"오늘밖에 시간이 없을 것 같아서. 이 대리가 그만둔다면 말야."

오세영이 똑바로 이태진을 보았다.

"국일상사에서 말야."

"거긴 왜?"

"거기서 간부사원을 모집한다고 해서."

이태진이 심호흡을 했다.

국일상사는 대영산업의 경쟁업체로 그곳도 내수 기반이 든든한 생산, 수출업체다. 수출액은 3백만 불 정도. 수출을 시작한 지 3년째여서 아직 조직 정비 중이다. 그러나 공격적인 영업과 활동으로 대영과 자주 부딪치는 회사다.

오세영이 말을 이었다.

"그쪽도 우리 사정을 뻔히 아는 터라 이 대리가 간다면 과장급으로 받아들일 거야. 대리 딱지 뗀 과장."

"…."

"거기 수출부장 고남진한테 직접 연락해봐. 바로 결정이 날 거야."

"…."

"고남진이 이 대리 대학 선배지?"

그때 이태진이 어깨를 늘어뜨리고 웃었다.

"너한테도 제의가 온 거냐?"

"우리 회사 대리급 중에서 제의 안 받은 인간은 드물걸?"

"난 아닌데."

사실은 받았다. 아마 제일 먼저 받았을 것이다.

더구나 고남진은 이태진의 대학 6년 선배인 것이다. 그것도 지방대.

대영산업이나 국일상사는 같은 전라도 기업으로 한국 내수 의류 시장의 90퍼센트를 점유하고 있다. 그 90퍼센트를 각각 45퍼센트씩 나눠 갖고 있지. 그러니 경쟁이 치열할밖에.

이태진이 어느새 가져온 커피 잔을 들었다.

커피만 먹고 헤어질 수 있나.

이태진의 제의로 둘은 소공동의 일식당으로 들어가 방에서 회 정식에 소주를 마셨다.

"근데 한 가지 묻자."

소주잔을 쥔 이태진이 그렇게 운을 떼었을 때는 소주를 2병째 시켰을 때다. 오세영의 시선을 받은 이태진이 물었다.

"나를 불러낸 네 의도는 뭐야?"

"그렇게 물을 줄 알았어."

고개를 끄덕인 오세영이 다시 뱀 같은 시선을 보냈다. 그러나 입 끝은 웃는다.

"네 삐딱한 성품으로는 모든 것이 계산된 행동이겠지."

"나도 네 성품을 좀 알기 때문이야."

"네가 나가면 회사 매출 피해는 전혀 없겠지만 경영진이 번쩍 정신이 들 거야."

"이것들이 작당을 하고 네가 대표로 나한테 온 것이군."

"내가 그런 병신들하고 작당은 안 해."

이제는 오세영의 눈빛이 부드러워졌다. 술기운이 덮여서 그런가 보다.

"너나 우리 회사, 그리고 국일까지 다 좋은 결과가 될 것 같다는 생각이 든 것이지."

"그렇다면 나도 한 가지 제의를 하자."

술잔을 든 오세영에게 이태진이 지긋한 시선을 보냈다.

"너, 오늘 나한테 한번 줄래?"

그때 오세영이 한 모금에 소주를 삼켰고 이태진이 말을 이었다.

"대영산업에서 좋은 추억을 한 가지만 가져가려고 그런다. 줄래?"

"술이나 처먹어."

"네가 최재일이하고 잤다는 소문을 듣고 유일하게 부정한 놈이 나야. 그 공적을 봐서라도 한번 주라."

"참, 내."

마침내 오세영이 이를 드러내고 웃었다. 방 안이 환해지는 것 같은 웃음이다.

"가서 딸딸이나 쳐라. 꼭 손 씻고."

주기는 무슨.

일식당에서 오세영과 헤어진 이태진이 아파트로 돌아왔을 때는 11시가 되어갈 무렵이다.

재킷만 벗어 던진 이태진이 거실에서 전화기를 집어 들었다. 버튼을 누르자 곧 응답 소리가 울렸다.

"여보세요."

아버지다. 어머니를 기대했는데, 아버지네.

"아버지, 접니다."

"응, 태진이냐?"

"예. 주무시지 않으세요?"

"응. 안 잔다. 넌 별일 없지?"

"예, 아버지."

"회사는 잘 되냐?"

"예, 아버지."

"열심히 해라."

"예."

문득 이태진은 아버지 이동규의 나이를 떠올린다.

30 더하기 32는 62다.

언제부터 이런 계산 방식을 썼는지 모른다.

아버지가 자신을 32살에 낳았기 때문에 거기에다 제 나이를 더하는 방법.

어머니는?

26살에 이태진을 낳았으니까 26을 더하면 된다.

그때 아버지가 말했다.

"네 어머니 바꿔주마."

그러더니 곧 어머니 이선옥의 목소리가 울렸다.

"나다."

"어머니."

"집이냐?"

"응."

"밥 먹었어?"

"응. 먹었어."

이태진은 소리죽여 숨을 뱉는다.

잘 나갔을 때, 오더 따고 신바람이 났을 때, 하다못해 실적 달성해서 보너스 받았을 때 집에 전화한 적이 드물었다.

그러나 답답할 때, 오늘처럼 좌절감이 덮일 때 문득 이렇게 집에 전화를 하다니.

그래도 만날 듣는 '밥 먹었냐' 소리를 듣고 나면 안정이 되는 것이다.

아버지는 국민학교 교장이었다가 작년에 명퇴했다.

일제 강점기에 경쟁률 1백 대 1일이 넘는 '경성사범'에 입학한 수재. 그러나 경성사범을 졸업한 후에 1년 동안 교사로 재직하다가 만주로 나가 다른 길을 걸었다.

만척(만주척식 주식회사)에서 간부로 근무한 것이다.

그러다 해방이 되어 귀국하고 나서 10년쯤 공직에서 일하다가 뒤늦게 교직으로 돌아왔으니 교직 기반이 취약했다. 그러다 국민학교 교장으로 명퇴를 해버린 것이다.

부모와 통화를 끝낸 이태진은 그제야 벗고 씻는다.

부모한테는 내일 인사 이야기는 하지 않았지만, 어느덧 가슴이 진정되었다. 부모하고의 통화는 진정제 역할이다.

얼굴에 샤워 물줄기를 맞으면서 이태진은 아버지가 내 나이 때 무엇을 했을지를 떠올렸다.

아버지는 1915년생이니까, 1915+30=1945다.

해방된 해구나.

그때 아버지는 만주에서 어머니와 함께 도망 나왔다고 했다. 러시아군이 여자만 보면 겁탈했기 때문에 어머니는 얼굴에 검댕을 칠하고 남장을 했다는 것이다.

그럼 지금이 1월이니까, 1945년 1월, 일본군의 패색이 짙어지고 있을 때다.

다음 날 아침.

회사로 출근한 이태진이 샘플실로 윤정규와 한여옥을 불렀다.

출근하자마자 인사발표가 났기 때문에 회사는 뒤숭숭하다. 오후에는 좌석배치를 할 것이라고 총무부에서 통보가 왔다.

이제는 새로 편성된 각 과별로 이쪽저쪽에 모여 회의를 한다.

대부분 분위기가 밝지만 '중동과'는 어둡다. 셋이 모여 있는 것이 '패잔병'

같다.

윤정규.

27세. 입사 2년 차. 내성적인 성격.

이태진이 신입사원으로 받아 2년 동안 조수로 일했으니 사부가 된다.

장신. 마른 체격. 시킨 일은 잘하지만 추진력이 부족하다.

윤정규는 이태진과 '트라이톤' 오더를 지금처럼 진행하기를 바랐던 것 같다.

샘플실에 앉은 윤정규는 이태진과 시선을 마주치려고 하지 않는다. 위로는 바라지도 않았지만 불평도 없다.

한여옥.

무역부 고졸 여사원의 리더. 25세. 미인이며 활달한 성격. 경력이 만 5년.

대졸이었다면 대리 진급이 되고도 남지. 대졸로 대리가 된 오세영이 27세였지만 경력이 3년 6개월에 지금은 과를 맡게 되었으니까.

어제 사표 낸다고 했다.

두 손을 턱에 고이고 앉아 이태진을 쳐다보고 있다.

'어서 할 말 해라. 난 네 말 끝나면 사표 낼 거다.' 하는 표정.

이태진이 입을 열었다.

"긴말 않겠다. 두 달만 참아줄래?"

그렇게 말했더니 둘이 일제히 이태진을 쳐다보았다. 윤정규는 눈도 깜박 안 하고 쳐다본다. 둘의 시선을 받은 이태진이 말을 이었다.

"내가 중동 출장 가겠어. 가서 오더 받아 봐야지. 그러니까 한 달 동안 출장 준비, 한 달 동안 중동 출장 다녀온 후에 우리 같이 나가든지 남든지 하자."

그랬더니 한여옥이 반쯤 입을 벌린 얼굴로 물었다.

"중동에요?"

"응."

"어디요?"

"쿠웨이트, 사우디, 두바이, 바레인…."

"잠깐만요."

"왜?"

"거기 바이어 있어요?"

"많아."

"아, 바이어야 바글바글하죠. 근데 우리 바이어가 있느냐구요."

"가서 찾아봐야지."

그때 한여옥이 입을 다물었고 이번에는 윤정규가 물었다.

"대리님, 회사에서 보내줄까요?"

"아, 오더 받으러 간다는데 어떤 개새끼가 가지 말라고 하겠냐?"

이태진이 눈까지 부릅떴다.

"실적이 하나도 없는 지역에 '과'를 떡 만들어놓고 말야. 그래서 오더 받으러 간다는데 못 가게 해? 그럼 그건 말도 안 되잖아?"

"…."

"내가 그래서 딱 두 달만 참으라고 하는 거야. 오더 못 받아오면 과는 끝나는 거지."

"…."

"내 말은 죽더라도 '깨갱' 하고 소리라도 치고 죽는다는 거지."

"…."

"그러니까 너희들이 두 달만 참아주라. 특히 한여옥, 너."

이태진이 번들거리는 눈으로 한여옥을 보았다.

"너, 재수 없게 이태진한테 엮였다고 원망하는 것 같은데 두 달만 버텨주라. 그 후에도 넌 얼마든지 뛸 수가 있잖아?"

한여옥이 눈을 가늘게 뜨고 이태진을 노려보았지만 입을 열지는 않았다. 그때 심호흡을 한 이태진의 시선이 윤정규에게 옮겨졌다.

"내가 못나서 미안하다. 넌 중동과가 없어져도 상관없이 곧장 다른 부서로 갈 수가 있어. 그건 너도 알 거다."

"…"

"부탁한다."

앉은 채로 이태진이 고개를 깊게 숙였을 때다.

"알았어요."

한여옥이 말했기 때문에 이태진이 숨을 들이켰다. 한여옥의 검은 눈동자가 이태진을 노려보았다.

"두 달쯤 못 버틸 것 없죠. 기다릴게요."

그때 숨만 쉬는 이태진을 향해 윤정규가 말을 이었다.

"알겠습니다. 열심히 출장 준비할게요."

"뭐? 출장?"

최재일이 대번에 눈을 크게 뜨고 되물었다.

오후 4시.

책상 정리도 다 끝났지만 사무실은 어수선한 분위기.

이태진과 최재일은 상담실에 둘이 앉아있다. 이태진이 할 말이 있다니까 긴장하고 있던 최재일이다. 출장 이야기를 꺼내니까 의외라는 반응. 그때 이태진이 물었다.

"그럼, 사표 낼까요?"

"뭔 소리냐?"

"오더도 없는데 그냥 책상에만 앉아있으라는 말 아닙니까?"

"오더 받아야지."

"여기서요? 길가에 중동 바이어가 서 있습니까? 한국에 중동 바이어 사무실이 있어요? 있다면 알려주시죠."

"이 자식이 왜 목소리를 높여?"

"오더 받으러 출장 간다는데 놀라는 게 정상입니까?"

"누가 놀랐다고?"

최재일의 어깨가 가라앉았다. 맞는 말이기는 하다.

중동은 오일 달러가 쏟아지는 바람에 작년, 한국 수출 실적 중 60퍼센트까지 차지했지만 바이어 사무실도 없다. 그때 최재일이 다시 물었다.

"한 달 동안이나 간단 말이냐?"

"오더 못 받으면 그만둬야 할 테니까요."

이렇게 못을 박아 버렸다.

제 손으로.

30분 후.

사장실 안.

안석호가 앞에 앉은 최재일에게 말했다.

"하긴 오더가 1달러도 없는 상황에 가만 앉아있는 것보다는 낫겠다."

"오더 못 받아오면 그만둬야 하지 않겠느냐고 합니다."

"당연히 그렇게 되겠지."

"개척하라고 중동과를 맡겨놓았으니까요."

"그런 상황에서 출장 가지 말라고 할 수 없지."

쓴웃음을 지은 안석호가 말을 이었다.

"한 달쯤 지난 후에 사표를 낼 줄 알았는데 부딪쳐 보겠다는군. 투지는 있는 놈이구만."

"그것이 두 달 후로 한 달 연장되었다고 보셔도 될 것 같습니다. 빈손으로 돌아올 테니까요."

"좋아. 결재하지."

안석호가 고개를 끄덕였다.

"출장 보고 올리라고 해."

이태진이 올린 보고서가 다음 날 오후 2시에는 회장한테까지 올라갔다.

회장실 안.

회장 정병현이 출장보고서를 쳐다보다가 고개를 들었다. 앞에는 사장 안석호가 서 있다.

"이 사람 좀 오라고 해. 지금."

"네?"

숨을 들이켠 안석호가 허둥지둥 몸을 돌렸다.

회장은 두 번 말 시키면 화를 낸다.

사장실로 들어선 이태진이 안석호를 보았다. 긴장했다.

갑자기 왜 불러?

사장이 찾는다는 비서실 연락이 오자 놀란 최재일이 비서실까지 같이 왔다. 그러다가 이태진만 들어온 것인데. 지가 아무리 심복이라고 해도 같이 들어올 수는 없지.

그때 안석호가 말했다.

"회장님이 찾으시는데, 들어가 봐."

"예."

"그리고."

심호흡을 했는지 어깨를 부풀렸다가 내린 안석호가 말을 이었다.

"출장문제인 것 같은데, 말씀 잘 드려."

"예."

무슨 말씀을 잘 드리라는 것인지 아리송했지만 대답은 그렇게 했다. 그러고 사장실을 나왔는데 경황 중에도 사장이 불안한 상태라는 것을 짐작할 수 있었다. 더구나 사장은 따라오지 않고 회장과의 독대인 것이다.

사장실 앞 의자에 앉아있던 최재일이 무슨 말을 할 듯 입술을 달싹였다가 이태진이 혼자서 회장실로 다가가자 말도 못 걸었다. 회장실 앞에는 회장 비서가 기다리고 서 있었기 때문이다.

이 짧은 순간의 분위기.

부장, 사장의 표정만으로 이태진은 '권력'의 속성을 머릿속에 박아 넣었다.

아하, 이런 분위기에 빈틈이 많구나.

이 빈틈이 기회가 될 수도 있겠다.

희망, 그런 것들인데 아직 구체화되지는 않았다.

"응, 자네가 이태진이야?"

이태진의 인사를 받은 정병현이 물었다.

"예, 회장님."

"거기 앉아."

정병현이 앞자리를 가리켰다. 그때 비서가 들어와 둘 앞에 오렌지주스 잔을 놓고 소리 없이 나갔다.

중동 출장 때문이다.

한 달 예정의 중동 출장이니 비행기 삯, 숙박비 등 경비가 만만치 않다. 총무부장은 대영산업 역사상 최장, 최대 비용의 출장이라고 했으니까. 개새끼.

그때 정병현이 입을 열었다.

"작년 중동지역 수출실적이 없더구만, 그렇지?"

"예, 회장님."

"재작년인 1975년에 6만 5천 불을 했고."

"예, 회장님."

"이번에 가서 안 되면 회사 그만둘 작정이지?"

그때 시선을 맞춘 이태진이 대답했다.

"예, 회장님."

"이판사판이구만, 그렇지?"

"예, 회장님."

"가능성은 있나?"

"죽기 아니면 살기로 부딪치면 무엇이라도 걸릴 것이라는 생각뿐입니다."

이태진이 어깨를 치켰다가 내렸다.

"제가 쌈 좀 합니다. 그 경험으로 보면 죽기 살기로 덤볐을 때 대부분 제가 이겼습니다."

"…."

"아무것도 없는 저는 손해 볼 것이 없거든요. 하지만 뭘 좀 가지고 있는 놈들은 그것 챙기다가 깨졌습니다."

"이게 쌈하고 같나?"

"같습니다."

"너 고집이 센 편이구나."

"지는 거 싫어합니다. 싸우지도 않고 질 수는 없는 거죠."

"중동 어디 간다고?"

"쿠웨이트 비자는 받을 수 있을 것 같으니까 쿠웨이트부터 들렀다가 사우디로 들어갈 예정입니다."

"사우디는 어떻게 들어가?"

"쿠웨이트 사우디 대사관에서 트랜짓 비자를 발급한다고 합니다. 2박 3일짜리인데 그걸 가지고 입국해보겠습니다."

"2박 3일?"

"예. 거기서 오더를 하면서 15일쯤 머물려고 합니다."

"불법으로?"

"예. 단속에 걸리면 추방당하겠지요."

"감옥은 안 가고?"

"예. 추방만 시킨다고 들었습니다."

"사우디에서 널 초청해줄 바이어도 없단 말이냐?"

"없습니다."

있다면 오더를 했지.

그때 정병현이 지그시 이태진을 보았다.

"내가 왜 널 부른지 알아?"

"모릅니다."

"그럼 됐고. 언제 출장이지?"

"한 달 동안 샘플 준비하고 바이어 찾아봐야 하니까 시간이 좀 걸립니다."

"알았어. 가봐."

정병현이 손을 저었기 때문에 이태진이 자리에서 일어섰다.

회장과의 첫 독대였는데 얼떨떨해서 자신이 무슨 말을 했는지도 잊어먹었다. 어쨌든 '가지 말라'는 소리는 안 나왔다.

간다.

회장 결재까지 받은 터라 출장 준비는 가속도가 붙었다.

그러나 결코 밝은 분위기가 아니다. 그것을 오세영은 '가미카제' 특공대가 출전 준비를 하는 것이라고 말해주었다. 물론 이태진한테만.

지나가면서 '슬쩍' 말한 것인데, 무역부 직원들은 모두 속으로 그런 생각을 했을 것 같다.

아니, 준비를 돕는 윤정규, 한여옥도 마찬가지다.

가끔 멍한 표정으로 앉아있는 둘을 보면 심사가 짐작이 간다.

아파트를 담보로 150만 원을 빌렸다.

13평형 서민 아파트 가격이 400만 원이니 대략 그 삼분의 일이다.

왜?

출장비에 보태려고.

하루 일당 50불씩 계산해서 주는 출장비 계산은 10불짜리 여관에서 자고 30불 식비, 10불 교통비를 하라는 건데, 알아보았더니 쿠웨이트에 50불 이하의 여관방이 없었기 때문이다.

국민소득이 750불 수준이었으니 당연하지.

대영산업에서 중동지역 출장은 이태진이 처음이다.

3년쯤 전만 해도 일본 출장을 떠나는 무역부 직원을 환송하느라고 직원들이 복도에 늘어서서 박수를 쳤다.

출장 가는 직원은 김포공항에 배웅 나온 일가친척, 친지들과 함께 기념 사진을 박았다. 그리고 그 사진이 벽에 붙여져 있다, 친척들의 집에 말이다, '조카 윤성이의 일본 출장'이라는 제목도 붙이고.

KOTRA, 대한무역진흥공사다.

이곳이 무역업체를 위해 무역 서비스를 제공하는 기관이다.

세계 각국에 코트라 사무실을 설치해놓고 수출입 상사원들에게 정보와 서비스를 제공하는 것이다. 물론 국가기관이다.

해외지사가 많은 대기업들과는 달리 중소기업에는 꼭 필요한 기구였다.

이곳은 코트라 회의실.

"자, 여기."

코트라 안문성 과장이 파일을 건네주며 웃었다.

"여기 쿠웨이트, 사우디, 바레인, 두바이, 카타르, 이라크에다 요르단까지 다 복사해 왔어. 한국에 수입 문의를 한 업체까지 다 들어있다."

"감사합니다."

이태진이 고개를 깊게 숙였다.

비밀, 불법 작업은 아니지만 시간과 노력이 필요한 일이었다.

코트라는 한국과 거래를 하거나 거래 문의를 해온 수입업체 리스트를 모두 확보해 놓고 있는 것이다. 국가기관이기 때문에 그렇다.

그 바이어 리스트를 안문성이 복사해준 것이다.

물론 기업체가 의뢰하면 해줄 수는 있는 일이다. 그러나 컴퓨터도 보급되지 않은 상황에서는 일일이 수작업을 해야 한다. 그것을 안문성이 직원 둘과 함께 1주일이 걸려서 해준 것이다.

안문성이 말을 이었다.

"물론 바이어 리스트 모은다고 다 오더 하는 건 아니겠지만 이렇게 해간 놈은 네가 처음이야."

"선배님이 애써주신 거죠."

안문성이 고등학교 선배니까 가능한 일이다. 그러나 연줄은 두 계단만 거치고 나면 다 인연이 얽힌다는 말이 있다.

그러니까 제일 먼저 시작해야 된다는 것이지.

출장 준비가 만만한 것이 아니다.

샘플과 카탈로그, 오퍼시트 등 준비할 것이 수백 가지다.

윤정규는 샘플 작업으로 공장에 자주 출장을 갔고 한여옥은 샘플실에서 살다시피 했다.

다른 과는 진행되는 오더가 있었기 때문에 바빴지만 '중동과'는 오더가 '1달러'도 없는 과다. 그러니 전화 올 데도 없다.

그래서 다른 과 사원이 중동과를 '샘플과'라고 불렀다가 한여옥한테 '험한' 꼴을 당하기도 했다. 한여옥이 남자 3년 차 사원인 당사자에게 커피를 쏟아붓고 안경을 벗겨 밟아버린 것이다. 그러고는 바로 회사를 나갔다가 다음 날에 출근했다.

이것이 '중동과'의 현실이다.

시간이 지날수록 샘플 준비는 갖춰졌지만 '중동과'는 고립되어서 진짜 '샘플과'가 되었다. 사무실에 앉아있기가 어색해서 셋이 샘플실에서만 왔다 갔다 했기 때문이다.

따라서 이태진의 회사에 대한 한(恨)도 깊어졌다. 이런 수모를 준 회사에 대한 한이다.

출장 이틀 전.

오후 10시 반.

이태진이 대전의 어머니한테 전화를 한다.

어머니, 이선옥.

같은 이 씨지만 본(本)은 다르지.

56세. 미인이다. 6살 차이인 아버지와 결혼했을 때는 22살 때. 1921년생이었으니 1943년이다.

일제 강점기의 변호사의 딸.

찢어지게 가난했던 아버지가 경성사범을 나온 수재였기 때문에 어머니를 잡은 것이지.

결혼하자마자 아버지는 어머니를 만주로 데려갔다. 해방이 되자 아버지는 다시 어머니를 끌고 천신만고 끝에 러시아가 점령한 북한 땅을 지나 3·8선을 넘었다고 했다.

"어머니, 아버지 계셔?"

"응, 술 마시고 잔다."

어머니는 아버지하고 사이가 안 좋다. 계속 쪼들리고 살았기 때문이지. 해방 후에 귀국하고 나서 7, 8년을 잘 산 것 같은데 그 후부터는 가난이 덮쳐 와서 다 무너뜨렸다.

1960년대 한국 국민소득이 60불 정도라구?

실감나지 않는다. 다만 주식(主食)이 미국에서 나눠준 '강냉이 가루'였다는 것이 기억난다.

그때 이태진이 말했다.

"어머니, 나 모레 출장 가. 해외 출장."

"어디?"

"요르단, 쿠웨이트, 사우디."

"거기 보내주는 거야?"

"아, 그럼. 회사 일인데."

"비행기 삯이 많이 나오겠는데."

"시골집 한 채 값이지."

"아이구, 네가 회사에서 인정을 받았구나. 누구랑 같이 가냐?"

"나 혼자."

"에구머니. 너를 혼자 보내?"

"응."

"너를 믿는 모양이구나."

"그런 셈이지."

"몸조심하고."

"내가 내일 어머니 계좌로 50만 원 보낼게."

"뭐? 50만 원이나?"

놀란 어머니가 오히려 목소리를 낮췄다.

아버지가 깰까 봐서다. 매달 어머니한테 20만 원씩 생활비를 보내고 있다. 이태진 월급이 35만 원이지만 '부수입'이 월 50만 원쯤은 되기 때문이다.

배보다 배꼽이 큰 셈이지.

'트라이톤' 오더를 생산하는 공장들로부터 리베이트를 받아온 것인데 이제는 그것이 다 서병준한테 가겠군.

이태진이 말을 이었다.

"어머니, 내가 한 달 동안 나가 있으니까 그동안 잘 지내."

"내 걱정은 말고. 밥 꼭 챙겨 먹고…."

"아버지하고 쌈 하지 말고."

"아이구, 알았다."

"내가 떠나기 전에는 바빠서 연락 못 할지도 몰라. 그러니까…."

"알았다. 시간 나면 전화해라."

어머니의 목소리가 젖어있는 느낌이 든다.

아, 어머니.

내가 어떤 상황에서 나가는지 모르는 게 낫지.

태진이가 외국에 한 달이나 나간다고 동네방네 자랑하도록 놔두자.

출발 전날 오전 11시.

회장 비서실에서 연락이 왔다. 회장 비서 미스 김.

"이 대리님, 회장실로 바로 들어오세요."

미스 김이 사근사근한 목소리로 말했다.

"사장실 거치지 마시구요. 바로 회장 비서실로 들어오세요."

이것은 말단 공무원이 담당 장관을 건너뛰어서 바로 대통령 비서실을 통해 대통령을 만나는 것이나 같다.

그러나 이런 명령에 누가 주저할 것인가?

이태진이 바로 회장 비서실로 들어섰더니 미스 김이 자리에서 일어섰다.

대영산업 최고의 미인. 보지는 않았지만 사장 안석호도 미스 김 눈치를 본다던가?

미스 김이 앞장서서 회장실 문을 가볍게 노크하더니 문을 열고 말했다.

"들어가세요."

저는 안 들어간다.

"어, 거기 앉아."

이태진을 본 정병현이 앞쪽 소파를 눈으로 가리키며 말했다.

정병현이 이렇게 대리급을 두 번이나 독대로 부른 경우는 사상 처음일 것이다.

무슨 일일까?

그러나 나쁜 일은 아닐 것 같다는 예감이 든다.

그럴 이유도 없지.

이렇게 비밀 독대를 했지만 금세 소문이 퍼져나갈걸?

최재일 부장, 서병준 과장의 얼굴이 눈앞에 어른거렸다.

그때 정병현이 고개를 돌려 회사 사기(社旗)가 세워진 쪽을 턱으로 가리켰다.

"저것."

그쪽에 금색 보자기로 싼 보따리가 놓여있다. 안에 내용물 윤곽이 울퉁불퉁 밖으로 드러났다. 꽤 무겁게 보이는 보따리다.

"저것 가져가라."

"예?"

"저게 된장, 고추장, 김치, 새우젓, 창난젓, 조개젓이다. 밀봉했으니까 냄새는 나지 않을 거다."

"…."

"저걸 내 딸한테 전해줘라."

"예, 회장님."

"내 딸이 사우디 제다에 있어. 제다에 있는 한국 영사관 관사에서 산다."

"예, 회장님."

"거기 한국 영사의 부인이지. 애를 낳고 한국 음식이 먹고 싶다는데 보내줄 방법이 있어야지. 항공화물은 안 되고. 그렇다고 사위가 외교관이라고 외교 행낭으로 조개젓을 보낼 수도 없고."

"예, 회장님."

"힘들겠지만 네가 샘플 들고 가는 길에 저것도 함께 가져가."

"예, 회장님."

"그리고 이것."

정병현이 탁자 위에다 봉투 하나를 놓았다.

"500불이다. 출장비로 써라."

이태진이 숨을 들이켰다.

목숨을 바쳐서라도 조개젓, 새우젓을 운반하겠다는 말이 목구멍 밖으로 나오려다가 말았다.

이제는 샘플보다 저것 운반이 최우선이다.

"회장님이 뭐라고 하셔?"

회장실에서 나왔을 때 가장 먼저 추궁한 인간이 무역부장 최재일이다. 사무실로 들어서자마자 손짓으로 이태진을 부르더니 대뜸 물은 것이다.

"말씀드릴 수 없는데요."

이태진이 고개를 들고 최재일을 보았다. 앞쪽 과장들 자리가 조용해졌다.

다 들었겠지.

최재일이 눈을 치켜떴다.

"뭐라고?"

"회장님이 뭐라고 하신지 꼭 알아야 됩니까?"

"이봐, 내 말은…."

"그럼 제가 회장님께 여쭤보고 오지요."

이태진이 반쯤 몸을 돌렸을 때 최재일이 당황했다.

"이봐, 지금 뭐하는 거야?"

"회장님이 나한테만 알고 있으라고 하셨는데, 부장님이 알아야겠다고 하신다구요."

"이봐, 내가 언제…."

이미 주위는 숨소리도 들리지 않는다.

최재일이 어깨를 부풀리면서 엉덩이를 반쯤 들었다.

"내가 언제 그랬냐?"

"지금 회장님이 뭐라고 했는지 말하라고 하셨지 않습니까? 여쭤보고 오지요."

이태진이 몸을 돌렸을 때 일어선 최재일이 팔을 잡았다. 치욕이다. 과장들이 다 이쪽을 쳐다보고 있다.

"그만둬, 그만둬."

이래서 모든 입이 닫혔다.

최재일에게 고분고분했다면 그다음은 서병준 과장이 불렀겠지.

"잘했어."

자리에 앉은 지 5분쯤이 지났을 때 구내전화로 오세영이 말했다. 오세영도 들은 것이다.

"속이 시원하다. 저 병신."

둘의 자리는 세 사람 건너 옆쪽이었지만 둘 다 앞쪽을 쳐다보고 있다.

오세영이 물었다.

"어때? 오늘 밤에 내가 한잔 사지."

"사양하겠어."

"빼지 마."

"넣기나 했냐?"

"8시에 소공동 '하루' 카페로 와."

그러고는 통화가 끊겼다.

오후 6시 반.

회사 근처의 삼겹살 식당에서 중동과 팀원 셋이 모였다.

출발 전 회식이다.

윤정규, 한여옥은 가라앉은 표정이다.

이태진은 내일 오전 11시 비행기였기 때문에 곧장 공항으로 갈 예정이다.

"내일 나올 필요 없어."

윤정규의 잔에 술을 따르면서 이태진이 말했다.

샘플이 든 트렁크가 2개나 되었기 때문에 혼자 끌고 다니기는 벅차다. 그러자 윤정규가 고개를 저었다.

"아니, 왜 그러십니까? 할 일 없는데 나가야죠. 짐도 많은데 안 간다는 게 오히려 이상하죠."

그러자 한여옥이 나섰다.

"그럼, 저도 가요. 전 공항에서 기다릴게요."

"이것들이, 참."

"셋이라도 똘똘 뭉쳐야죠."

한 모금에 소주를 삼킨 한여옥이 이태진을 보았다.

"우리가 언제 이런 기회가 있겠어요?"

"무슨 말야?"

"셋이 모일 기회요."

"비관적이군."

"회사에선 소문이 다 났어요. 과장님이 출장 다녀와서 그만둔다구요."

"그건 두고 봐야지."

"과장님이 오늘 회장실에 불려간 것도 공장에까지 소문이 다 났어요."

한여옥이 말을 이었다.

"회장실 비서 미스 김한테서 나온 소문인데, 회장님이 오더 받지 못할 것 같으면 안 가는 것이 낫지 않겠느냐고 했다는군요. 맞아요?"

그 순간 이태진이 숨을 들이켰다. 회장 비서 김연주의 기지일 것이다. 회장이 시켰을 리는 없다.

"맞아."

둘의 시선을 받은 이태진이 고개를 끄덕였다.

"그래서 될지 안 될지는 가봐야 한다고 했지. 가지도 않고 비겁하게 앉아서 월급만 축내기는 싫다고 했어."

"결국 확실하게 해놓았군요."

한여옥이 한숨을 쉬었다.

"회장은 비싼 출장비라도 아껴볼 생각이었는데 고집을 부려버렸으니."

"이 상황에서 그럼 안 가겠다고 할 수는 없지."

"부장이 아까 과장님한테 개망신 당한 것도 소문이 다 났어요."

"그놈의 소문."

이태진이 쓴웃음을 지었다.

"어쨌든 요란하게 떠나는군."

"회사 역사상 중동 출장은 처음이니까요. 그리고 한 달간 장기 출장도."

그러자 윤정규가 덧붙였다.

"출장비도 역사상 가장 많을걸요?"

"그러니까 회장이 가능성 없으면 가지 말라고 마지막 날까지 말렸지."

한여옥이 말을 받는다. 이태진이 한 모금에 술을 삼켰다.

오더가 안 되면 끝이다.

8시 40분이 되었는데도 오세영은 기다리고 있었다. 입구 쪽에 등을 보이고 앉아 술을 마시는 중이었다.

"놀랍군."

앞쪽에 앉으면서 이태진이 말했을 때 오세영이 고개를 들었다.

차분한 표정. 갸름한 얼굴형에 눈꼬리가 조금 솟아서 날카로운 인상. 곧은 콧날. 엷은 입술은 항상 꾹 닫혀 있다.

"회식했어?"

"응. 송별회."

이태진이 앞에 놓인 맥주병을 들고 빈 잔에 술을 채우면서 말했다.

"한 달은 희망을 가지고 버텨주겠지."

"어쨌든 고집은 대단하다."

오세영이 눈을 가늘게 뜨고 이태진을 보았다.

"마지막 순간까지 회사를 잡고 흔들었어."

"내 생존본능이지. 억지가 아냐."

"글쎄, 그 본능이 대단하다니까?"

"그래서 천하의 오세영이 관심을 보이기 시작한 건가?"

"오해 마. 난 동료로서 경의를 표하는 거야. 이젠 경쟁자가 하나 없어지는 마당에 말야."

그때 이태진이 잔을 들고 맥주를 몇 모금 삼키고 나서 말했다.

"하루 출장비가 50불이야. 비행기 삯 빼고 한 달 숙식비, 교통비로 1,500불 받았다."

"알아. 턱도 없이 모자라겠지. 회사에서는 중동지역 호텔 방값도 모를 테니까."

오세영의 얼굴에 쓴웃음이 번졌다.

"그 돈도 아까워서 가능성 없으면 출장 가지 말라고 했다면서? 마지막 순간에 회장이 말야."

"그렇지."

이태진이 잔에 술을 채웠다.

오세영에게 미안하지만 된장, 새우젓, 조개젓을 가져가는 삯으로 회장한테 500불을 받았다는 이야기를 할 수는 없다. 그 말은 팀원들한테도 하지 않았다.

그때 오세영이 이태진을 보았다. 눈이 반짝이고 있다.

"가능성 있어?"

요점이 이것이다.

이태진이 쓴웃음을 지었다.

"없어."

"뭔가는 있으니까 이렇게 나가는 거 아냐?"

"없어."

"그럼 소문대로 회삿돈으로 한 달 동안 중동 여행 다니는 건가? 요르단에 관광지도 많던데."

"시간 날 때 구경할 것 있으면 해야지."

이태진이 지그시 오세영을 보았다.

가슴이 막막해졌다.

오세영을 의심하기 때문은 아니다. 그렇다고 믿지도 않는다.

이렇게 술자리를 만들어 주었지만 어쩔 수 없다. 직장생활에서는 모두가 경쟁자고 적이다. 방심했다가 거덜이 난 경우를 수없이 보았기 때문이다. 그때 오세영이 고개를 끄덕였다.

"좋아. 잘 다녀와."

"고마워. 그리고…."

잠깐 망설였던 이태진이 말을 이었다.

"네 호의는 잊지 않을게. 언젠가는 갚아줄 테니까."

"그러든지."

오세영의 얼굴에 쓴웃음이 번졌다.

"그렇게 쫓기듯이 살지 말고 여유를 가져. 그럼 더 멀리 보일 테니까."

"네가 내 입장이 돼봐라."

이태진의 가슴이 다시 답답해졌다.

그때의 생각.

'난 제대로 된 연애도 못 할 것 같다.'

카페에서 맥주를 2병 더 마시고 택시 정류장에서 헤어졌다.

"잘 다녀와."

오세영이 손을 내밀며 웃었다.

"오더 받아서 복수해."

"그래, 고맙다."

오세영의 말랑한 손을 잡은 이태진이 힘차게 흔들었다.

문득 감회가 일어났다.

한 달 후에 어떻게 될지 아무도 모르는 것이다.

다음 날 오전 8시 반.

김포공항 출국장 안.

이태진이 한여옥과 윤정규를 만난다.

이태진의 가방은 3개나 된다. 직접 들고 탑승할 가방을 제외하고 그렇다. 짐을 먼저 수하물로 보내고 나왔을 때 한여옥이 말했다.

"시차가 있으니까 밤에는 집으로 전화하세요."

한여옥이 눈웃음을 쳤다.

"누가 보면 오해하겠지만 할 수 없죠."

"알았어."

"건강히 돌아오십시오."

윤정규가 정색하고 말했다.

"중동과 잘 지키고 있겠습니다."

"그래, 고맙다."

저도 모르게 풀썩 웃은 이태진이 윤정규의 어깨를 손바닥으로 툭 쳤다. 이태진이 몸을 돌렸다.

옆쪽에서는 출국자 가족이 모여 기념사진을 찍고 있다.

그런 시대다.

첫 방문지는 요르단의 암만이다.

요르단 비자를 받았기 때문에 무사히 입국.

암만의 유니온 호텔에 투숙한 이태진은 다음 날 아침부터 시장에 나갔다.

이곳의 바이어는 없다. 무역진흥공사에서 뽑아온 바이어 리스트를 갖고 있을 뿐이다.

뜨거운 날씨다.

호텔에서 전화를 했지만 거의 통화가 안 되었기 때문에 직접 방문이다. 등에 기본 샘플이 든 가방을 메고 손에는 카탈로그가 든 가방을 들고 가게를 돌아다닌다.

"부크라."

이것은 카탈로그를 내밀었을 때 듣는 말이다. '다음에 오라'는 말이다.

"인슈알라."

내일 와도 되겠느냐고 물으면 그런 대답을 듣는다. '신의 뜻이 그렇다면'과 비슷한 내용인데, '오거나 말거나'로 들어도 된다.

만 이틀 동안 암만 시장의 의류가게는 다 들렀을 것이다. 명함을 5백 개 가져왔는데 68개를 썼으니까.

카탈로그는 30개만 풀었고 샘플은 10여 개를 줬지만 오더는 1달러도 못 했다.

검토하고 연락하겠다는 곳이 12곳, 오퍼시트까지 만들어 준 곳이 4곳이니 그것으로 만족할 밖에.

그렇게 암만에서 3일을 보내고, 다음 목표는 쿠웨이트.

그런데 쿠웨이트 비자가 없다. 입국 비자는 현지 바이어의 초청장을 갖고 한국의 쿠웨이트 대사관에 가서 받아야 한다. 그런데 바이어가 없으니 현지에서 입국 방법을 찾을 수밖에 없다.

오후 4시.

"헬로우."

수화기에서 목소리가 울리자 이태진은 헛기침부터 했다. 우선 영어로 묻는다.

"거기 미스터 손 있습니까?"

"전데요, 누구십니까?"

영어 대답이 울렸을 때 이태진이 버럭 소리쳤다. 이젠 한국말.

"너 손일수 아니냐? 나 이태진이다."

"어."

놀랐는지 잠깐 주춤했던 사내가 이제는 한국말로.

"이태진? 이태진이라고?"

"그래, 이 자식아. 네 형님."

"어, 이런. 너 지금 어디냐?"

"암만. 요르단의 암만이야."

"왜 거기 있는 건데?"

"얌마, 장사하러 왔지."

"아."

"그런데 너한테 가려고."

"나한테?"

손일수는 이태진의 고등학교 동창이다. 지금 쿠웨이트에서 대한항공 주재원으로 근무하고 있는 것이다. 손일수가 이태진의 '쿠웨이트 입국'에 대한 히든카드다. 이태진이 말을 이었다.

"나, 내일 쿠웨이트행 비행기 티켓 끊었다. 쿠웨이트 경유 사우디 제다행 티켓이야."

"그래서?"

"쿠웨이트에 입국시켜주라. 트랜짓으로 이틀간 체류할 수 있다는 말을 들었거든."

"얌마, 그건 암만의 쿠웨이트 대사관에 가서 비자 받아야 돼."

"내가 듣기로는 쿠웨이트 공항에서도 받을 수 있다고 했어."

"그건 쿠웨이트인이 보증을 서야 돼."

"네가 있잖아?"

"내가?"

"그래, 이 자식아. 너 믿고 여기까지 왔는데, 모른 척할 거냐?"

"이런, 젠장."

"나 내일 오후 2시발 '요르단 에어'다."

"아유, 시발 놈."

"내 이니셜 알지? TJ LEE야. 내일 보자."

전화기를 내려놓은 이태진이 한숨을 쉬었다.

손일수가 안 나올 리는 없다. 그럼 쿠웨이트에 이틀간 머물 수 있게 되었다.

그러나 이틀로는 부족하다. 일주일 예정으로 시장을 돌아다니다가 그다음은 사우디다. 그사이에 잡히면 추방당하게 되겠지만.

암만 공항의 출국 심사에서 걸렸다.

세관원이 패스포트를 뒤적거리다가 쿠웨이트 입국 비자가 없다는 것을 지적한 것이다. 항공사 데스크는 통과했는데 마지막 관문에서 걸렸다. 짐은 다 넘어갔고. 이태진이 열심히 말했다.

"공항에서 바이어가 기다리기로 했습니다. 그러니까 이렇게 가는 것 아닙니까?"

여기서 안 된다면 돌아가야 한다.

마지막 방법.

이태진이 비행기 티켓을 내밀었다. 오픈 티켓으로 쿠웨이트에서 사우디 제다를 거쳐 서울로 돌아가는 티켓이다.

2장.

"보시죠. 여기 돌아가는 티켓도 있습니다. 난 절대로 불법 입국자가 아닙니다."

턱수염이 짙게 난 세관원이 부리부리한 눈을 치켜뜨고 이태진을 보았다. 이태진이 필사적으로 시선을 맞받는다.

1초, 2초, 3초, 4초.

'꽝.'

이것은 스탬프 찍는 소리다.

쿠웨이트 공항에 도착했을 때는 오후 1시 반.

트랜짓 라운지에서 기다린 지 2시간 반이 지났을 때다. 라운지 안으로 항공사 제복 차림의 사내가 들어섰다.

손일수다.

기다리다 지쳤고 연락할 방법도 없었기 때문에 최악의 수단을 생각하고 있던 이태진이다. 그것은 트랜짓 라운지 안에서 다시 항공권을 변경해서 암만으로 돌아가는 것이다.

비자도 없는 상태로 사우디 제다로 들어갈 수는 없다, 아예 쿠웨이트 세관이 못 가게 할 테니까.

다가온 손일수가 인상부터 썼다.

"얀마, 널 항공사 직원으로 만들었다."

"땡큐."

"따라와. 니 짐부터 찾자."

몸을 돌린 손일수를 뒤에서 와락 껴안은 이태진이 말했다.

"넌 날 위해서 쿠웨이트 지사원이 된 거다, 손일수."

"지랄하고 자빠졌네."

고등학교 때는 별로 친하지 않았다. 2학년 때 같은 반이었을 뿐이다.

트랜짓 비자로 3일간 체류 허가를 받았다.

쿠웨이트는 중동의 허브 역할이다. 그때가 그랬다.

그러나 대영산업은 쿠웨이트 실적이 전무(全無)다. 그저 코트라(KOTRA)에서 바이어 리스트만 챙겨왔을 뿐이다.

이태진은 호텔 방을 잡고 나서 바로 쿠웨이트 주재 사우디 대사관에 찾아가 트랜짓 비자 신청을 했다. 여권과 함께 신청서류를 제출한 것이다. 서류가 복잡했기 때문에 2시간이나 걸렸다.

사우디 대사관에서 돌아온 이태진이 한식당에서 손일수를 만난다.

"술 있어. 술 마실래?"

손일수가 힐끗 주인을 보더니 눈을 가늘게 떴다. 주인은 한국인이다.

"하지만 마시려면 주방 옆방으로 들어가야 돼. 걸리면 매 맞고 추방이다."

"소주냐?"

"위스키도 있어. 하지만 소주 마시는 게 낫지. 가격은 25불이야."

"내 하루 출장비 절반이구만."

입국시켜 준 인사로 이태진이 술을 사야 할 입장이다. 주방 옆방으로 자리를 옮긴 둘은 김치찌개 안주로 소주를 마셨다.

금주 국가인 쿠웨이트에서의 소주 맛은 일품이었다.

다음 날 오전에 시장을 돌아다니던 이태진이 오후 3시, 사우디 대사관에 들렀다. 입국 허가증을 첨부한 여권을 돌려주는 시간이다.

땡볕이 쪼이는 대사관 마당에는 수백 명의 군중이 운집했는데, 모두 사우디로 가려는 노동자들이다. 대부분이 이집트, 예멘, 요르단인으로, 둘러보았더니 동양인은 이태진 하나다.

흰 쑵 차림의 대사관 직원이 2미터쯤 높은 축대 위로 나왔을 때는 기다린 지 한 시간쯤 지났을 때다. 손에 든 상자에는 여권이 가득 차 있다.

그때 마당이 조용해졌고 직원이 여권 하나를 집더니 이름을 소리쳐 불렀다.

"압둘라 샤마드!"

"호이!"

사내 하나가 손을 번쩍 들면서 소리쳤다. 그러자 직원이 사내를 향해 여권을 냅다 던졌다. 군중 속으로 여권이 떨어졌고 사내가 땅바닥에서 여권을 집는다.

"사야르 바탄!"

직원이 이어서 소리쳤다.

"야!"

대답 소리.

그때부터 군중들이 직원이 내던지는 여권을 향해 이리저리 몰려다녔다. 직원 뒤쪽에 서 있는 경비원 둘은 그 모양을 보고 웃는다.

이태진은 마당 구석에 서서 제 이름이 불리기를 기다렸다. 여기서는 자존심 따위가 있을 리가 없다. 모두 열심히 직원을 쳐다보고 이름이 불리기를 갈망하고 있는 것이다.

사우디는 황금의 땅이다.

돈을 벌 수 있는 곳이다. 그것은 이태진도 마찬가지다.

밖에서 이 장면을 보면 우스울 것이다. 그러나 천만의 말씀이다. 제 이름이 불리기만을 고대하고 있다.

그러나 상자가 빌 때까지 이태진의 이름은 불리지 않았다.

"그거, 며칠 걸립니다."

한식당 주인 박경태가 이제 알았느냐는 표정을 짓고 말했다.

"트랜짓 비자 신청은 거의 승인이 안 납니다. 내가 알기로는 트랜짓으로 입국한 한국인은 없어요."

오후 7시 반.

오늘은 이태진이 혼자 김치찌개로 밥을 먹고 있다. 앞쪽에 앉은 박경태가 말을 이었다.

"누구한테 알아볼 길도 없으니까 매일 나가 보는 수밖에 없죠."

이태진이 젓가락을 내려놓았다.

며칠이 걸리더라도 기다리는 수밖에. 그런데 이틀 후면 쿠웨이트 트랜짓 비자의 체류 기간이 끝난다.

출장 6일째.

이태진이 처음으로 서울과 통화를 한다. 6시간 시차가 났기 때문에 이곳 오전 1시가 서울은 7시다. 출근 준비를 하는 시간이다.

"여보세요."

한여옥의 목소리가 울렸다.

"미스 한, 나야."

"어머!"

이태진의 목소리를 들은 한여옥이 깜짝 놀란다. 이태진이 어깨를 늘어뜨렸다.

"네가 받아서 다행이다."

한여옥은 부모, 동생 하나와 함께 산다. 그때 한여옥이 말했다.

"이 시간에 전화 올 데가 없거든요."

"그래. 요즘 회사 분위기 어때?"

"과장님이 지금 여행 중이라는 소문이 났어요."

"떠나기 전부터 그런 소문이 났지."

"서 과장이 중동과를 흡수한다는 소문도 났구요."

"어쨌든 너희들 둘은 별일 없을 거야."

"지금 어디에요?"

"쿠웨이트."

"거긴 잘 들어가셨네."

"아슬아슬했지."

"일주일 가깝게 되었는데, 잘 돼요?"

"잘 돼야지."

"몸 잘 챙기세요."

"고맙다."

"우리 걱정은 마시고요."

한여옥이 말을 이었다.

"과장님 돌아오시면 나도 그만둘 거예요, 갈 데 많으니까."

이태진은 소리죽여 숨을 뱉었다. 한여옥도 한 달 동안 유람 여행 다닌다는 것을 믿는 모양이다.

통화를 끝낸 이태진이 냉장고를 열고 생수병을 꺼내 들었다. 그러고는 생수병을 소주병처럼 들고 병째로 마셨다. 술 생각이 났기 때문이다.

"부크라, 부크라."

오전 11시부터 시장을 돌아다녔지만 명함도 받지 않고 가게 밖으로 몰아내면서 하는 소리다.

아침부터 땡볕이 쪼이는 거리로 나오면 숨이 턱 막힌다.

명함을 3백 장 가져왔기 때문에 가게마다 명함을 뿌렸다. 가끔 이태진과 비슷한 세일즈맨을 만날 때가 있다. 동병상련의 감정보다 경쟁자라는 선입견이 먼저 발동해서 서로 외면하고 지나친다.

그러다 오후 12시 반경.

의류가게에 함께 들어갔다가 같이 쫓겨난 사내를 이태진이 불렀다.

동양인이다. 30대쯤.

"이봐, 어디서 온 거야?"

가게 문 앞에서 영어로 물었더니 사내가 걸음을 멈췄다. 후줄근한 양복 차림.

"타이완. 너는?"

"오, 난 코리아, 사우스."

"그렇군. 난 제임스야. 제임스 찬."

"난 리. 태진 리다."

주머니에서 명함을 꺼낸 이태진이 사내와 교환했다. 점심시간이었기 때문에 둘은 근처의 허름한 식당으로 들어섰다. 양고기 샌드위치와 차를 시킨 둘은 구석 자리에 마주 보고 앉았다.

"오더 좀 했어?"

이태진이 묻자 제임스는 고개를 저었다.

"열흘 있었지만 빈손이야."

"새 거래선 뚫기가 어렵군."

"동구권 놈들이 쏟아져 들어와."

가져온 양고기 빵을 집으면서 제임스가 말을 이었다.

"유고슬라비아, 체코, 폴란드 쪽은 가까운 데다가 제품의 경쟁력이 있어. 쿠웨이트 의류 시장의 65퍼센트를 동구권에서 차지한 상황이야."

고개를 끄덕인 이태진이 물었다.

"넌 쿠웨이트에 몇 번째 왔나?"

"이번이 세 번째야. 작년에는 15만 불쯤 했는데 올해는 빈손으로 돌아가야 될 것 같아."

제임스가 고개를 들고 이태진을 보았다.

"자체 공장이 있어?"

"있어. 우리는 내수 시장을 45퍼센트 장악하고 있는 생산업체야."

"우린 무역업체인데, 우리보다 가격 경쟁력은 강하겠군."

홍차 잔을 든 제임스가 말을 이었다.

"리, 넌 언제 돌아가나?"

"며칠 더 있다가."

"서울로 돌아가나?"

이태진이 고개만 끄덕였다.

지금 사우디 입국을 위해서 목을 맨 상황이라고 말할 필요는 없다.

오후 3시.

다시 쿠웨이트 주재 사우디 대사관 안.

오늘도 수백 명의 입국 대기자들이 몰려 서 있다. 마당의 구석 쪽 벽에 붙어 서 있던 이태진이 축대 위로 등장하는 대사관 직원을 보았다.

직원은 옆구리에 여권이 든 상자를 끼고 있다. 웅성거리던 대기자들이 모두 입을 다물었고 직원이 상자에서 여권 하나를 꺼냈다.

입국 허가 서류가 첨부된 여권 소지자 이름을 부른다.

"모함마드 알 카리프!"

"야!"

우렁찬 대답이 옆에서 들렸다. 직원이 냅다 이쪽으로 여권을 던졌다.

"사라트 압둘라!"

"아이!"

군중들이 이러저리 몰리기 시작했다.

오늘도 비자가 안 나왔다.

사흘째 안 나오는 것이다. 주위에 물어보았더니 비자를 받지 못한 여권은 5일이 지나면 돌려준다는 것이다.

오늘이 사흘째였으니 이틀 남았는가?

빈손으로 호텔로 돌아온 이태진에게 손일수가 찾아왔다. 아침에 전화로 온다고 했다.

"내일도 비자 안 나오면 돌아가야겠군."

근처 중식당으로 들어가 앉았을 때 손일수가 말했다.

"기다리는 사람도 없다면서 기를 쓰는구나. 가서 오더가 된다는 보장도 없잖냐?"

"그렇지."

"한 달 출장이지?"

고개만 든 이태진에게 손일수가 말을 이었다.

"내가 네 티켓 바꿔줄게. 여기서 인도네시아, 필리핀, 태국 비자는 쉽게 받을 수 있어. 그러니까 나머지 기간은 그쪽 돌아다니면서 관광이나 해."

"그럴까?"

손일수의 호의에 반응했을 뿐이지 천만의 말씀이다.

이곳에서 안 되면 이집트에서 사우디로 입국할 방법을 찾을 예정이었다. 그러려면 먼저 이집트 비자를 받아야 한다. 이곳에서 이집트 비자는 받기 수월하고 이집트에서 사우디 비자 받기가 까다롭지 않다고 들었기 때문이다.

손일수가 말을 이었다.

"내일 여자 하나 소개시켜 줄게, 잠깐 긴장 좀 풀어라."

"아쭈. 네가 웬일이야?"

"일본항공 직원인데, 예뻐. 네 이야기를 했더니 소개시켜 달라던데?"

"무슨 음모가 있는 건 아니지?"

"좀 밝은 세상에서 살아라, 이 자식아. 이건 순 음모나 흉계만 꾸미고 사는 놈 같구만."

"내가 좀 삭막하게 살지."

볶은 고기를 맛없게 씹으면서 이태진이 고개를 끄덕였다.

"넌 너무 뜨거운 세상에서 살고."

"여긴 동양 남자가 드물어. 주변에 기혼남뿐이고."

손일수는 결혼 1년 차로 신혼생활을 쿠웨이트에서 하는 중이다. 30평형 아파트에서 산다는데, 손일수는 집에 초대할 생각은 없는 모양이고, 이태진도 와이프 안부도 물어보지 않았다.

"어쨌든 내일 오후 7시로 시간 정했으니까 만나라."

손일수가 말을 이었다.

"비자 안 나오면 스에코 만나서 스트레스 풀어."

"샘플을 두고 가."

가게 주인이 말했기 때문에 이태진이 고개를 들었다.

오전 10시 40분.

시장의 의류가게 안.

아직 손님이 몰려오기 전이어서 한산했기 때문에 주인과 대화를 나눌 기회를 잡았다.

"샘플하고 오퍼를 드릴까요?"

이태진은 샘플이 든 가방을 펼쳐놓은 상태다. 그때 주인이 고개를 저었다.

"아니. 오퍼는 필요 없고, 샘플만."

"그럴 수는 없는데요."

그러자 주인이 이를 드러내고 웃었다.

"답답하군. 오퍼를 줘도 오더를 안 하면 끝나잖아?"

"오퍼를 한다는 건 가격과 품질을 체크한다는 것이죠. 가격 제시도 안 하고 샘플을 드릴 수는 없는데요."

"그럼, 나가."

주인이 손으로 출입구를 가리켰다.

"지금 당장."

이태진은 잠자코 가방을 닫았다. 가방을 든 이태진이 허리를 폈을 때 주인이 명함을 땅바닥에 던졌다. 힐끗 주인과 시선을 마주친 이태진이 몸을 굽혀 자신의 명함을 주웠다.

다시 사우디 대사관 안.

여전히 땡볕이 쏟아지는 마당. 수백 명의 노동자들.

매일 이만한 숫자의 노동자가 사우디로 입국하는 것이다, 사우디는 황금의 땅이니까. 모두의 얼굴에 황금빛이 떠 있는 느낌이다.

그때 직원이 상자를 들고 등장했기 때문에 군중이 조용해졌다. 축대 위에 선 직원이 여권 하나를 집어 들더니 소리쳤다.

"무라바크 가심!"

"야!"

바로 옆에 서 있던 사내가 벽력같은 고함을 쳤기 때문에 이태진이 깜짝 놀랐다. 그때 여권이 날아와 이태진의 머리에 떨어졌다.

그것을 본 군중들이 '와' 웃었다. 이태진이 옆으로 비켜섰을 때 다시 직원이 호명했다.

"아부 아딜!"

"야!"

"하무드 질락!"

"야!"

이리저리 몰리는 군중들을 피해 옆쪽 벽에 붙어 선 이태진은 심호흡을 했다.

이번이 마지막이다.

오늘 '트랜짓 비자'가 나오지 않으면 쿠웨이트를 떠나야 한다. 이미 쿠웨이트 체류 기간이 지났기 때문이다.

"카시드!"

"야!"

다시 옆에서 대답 소리가 들렸고 이제는 이태진이 먼저 자리를 피했다. 시간이 지나면서 점점 이태진의 가슴이 무거워졌다. 군중들이 줄어들었고 직원의 바구니도 가벼워졌다. 이태진이 손등으로 이마의 땀을 닦았다.

그때다.

"태진 리!"

직원의 목소리가 마당을 울렸다. 놀란 이태진이 입을 딱 벌렸지만 소리가 나오지 않았다.

짜증이 난 직원이 다시 소리쳤다. 목소리가 높아졌다.

"태진 리!"

"받았군."

손일수의 목소리도 밝다. 비자를 받은 이태진이 손일수에게 바로 전화를 한 것이다.

"잘됐다, 이 자식아. 그럼 내일 출발할 수 있겠구나."

"오후 6시 비행기다."

"만 하루 시간이 있구만."

손일수가 떠들썩한 목소리로 말했다.

"그럼 오늘 저녁에 부담 없이 스에코 만날 수 있겠다."

아, 스에코.

일본항공 스튜어디스.

# 2장 코리안과 예멘인

오후 6시.

인터컨티넨탈 호텔 커피숍으로 들어선 이태진이 안쪽 기둥 옆에 앉아있는 동양 여자를 보았다. 동양 여자는 하나뿐이다.

여자가 고개를 들고 다가오는 이태진을 본다. 갸름한 얼굴형. 눈꼬리가 조금 치켜 올라갔고 곧은 콧날. 얇은 입술은 꾹 닫혔다.

미인이다.

그때 여자가 자리에서 일어섰다. 날씬한 몸매. 베이지색 투피스를 입었다. 머리는 뒤로 묶어 올렸기 때문에 목이 드러났다. 다가선 이태진이 물었다.

"스에코 씨?"

"네."

맑고 울림이 있는 목소리. 스에코가 눈을 가늘게 뜨고 웃는다.

"미스터 리?"

고개를 끄덕인 이태진은 사우디 비자를 받은 기쁨이 배가(倍加)되는 것을 느꼈다.

스에코는 27세.

2년 동안 스튜어디스로 일하다가 작년에 '그라운드 근무'를 자원해서 쿠웨이트로 왔다고 했다. 왔다 갔다 날아다니는 것이 지겨워서 외국에서 일정 기간씩 사는 것으로 마음을 바꿨다는 것이다.

올가을까지 쿠웨이트에서 1년을 채우고 헝가리의 부다페스트로 옮겨갈 작정. 애인은 없고 가끔 만나는 '친구'는 세 명 있으며 '미스터 리'도 그 '친구'에 포함될지는 아직 알 수 없다면서 웃었다.

호텔의 중식당으로 자리를 옮겼을 때 스에코가 웃음 띤 얼굴로 이태진을 보았다.

"미스터 손한테서 들었어요. 사우디 트랜짓 비자를 받으셨다구요?"

"간신히."

"그렇게 입국해서 오더 가져갈 수 있어요?"

"시도는 해봐야죠."

"쿠웨이트도 겨우 입국하셨다면서."

"손일수가 별걸 다 이야기한 것 같군."

이태진이 얼굴을 펴고 웃었다.

비자를 받지 못했다면 이렇게 웃지도 못했다. 아니, 만날 여유도 없었겠지.

스에코가 물었다.

"리, 한국은 살기 어때요?"

"지금 부글부글 끓고 있지."

이태진이 바로 말을 받았다.

"한쪽은 민주화 열기로, 또 한쪽은 나 같은 노동자로."

"당신이 노동자?"

"무역 일꾼이라고 해도 되고."

"난 한국은 안 가봤어."

스에코가 흐려진 눈으로 이태진을 보았다.

"가깝지만 먼 나라야, 나에겐."

"한국 남자를 친구로 만들면 돼, 스에코."

그러자 스에코가 덧니를 내보이며 웃었다.

"봐서."

"사우디에서 어디로 갈 거야?"

저녁을 먹고 호텔 로비로 나왔을 때 스에코가 물었다.

오후 10시가 되어가고 있다. 로비의 소파에 나란히 앉은 이태진이 스에코를 보았다. 스에코한테서 옅은 향내가 맡아졌다.

"카이로."

이태진이 말을 이었다.

"트랜짓 비자를 받으려면 다음 행선지 티켓을 첨부해야 되어서 카이로 티켓을 끊은 것이지."

"그럼 카이로에서 나 만날 수 있어?"

스에코의 두 눈이 반짝였다.

"카이로에서?"

놀란 이태진이 스에코를 보았다.

"네가 카이로에 간다구?"

"그래. 당신이 연락하면 갈게."

"넌 나한테 희망을 주는 여신(女神)이야."

"그런가?"

스에코가 다시 덧니를 보이며 웃었다.

"내가 힘이 되었어?"

"오더가 안 되더라도 널 만날 희망이 남아 있으니까."

"다행이네."

고개를 끄덕인 이태진이 자리에서 일어섰다.

남녀의 만남에서 진퇴(進退)가 가장 중요하다. 오늘은 여기서 헤어지는 것이 낫다.

이태진이 손을 내밀자 스에코가 눈을 가늘게 뜨면서 손을 잡았다.

"리, 여기서 헤어지는 거야?"

"그래. 안녕, 스에코."

"내 집에서 커피 마시자고 할 작정이었는데."

스에코가 손을 놓으면서 고개를 끄덕였다.

"전화 기다릴게."

다음 날 오후 5시.

쿠웨이트 출국장.

가방을 먼저 수하물로 보낼 때 문제가 발생했다.

열흘이나 지난 조개젓 플라스틱병에서 국물이 흘러나왔기 때문이다. 막상 가방을 풀었더니 악취가 진동했기 때문에 경비까지 몰려왔다.

당황한 이태진이 스카치테이프로 수십 번을 다시 동여맨 후 해명을 했지만 버리라는 지시를 받았다. 난감해진 이태진이 상급자를 부르라고 항의했기 때문에 수속이 길어졌다.

이제는 승객들이 항의를 하는 바람에 여행사 직원은 할 수 없이 조개젓이 든 가방에 '위험물' 스티커를 붙이고는 통과시켰다.

이제는 출국심사.

마지막 관문.

'트랜짓 비자'를 받았지만 완전하지 않다. 출국심사에서 '노' 하면 끝이다. '트랜짓 비자'를 이용해서 불법 입국하는 노동자들이 많기 때문이다. 사우디 노동자들의 절반가량이 불법 입국자다.

수염투성이의 심사원이 이태진이 내민 여권을 보더니 고개를 들었다. 검은 눈동자가 총구 같다. 다시 고개를 숙인 사내가 다시 여권을 보았다.

이태진은 사내를 응시하고 있었지만 저절로 어금니가 물렸다. 그때 고개를 든 사내가 이태진에게 물었다.

"제다에서 카이로로 갈 거야?"

여권에 제다~카이로 티켓도 첨부해놓았기 때문이다.

이태진이 대답했다.

"그렇습니다."

"안 가면 그만이지."

"그럴 리가 있습니까? 내 얼굴을 보시죠."

"당신 얼굴을 왜?"

사내가 똑바로 이태진을 보았다. 그때 이태진이 손끝으로 제 볼을 가리켰다.

"당신은 수많은 얼굴을 겪었을 텐데 내가 거짓말을 하는 것 같습니까?"

그때 사내의 수염에 묻힌 입술 끝이 비틀거리는 것 같더니 스탬프를 들었다.

"철컥!"

스탬프 찍는 소리가 상쾌하게 들렸다.

아라비아반도를 동서로 횡단한 비행기가 동쪽 끝의 제다 상공으로 접근하고 있다. 창가의 자리에 앉아있던 이태진이 어둠에 묻혀있던 아래쪽 대지에 불빛이 솟아나는 것을 보았다.

제다다.

왕궁의 둥근 지붕은 황금색으로 번쩍이고 있다. 숨을 들이켠 이태진이 불빛을 내려다보면서 말했다.

"1백만 불."

저절로 '1백만 불'이란 단어가 나왔다. 옆자리에 앉아있던 서양인 사내가 이태진을 보았다. 시선을 의식하면서도 이태진이 말을 이었다.

"그래. 1백만 불을 할 거야, 1백만 불."

목소리가 컸기 때문에 서양인 옆쪽 사내도 시선을 주었다. 그러나 내친김이다. 창밖을 응시한 채 이태진이 계속했다.

"1백만 불이야, 1백만 불. 신이여, 도와주소서."

물론 한국말이다.

비행기는 이제 고도를 뚝뚝 떨어뜨리고 있다. 대지의 불빛이 와락 다가왔다.

'레드 시 팰리스' 호텔.

홍해 바닷가에 세워진 특급호텔이다.

이태진은 특급호텔의 특실에 투숙했다. 일반실이 110불이어서 하루 출장비의 2배가 넘는 특급호텔이다. 특실 요금은 250불. 이건 출장비의 다섯 배가 되었고.

쿠웨이트에서 일반실 예약을 했다가 이곳에 와서 변경한 것이다. 특실은 최상층에 위치했는데, 응접실, 회의실까지 갖춰졌고 침실은 2개.

이태진이 특실로 바꿨을 때 의심쩍은 표정이 된 지배인이 3일분 '디파짓'을 요구했다. 그래서 1천 불짜리 여행자 수표를 건넸더니 금세 말끝마다 '써'가 들어가는 것이었다.

다음 날 오전.

9시가 되었을 때부터 이태진은 전화기를 붙들고 앉아서 전화를 했다. 코트라(KOTRA)에서 가져온 바이어 리스트를 펴놓고 전화를 하는 것이다.

쿠웨이트와는 다른 방법이다.

제다는 사우디의 제일 큰 시장이다. 쿠웨이트가 중동의 중심시장 역할을 하지만 제다는 중동과 아프리카까지 포함한 광대한 지역을 장악하고 있다. 규모 면으로도 쿠웨이트보다 10배 이상으로 크다.

이곳은 도매상이 발달해서 쿠웨이트나 요르단처럼 샘플 가방을 둘러메고 가게에 들어가는 방법이 통하지 않는다.

그것까지 조사했기 때문에 시장 현황은 나중에 보기로 한 것이다.

"여보세요, 아부 핫산 씨 계십니까?"

이렇게 해서 사장부터 찾았다.

"난 코리아의 대영산업 매니저 미스터 리라고 하는데요."

사장하고 연결이 되면 그렇게 말했다.

"대영산업은 코리아 내수 시장의 60퍼센트를 차지하는 의류 생산 수출업체입니다. 난 이곳에 독점 대리인을 선정하러 왔습니다."

그러면 상대방은 조금 관심을 갖는다. '독점'이라는 말에 호기심을 느끼기 때문이다. 그때 대부분의 상대가 묻는다.

"지금 어디 계시오?"

"아, 난 지금 레드 시 팰리스 호텔에 투숙했습니다."

그렇게 대답했을 때 전화를 끊는 상대는 단 한 사람도 없다. 상대방은 특급 호텔에 투숙하고 있는 것이다. 그때 이태진이 말을 잇는다.

"1802호실에 있습니다. 여러분을 초청해서 브리핑을 한 후에 개별 면담을 하고 나서 독점 대리인을 선정할 것입니다. 이틀 후인 오전 10시에 브리핑을 합니다."

제다 상인 대부분은 팰리스 호텔의 18층이 특실이라는 것은 아는 것이다. 지금까지 들어본 적도 없는 회사였지만 특급호텔의 특실에 투숙한 것을 보면 믿을 만한 회사인 것 같다.

이것이 보통 사람들의 인식이다.

10여 명의 바이어에게 연락을 한 후에 이태진이 다시 전화기를 들었을 때는 오후 4시가 되었을 때다.

버튼을 누르고 전화기를 귀에 붙였을 때 곧 응답 소리가 들렸다.

"헬로우."

여자 목소리.

그때 이태진이 물었다.

"정예은 씨 계십니까?"

한국어로 물었을 때 금세 한국말 대답이 돌아왔다.

"네, 전데요."

회장 딸.

죽을 고생, '개쪽' 팔리면서 들고 온 조개젓, 새우젓, 창난젓, 된장, 고추장, 참기름의 수취인.

무게가 8킬로가 넘는다. 그래서 수하물 초과요금을 2백 불이나 더 냈다.

이태진이 말을 이었다.

"저, 대영의 이태진이라고 합니다."

"어머. 지금 어디 계세요?"

"레드 시 팰리스에 있는데요, 어젯밤에 도착했습니다."

"어머, 오셨네요."

정예은의 밝은 목소리가 울렸다.

"어머니한테서 연락 받고 기다리고 있었어요."

회장이 아니라 회장 사모님이 연락한 모양이구나.

정예은이 말을 이었다.

"비자 받기 힘드셨을 텐데 도와드리지 못해서 죄송해요."

"아닙니다. 당연히 제가 해야죠."

숨을 고른 이태진이 말을 이었다.

"제가 드릴 게 있는데 어디로 가면 됩니까? 택시 타고 가겠습니다."

"제가 그쪽으로 가야 되는데, 아이가 있어서 죄송해요."

아이가 있구나.

"아닙니다. 주소 말씀해주시지요. 지금 가겠습니다."

그러자 정예은이 주소를 불러주었다.

교외의 주택가에서 택시가 섰다.

이곳은 외국인 거주지로 주변이 숲에 싸였고 조용한 분위기다.

손에 가방을 쥔 이태진이 곧 흰 벽에 푸른색 지붕의 단층 주택을 찾아내었다. 벽돌 담장을 돌아 정문의 문패를 보았더니 번지수도 맞다. 정문의 철문 사이로 30평쯤 넓이의 정원도 보였다.

아직도 햇살이 뜨거운 한낮이다. 지열이 반사되어 50미터쯤밖에 걷지 않았는데도 땀이 흘렀고 머리가 어질어질했다.

이태진이 벨을 누르자 곧 스피커에서 목소리가 울렸다.

"네, 오셨어요?"

한국말이다.

이태진의 심장박동이 빨라졌고 곧 문이 열렸다.

순간 이태진이 숨을 들이켰다.

눈앞에 선 여자. 짧은 머리. 웃음 띤 얼굴. 화장기가 없는 피부는 윤기가 난다. 맑은 눈. 곧은 콧날. 어질어질했던 머릿속이 서늘해졌다.

"안녕하세요?"

정예은이 먼저 인사를 했다.

"처음 뵙습니다. 이태진입니다."

고개를 숙여 보인 이태진에게 정예은이 비켜서며 말했다.

"들어오세요."

정예은 앞을 지날 때 옅은 향내가 맡아졌다. 체취가 섞인 향기.

"이거 제가 들게요."

다가선 정예은이 손을 내밀었다. 이태진이 들고 있는 반찬 가방을 대신 들려고.

"아니, 됐습니다."

다시 정예은의 향내가 맡아졌다.

이태진은 그대로 가방을 든 채 집 안으로 들어섰다.

방 3개에 응접실이 구비된 단층집.

앞쪽으로 맨땅인 정원이 펼쳐졌다. 마당 끝에 야자수 한 그루가 가지를 늘어뜨리고 있다. 응접실 구석에 작은 침대가 놓였고 아이가 잠이 들었다.

"이거 받으시죠."

이태진이 응접실 탁자 위에 가방을 내려놓으면서 말했다. 이 가공할 젓갈.

"아유, 아유."

감탄사를 연달아 뱉으면서 정예은이 가방을 열고 젓갈이 든 플라스틱병을 꺼내기 시작했다. 이태진은 정예은의 환한 얼굴만 훔쳐보고 있다.

그렇다. 마치 배고픈 거지가 고급 음식을 쳐다보는 느낌. 그런 분위기로 훔쳐보았다.

정예은은 정신없이 움직였다. 플라스틱병에 든 젓갈을 옮겨 담고, 옮기고. 이태진도 도와줬다. 새우젓 뚜껑이 너무 꽉 닫혀서 열리지 않았기 때문이다. 응접실에 젓갈 냄새가 가득했지만 정예은은 그것을 한껏 들이마시고 있다.

"영사님은 언제 오십니까?"

젓갈을 다 정리했을 때 이태진이 물었다.

"리야드 출장 갔어요."

주방에서 정예은이 대답했다.

"내일 돌아와요."

그럼, 집에 혼자 있구나.

왠지 편안해진 이태진이 다시 집 안을 둘러보았다. 그저 평범한 가구다. 장식도 별로 없다. 에어컨이 켜진 집 안은 시원했지만 삭막한 느낌이다. 응접실 구석의 작은 침대에는 아이가 아직도 깨어나지 않았다.

"저녁 준비했으니까 저녁 들고 가세요."

정예은이 이쪽에 등을 보인 채 말했다.

"젓갈 반찬으로요."

목소리에 웃음기가 섞여 있다.

새우젓이 이렇게 맛있는 반찬이 될지 몰랐다. 새우젓만으로 흰 쌀밥을 먹을 정도였다. 새우젓, 조개젓, 창난젓, 거기에다 고추장 반찬이 모두 이태진이 가져온 것이다.

그야말로 게 눈 감추듯이 밥 두 그릇을 뚝딱 먹어버린 이태진이 만족한 표정으로 밥상에서 물러났을 때는 오후 6시 반쯤 되었다. 그때는 아이가 깨어 있었는데 순했다. 울지도 않고 젖병을 물리니까 다시 조용해졌다.

"언제까지 제다에 계실 건가요?"

대충 상을 치운 정예은이 물었다. 이제는 언행이 자연스럽다.

"좀 있을 겁니다."

이태진이 그렇게만 대답했다. 오더가 될 때까지 이곳에 있을 작정이라는 말을 할 필요는 없다. 어차피 정예은도 오늘 만나고 다시 만날 이유도 없으니까.

"거기 비싼 호텔인데, 괜찮으세요?"

고개를 든 정예은이 묻자 이태진은 쓴웃음을 지었다.

"팰리스에는 며칠만 있다가 싼 호텔로 옮길 예정입니다."

"왜요? 싼 호텔 잡기 힘드셨어요?"

정예은과 시선이 마주쳤다. 검은 눈동자가 반짝이고 있다. 그때 이태진이 입을 열었다.

"사우디에는 거래 실적이 없습니다. 우리 회사에서 와본 사람이 없고 회사 이름을 아는 바이어도 없는 실정입니다."

정예은이 눈만 깜빡였고 이태진이 말을 이었다.

"그래서 싼 여관에 투숙한 상태로 바이어한테 접촉하는 것보다는 최고급 호텔로 부르는 것이 낫다고 생각했습니다."

"…."

"호텔 방 안에 샘플과 카탈로그를 전시해놓고 설명회를 할 작정이거든요."

"아!"

정예은이 짧게 탄성을 뱉었을 때 이태진의 말이 이어졌다.

"나는 여기서 오더를 해야 됩니다. 우습게 들릴지 모르지만 목숨을 걸고 온 겁니다. 오더를 해야 내가 삽니다."

그러자 정예은이 숨을 들이켰다가 외면했다. 옆얼굴이 그림처럼 곱다.

다음 날은 하루 종일 호텔에서 샘플을 진열했다.

오퍼시트와 카탈로그도 옆쪽에 쌓아놓고 샘플과 비교할 수 있도록 전시해 놓았다. 스위트룸은 응접실이 있었기 때문에 응접실은 샘플을 진열하기에 적당했다.

틈틈이 바이어한테 연락했고 내일 오전 10시에 '상담회'를 시작한다는 재확인을 했다. 상담회에 방문을 약속한 업체는 7개에서 4개가 늘어나 11개 업체가 되었다.

소문이 났는지 2개 업체가 먼저 연락을 해왔기 때문이다. 다른 2개는 이태진이 어제 연락이 안 되었던 업체와 연락이 된 것이고.

오후 7시 반.

일찍 저녁을 먹은 이태진이 호텔 방 안에 섰다.

응접실 안.

샘플이 진열된 옆쪽에 호텔에서 빌려온 의자 14개가 놓여 있다. 바이어들이 앉을 의자다. 호텔에서 이틀간 빌리는 데 200불이 또 들어갔다. 출장비는 이미 다 날아가서 내일부터는 사비로 가져온 돈이 나간다.

의자 앞쪽에 선 이태진이 헛기침을 했다.

엄숙한 표정.

이윽고 이태진이 손에 든 원고를 읽는다.

"신사 여러분, 저는 한국의 대영산업 중동지역 매니저 이태진입니다. 만나서 영광으로 생각합니다."

예행연습이다.

빈방에서 이태진의 목소리가 이어졌다.

"대영산업은 한국 내수 시장의 60퍼센트를 차지하는 의류업체입니다. 이번에 저는 회사를 대표해서 중동지역의 판매 대리인을 선정하려고 왔습니다."

말을 그친 이태진이 '판매 대리인'이란 단어를 펜으로 지우고 '독점 판매 대리인'이라고 고쳐 썼다. 그러고는 숨을 들이켜고 나서 말을 이었다.

"독점 판매 대리인을 선정하려고 온 것입니다. 독점 판매 대리인은 회사의 전폭적인 지원을 받을 것입니다."

독점 판매 대리인?

판매를 독점시켜 준다는 말이다. 듣기는 그럴듯했지만 '팔리지도 않는' 제품을 누가 독점하겠는가? 그건 독박을 쓰는 것이지. 잘 팔리는 제품이라면 독점하려고 난리를 치겠지만 말이다.

그러나 '독점 판매'라는 단어는 눈길을 끌 만하다. 더욱이 상품이 신선하다면 경쟁이 붙을 만하지.

이것이 이태진이 생각해낸 발상이다.

정상적인 방법으로는 여유도 없고 가능성도 희박하다. 대영산업 신임 과장 대리가 특급호텔의 스위트룸에 쳐들어간 것부터가 비정상적이었으니까.

이태진의 브리핑 연습은 12시가 넘을 때까지 계속되었다.

오전 1시.

한국은 오전 7시다.

이태진이 전화기를 들고 버튼을 눌렀다. 버튼을 누르고 나서 심호흡을 하면서 기다렸다. 발신음이 울린다. 한 번, 두 번, 세 번. 그때 응답 소리가 들렸다.

"여보세요."

아버지 이동규다.

"아버지, 전데요."

이태진이 말하자 이동규의 목소리가 높아졌다.

"어. 너 지금 어디냐?"

"예. 사우디에 있어요."

"어. 별일 없지?"

"예. 그냥 안부 전화드렸어요. 어머니도 안녕하시죠?"

"그래. 우리는 잘 있다. 네 엄마 바꿔줄까?"

"아니, 아버지, 잠깐만요."

이태진이 전화기를 고쳐 쥐었다.

"아버지, 제 나이 때 뭐 하셨죠?"

"응?"

대륙과 바다를 건너 전해지는 목소리가 울렸다.

"무슨 말이냐?"

"아버지가 제 나이 때 뭘 하셨냐구요."

"네 나이 때?"

"아버지가 서른 살 때."

"그건 왜 묻는 거냐?"

"갑자기 생각이 나서요."

"너 지금 어디 있는데?"

"사우디 제다요."

"난 사우디 안 가봤다."

"압니다."

"내 나이 서른 살 때 해방이 되었다. 그때가 1945년이었으니까."

"그러네요."

"해방이 되었을 때에야 난 만주에서 나왔지, 네 어머니하고."

"그때는 두 분이셨겠네요."

"너를 낳기 전이지."

이동규의 말이 이어졌다.

"로스케 놈들을 피해서 죽을 고생을 하고 넘어왔다."

"좀 일찍 넘어오시지."

"그럴 수가 없었지. 나 혼자 도망 나올 수는 없었다."

"아버지가 제 나이 때는 죽을 고생을 하고 탈출을 하셨네요."

"그렇구나. 네가 갑자기 물어서 그때가 눈앞에 생생하게 떠오른다."

이동규의 목소리가 가라앉았다.

"그때는 겁이 없었지. 세상이 좁게 보였다."

이태진이 숨을 들이켰다. 그러고는 2년 후에 날 낳았으니까.

어느 때나 32년을 더하면 아버지 나이를 알 수 있다.

오전 9시 반에 문에서 벨 소리가 났다.

이미 말끔하게 양복까지 갖춰 입고 준비를 마친 이태진이다. 30분이나 일찍 첫 손님이 왔기 때문에 들뜬 마음으로 문을 열었다.

"아니."

그 순간 놀란 이태진이 숨을 들이켰다.

정예은이 서 있다.

세련된 은색 투피스 차림. 다만 머리에 히잡을 써서 갸름한 얼굴이 두드러졌다. 시선을 받은 정예은이 이를 드러내고 웃었다.

"도와드리려고 왔어요."

"아니, 그렇게 하지 않으셔도…."

당황한 이태진의 옆을 지나 안으로 들어선 정예은이 탄성을 뱉었다. 응접실에 진열된 샘플과 의자 등을 본 것이다.

"어머, 잘해놓으셨네요."

"아이는 어떻게 하고…."

"옆집 아주머니가 오후 3시까지 맡아주신다고 했어요."

"아이구, 그렇게 하지 않으셔도…."

"저를 여기서 임시로 고용한 사원 취급을 하세요."

주위를 둘러본 정예은이 서둘러 전화기로 다가갔다.

"호텔에 차 준비를 시켜야겠네요. 룸서비스로 준비가 바로 될 거예요."

전화기 버튼을 누르면서 정예은이 말을 이었다.

"이 사람들, 홍차를 마셔야 이야기를 하거든요."

10시 10분까지 바이어 8명이 왔다.

모두 자리에 앉아 정예은이 따라준 홍차를 마시고 서로 한담을 나눴다. 10시 15분이 되었을 때 이태진이 브리핑을 시작했다.

어젯밤 밤새도록 연습했기 때문에 유창한 브리핑이다.

"우리는 독점 판매 대리인을 선정할 예정입니다."

짧고도 명확하게 말을 마친 이태진이 바이어들을 둘러보았다.

"샘플과 카탈로그를 보시고 나서 저하고 개별 면담을 신청하시면 면담 후에 대리인을 선정하겠습니다. 그럼 질문을 받겠습니다."

이태진이 브리핑을 마칠 때까지 정예은은 뒤쪽에서 바이어의 찻잔에 홍차를 따라주거나 빈 잔을 치우는 시중을 들었다.

질문과 답변이 이어지면서 분위기가 달아올랐다. 모두 흥미를 느끼고 있다.

가끔 이태진과 정예은의 시선이 마주쳤다. 그때마다 정예은은 미소를 띠었으며 이태진은 티 나지 않게 고개를 끄덕여 고마움을 드러내었다.

12시 반이 되었을 때 바이어들이 돌아갔다. 모두 개별 면담 약속을 하고 떠난 것이다.

바이어 8명한테서 '독점 판매 대리인'으로 선정될 조건을 협의하려는 약속을 받아낸 것이지.

"수고하셨어요."

바이어들을 현관까지 배웅하고 돌아온 이태진에게 정예은이 말했다. 두 눈이 반짝이고 있다. 이태진도 인사했다.

"오늘 정말 고맙습니다. 덕분에 브리핑 분위기가 고급스러워졌습니다."

"그럴 리가요."

"모두 부인의 아름다움에 매혹당한 것 같았습니다."

"아유, 소름 돋아."

어깨를 치켰다가 내린 정예은이 눈을 흘겼다. 그 순간 이태진이 숨을 들이켰다. 심장이 멈춘 느낌이 들었기 때문이다.

"잘될까요?"

정예은이 다시 물었다.

이제는 바짝 다가선 정예은한테서 짙은 향내가 맡아졌다.

그날 오후 5시부터 상담이 시작되었다.

바이어들과의 '독점 판매 대리인' 선정 상담이다. 8명이 함께 샘플과 카탈로그를 보았고 설명까지 들은 터라 경쟁심이 발동한 이유도 있다.

서로 상담 시간을 일찍 잡으려고 신경전까지 벌였다. 경쟁상대의 면담 시간을 묻고 그보다 빨리 만나자고들 하는 것이다.

“무바락 그놈은 자금 사정이 좋지 않아요. 지난번 이집트 도매상한테 사기를 당해서 은행에 창고가 가압류당한 상황이야.”

압둘라가 목소리를 낮추고 말했다.

“미스터 리, 내가 충고하는 거요. 이곳 시장은 살벌해. 조심해야 될 거요.”

오후 5시 반.

이태진은 스위트룸 응접실에서 거상(巨商) 압둘라와 면담 중이다.

압둘라는 50대쯤으로 비대한 체격. 제다에 사무실과 도매상, 리야드, 담맘에도 각각 도매점을 운영하고 있으며 연간 의류 수입액이 5천만 불이라고 했다.

서울에서 만났다면 하느님 같은 존재다.

그 하느님이 지금 앞에 앉아 경쟁사 사장 험담을 늘어놓는 중이다.

다음 날 오전 9시.

이번에는 무바락을 만났다. 어제 압둘라가 험담한 백화점 주인이다. 무바락은 방에 들어오더니 앉지도 않고 말했다.

“리, 나하고 내 백화점에 갑시다.”

무바락이 말을 이었다.

“직접 내 백화점을 보면서 이야기를 합시다. 그게 도움이 될 거요.”

이태진은 두말 않고 따라나섰다.

눈으로 확인까지 시켜주면 더 좋지.

1시간 동안의 백화점 구경.

제다 중심부에 위치한 백화점은 7층 건물로 웅장했다. 지하 2층 식품 코너에서부터 7층 식당가까지 무바락은 잠자코 걸었다. 백화점의 총지배인이 설명을 해주었기 때문이다.

엄청난 자산이다.

압둘라는 무바락이 사기를 당해서 창고까지 가압류당했다고 했지만 확인할 수는 없다.

그러나 이태진은 압도당했다. 어제 만난 압둘라보다 더 호감이 느껴졌다.

돌아오는 차 안에서 무바락이 이태진에게 말했다.

"리, 나한테 독점권을 주면 내 백화점은 물론이고 시장에서 연간 몇백만 불 물량을 소화할 수 있을 거요."

무바락이 번들거리는 눈으로 이태진을 보았다.

"대영의 상품은 제다는 물론이고 리야드, 담만, 그리고 중동과 아프리카 시장으로 뻗어나가게 될 테니까요."

이태진이 숨을 들이켰다. 눈이 흐려졌고 머리가 어질어질했기 때문에 어금니를 물었다.

이게 꿈이냐? 생시냐?

문득 그런 생각이 떠올랐다. 당장 입 밖으로 말이 나오려는 느낌이 들어서 입을 꾹 다물었다. 그때 무바락이 말을 이었다.

"내가 매니저를 보낼 테니까 상의를 하고 결정하시오, 리."

"알겠습니다, 무바락 사장님."

마침내 이태진이 말했다.

"매니저하고 약속을 잡지요."

"오늘 오후에 연락할 겁니다."

무바락이 손을 내밀었다. 손가락에 낀 커다란 반지가 번쩍이고 있다.

세 번째 만난 바이어는 쟈말 카심.

40대쯤의 사내로 주름 하나 없는 순백색 쑵에 금테 안경이 번쩍이는 날씬한 용모. '쟈말 카심 상사'의 사장이다.

제다와 리야드, 쿠웨이트까지 도매상을 운영하는 데다 1년 매출액이 7천만 불이라고 했다. 올해의 한국 수출 목표가 100억 불이었으니 카심의 회사 매출액이 그 1퍼센트 가깝게 되는 셈이다.

한국에서는 3만 불, 5만 불 오더만 갖고도 '벌벌 떠는' 상황이었다가 이태진은 이곳에 와서 머리가 '부은' 느낌이 들었다. 실감도 안 났다.

대영산업의 중동지역 실적이 6만 5천 불 아니었던가? 더구나 재작년인 1975년 실적이다.

방에서 마주 앉았을 때 카심이 말했다.

"리, 내가 알아보니까 대영산업이 한국에서 꽤 알려진 생산업체더군요."

"예, 그렇습니다."

"면 제품 의류시장의 약 40퍼센트를 차지하고 있고. 맞지요?"

"그렇습니다."

"그리고 중동지역 수출액은 제로이고. 그렇죠?"

이태진이 숨을 들이켰다. 2년 전에 6만 5천 불을 수출했다고 말하기는 좀 그렇다. 그리고 그 쿠웨이트 바이어는 폐업을 했다는 것도.

그때 카심이 안경알 뒤의 눈을 가늘게 뜨고 웃었다.

"리, 난 지금까지 코리아에 세 번 다녀왔어요. 작년에 한국에서 수입한 물량이 1천만 불가량 됩니다."

카심이 말을 이었다.

"물론 대영산업의 제품류는 그리스, 폴란드 등 유럽에서 수입했지요."

이태진이 긴장했다.

이런 바이어가 금세 오더로 연결될 수 있는 것이다. 카심이 정색하고 이태진을 보았다.

"리, 독점 대리인을 결정하면 그 독점 대리인에게 어떤 혜택이 옵니까?"

"내가 어제 설명해드렸습니다만 독점 대리인은 회사의 집중적인 지원을 받게 될 겁니다."

이태진이 웃음 띤 얼굴로 말을 이었다.

"카심 씨, 제가 다시 말씀해드릴까요?"

"외상거래는 안 됩니까? D/A 말입니다."

"안 됩니다."

"다른 나라, 한국의 다른 상사도 모두 외상거래를 해오고 있는데."

"우리는 안 합니다."

"첫 오더로 50만 불을 하지요."

"안 합니다."

"당신이 결정권이 없으면 사장한테 연락해보시죠. '자말 카심 상사'라면 한국의 종합상사들은 다 알 겁니다."

"내가 전권을 갖고 왔습니다. 내가 결정할 수 있어요. 외상거래는 안 합니다."

그리고는 이태진이 참지 못하고 '한국말'로 한마디 했다.

"도둑놈."

그때 카심이 자리에서 일어섰다.

"생각해보세요, 미스터 리."

이태진은 웃음 띤 얼굴로 대답하지 않았다.

오후 2시가 되었을 때 무바락의 매니저 바리크한테서 전화가 왔다. 그래서 내일 오전 9시에 만나자고 약속을 했다.

카심을 보내고 나서 가슴이 부글거렸기 때문에 밥도 안 먹고 방에 있었던 이태진이다.

바리크의 연락을 받고 나서 호흡이 제대로 되는 느낌이 들었다.

오후 2시 반.

이태진이 방에서 전화를 받는다. 3시에 만나기로 한 바이어를 기다리던 중이었다.

"헬로우."

응답했을 때 곧 한국말이 울렸다.

"이 대리님?"

정예은이다.

숨을 들이켠 이태진이 전화기를 고쳐 쥐었다.

"예, 접니다."

"식사하셨어요?"

정예은의 부드러운 목소리가 울렸을 때 이태진의 가슴이 먹먹해졌다.

"예, 먹었습니다. 감사합니다."

"뭐가 감사해요?"

낮게 웃은 정예은이 다시 물었다.

"일 잘되세요?"

"예, 계속 바이어 만나고 있습니다."

"저, 감동받았어요."

숨만 들이켠 이태진의 귀에 정예은의 말이 이어졌다.

"이 대리님의 열의와 순발력, 그리고 기지를 존경해요."

"아이구, 그렇게까지."

이태진의 심장이 터질 것처럼 뛰었다.

회장 딸의 발언이다. 정예은이 아버지한테 연락하는 장면이 그 순간에도 떠올랐다. 여기서 오더를 받지 못해도 잘리지 않을지도 모른다. 호흡을 고른 이태진이 상황을 수습했다.

"그러지 마십시오. 얼굴이 뜨거워집니다."

"저녁때 식사하러 오실 수 있어요?"

"저, 저녁때 말입니까?"

"네. 그 사람이 오늘도 못 온다네요. 리야드 대사관에서 내일 테니스 시합을 한대요."

"아아."

"테니스를 잘 치거든요. 오실 수 있어요?"

"아, 그거야."

병이 들어서 자빠져 있다가도 벌떡 일어나야 되지 않겠는가?

이태진이 어깨를 부풀렸다가 내리면서 대답했다.

"예, 가지요."

3시에 찾아온 바이어는 간샾.

60대의 백발이 성성한 사내로 매니저를 대동했다. 매니저는 아들이다. 셋이 자리 잡고 앉았을 때 먼저 간샾이 말했다.

"내가 지금까지 당신 회사 아이템으로 연간 3백만 불 물량을 수입했어요. 나한테 독점권을 주면 대영산업으로 수입선을 옮기지요."

아들 하비브가 말을 받는다.

"내년분 오더를 상담하십시다. 독점 계약을 하고 나서 샘플을 두고 가시면 우리가 가격 절충을 한 후에 연락드리지요."

"그러면 오더는 언제 될 것 같습니까?"

"3달쯤 후가 되겠지요."

"3달 후에 오더가 되면 선적은 6개월 후가 되겠군요."

"그렇게 되겠지요."

이태진이 고개를 펴고 둘을 번갈아 보았다.

이것은 구속력이 없는 약속이다. 오더를 안 하면 그만이다. 독점 계약만 하고 돌아가서 3개월을 기다려야만 한다.

연간 3백만 불 오더의 수입선을 대영산업으로 옮긴다구?

그 말을 들은 순간 심장이 뚝, 멈추는 것 같았지만 10초쯤 지나고 나니까 금방 허무감이 밀려왔다. 그때 이태진이 말했다.

"생각해보지요."

"리, 그럼 시장에 가서 우리 도매상을 구경하십시다."

간샾이 정색하고 이태진을 보았다.

"지금까지 여러 명을 만났겠지만 우리 회사가 제다에서 가장 경쟁력이 있는 회사요. 저기, 압둘라나 무바락 같은 인간들은 허당이야."

그때 하비브가 말을 잇는다.

"맞습니다. 카심이 D/A를 요구했을지도 모르는데 조심해야 됩니다. 우리가 특별히 충고해주는 거요."

옳지. 숨을 들이켠 이태진이 고개를 끄덕였다.

카심의 외상 거래는 소문이 나 있구나.

"감사합니다. 긍정적으로 검토하지요."

"결과는 언제 알려주겠소?"

간샾이 묻자 이태진이 허리를 폈다.

"사흘만 시간을 주십시오. 본사에 보고를 해야 되니까요."

아, 호텔비.

오후 6시 반.

이태진이 아이 장난감을 사 들고 관사의 벨을 눌렀다. 금세 발소리가 들리더니 문이 열렸다.

"어서 오세요."

정예은의 환하게 웃는 얼굴. 오늘 정예은은 살짝 화장도 했다. 헐렁한 은색 원피스를 입고 허리를 동여매어서 가는 허리가 두드러졌다. 무릎을 살짝 가린 맨다리가 드러났다. 맨발.

"이거 백화점에서 샀어요?"

아이 장난감을 받아든 정예은이 상기된 얼굴로 묻는다.

그렇다. 무바락의 백화점에서 샀다. 백화점 의류매장을 이번에는 꼼꼼히 살핀 것이다.

"예. 아이 장난감이 별로 없어서."

뒷머리를 긁은 이태진이 집 안을 둘러보았다.

아이 장난감은 천장에 매달아야 한다. 작은 동물과 별, 벌레까지 줄에 매달려 있어서 아이가 누워서 보게 되어있다.

"여기다 붙이면 현이가 좋아하겠네."

옆방으로 다가간 정예은이 천장을 올려다보면서 말했다. 아이는 침대에서 잠이 들었다.

"제가 달아드릴게요."

이태진이 주위를 두리번거렸더니 정예은이 말했다.

"잠깐만요. 내가 공구 갖다 드릴게요."

천장에다 장난감을 박는 동안 정예은은 아래에서 의자를 잡고 도왔다. 천장에다 고리를 박는 이태진에게 정예은이 물었다.

"이 대리님, 여자친구 있어요?"

지난번 밥 먹을 때 이태진이 미혼이라는 것은 말해준 것이다.

"없습니다."

이태진이 힐끗 정예은을 내려다보았다. 턱을 든 정예은은 맑은 표정이다. 정예은이 또 물었다.

"왜요?"

"바빠서요. 그리고 그럴 상황도 못 되었고."

"왜요?"

"실적 못 올리면 낙오되는 상황이거든요. 이번에 중동에서 오더 못 받으면 난 내년 초에 정리됩니다."

"어떻게요?"

"대기발령을 받게 되죠. 대기실에서 두 달쯤 기다리다가 해고가 될 겁니다."

"너무 심한 거 아녜요?"

"다른 회사도 비슷해요."

못을 다 박은 이태진이 내려오다가 정예은과 어깨를 스쳤다. 옅은 향내가 와락 풍겨왔다.

"난 연애 결혼했어요."

저녁을 먹으면서 정예은이 말했다.

"2년 반 연애하다가 결혼했는데 양쪽 집안이 모두 무난하게 받아들였어요."

"행복하세요?"

불쑥 이태진이 묻자 정예은은 눈을 흘겼다.

"그렇지 않은 것 같아요?"

"아닙니다."

"그런 표정인데요."

"오해하신 겁니다."

된장국을 떠먹은 정예은이 정색했다.

"이젠 식었어요."

"…."

"맨날 테니스만 쳐요, 그 사람."

"…."

"내가 밖에 나가 있으라고도 했지만."

"…."

"현이 데리고 귀국하려고 해요."

이태진이 고개를 들었다. 그러나 입을 열지는 않았다. 그때 이태진의 시선을 받은 정예은이 말을 이었다.

"어제 아버지한테 전화했어요."

이태진이 숨을 멈췄다. 회장님이다. 정신이 번쩍 들었다. 정예은의 눈이 번들거리고 있다.

"이 대리님한테서 물건 다 받았다고 말씀드렸고…."

"…."

"그리고 돌아가고 싶다고도 말씀드렸어요."

정예은의 얼굴에 쓴웃음이 번졌다.

"그랬더니 조금만 더 참으라고 하셨는데, 견딜 수 없다고 했어요."

이태진이 시선을 내렸다.

이렇게 아름답고 고귀한 여자가 이런 시련을 받다니.

공주가 시궁창에 빠진 그림이 눈앞에 떠올랐다.

오전 1시 반.

사우디에서 처음 한여옥에게 전화를 했다.

호텔 방. 서울은 오전 7시 반.

한여옥이 출근 준비를 하는 시간이다. 한여옥이 대뜸 물었다.

"어디세요?"

"제다."

"사우디 들어가신 건가요?"

한여옥의 목소리가 높아졌다.

"그래."

"어머, 잘됐다."

"겨우 들어왔어."

"몸은 괜찮아요?"

"그래."

그러자 한여옥이 3초쯤 기다리더니 말했다. 낮은 목소리다.

"무리하지 마세요."

한여옥의 목소리가 더 가라앉았다.

"관광이나 실컷 하고 오시라구요."

무슨 일이 있나?

"무슨 일이야?"

이태진이 묻자 한여옥은 잠깐 주춤하더니 말했다.

"소문이 다 났어요."

"뭐가?"

"과장님 귀국하고 나서 조직개편을 한다네요."

"조직개편? 누가?"

"최 부장이 서 과장한테 말하는 것을 들었다고 해요."

"누가?"

"미스 김, 김미옥이요."

이태진이 숨을 들이켰다.

김미옥은 부장 비서다. 한 명밖에 없는 비서라 차 심부름에서 서류정리까지 다 한다. 한여옥이 말을 이었다.

"대리님이 빈손으로 돌아오면 과를 놀릴 수가 없으니까 내년 기다릴 것 없이 유럽과에 통합시킨다는 거죠."

당연한 일이다. 그것이 더 효율적이다.

유럽 과장은 서병준, 다시 서병준 밑으로 들어가는 것이다. 그때 한여옥의 목소리가 낮아졌다.

"저하고 윤정규 씨는 유럽과에 편입되지만 대리님은 국내영업본부로 배치시킨다는군요."

"그래?"

"사장하고도 이야기가 다 되었대요."

"그렇군."

"그러니까 관광이나 푹 하고 오세요."

"생각해줘서 고마워."

"이런 회사에 충성할 필요 없어요."

"고마워. 다시 연락할게."

전화기를 내려놓은 이태진이 심호흡을 했다.

예상은 했다.

오더 못 가져가면 한 달 동안 외유성 출장을 나간 책임을 물을 것이다. 회장의 외사촌 동생인 사장 안석호는 허수아비다. 최재일의 건의를 받아들일 수밖에 없다.

오전 9시.

무바락의 매니저 바리크가 찾아왔다. 40대쯤의 비대한 체격. 쑵 차림이다.

둘은 응접실에서 마주 보고 앉았다. 옆쪽에는 아직도 샘플이 진열되어 있다. 바리크가 고개를 들고 이태진을 보았다.

“리, 이 샘플을 모두 우리한테 주고 가시지요. 여기서 가격하고 납기까지 결정할 테니까요.”

“독점 대리인으로 결정이 된다면 그럴 수도 있지요.”

그러자 바리크가 가격 리스트를 들어 보이면서 말을 이었다.

“내가 오늘 오더를 하려고 왔으니까요.”

“좋습니다. 해보십시다.”

가슴이 벅찬 이태진이 표정을 굳히고는 고개를 끄덕였다. 저절로 얼굴에 웃음이 번지려고 했기 때문이다.

‘오더를 한다니’, 마치 신(神)의 목소리 같다.

그때 바리크가 탁자 위에 진열된 샘플 대여섯 개를 들고 와서 앞에 놓았다. 그러고는 가격 리스트를 펼치면서 말했다.

“이것부터 시작하지요.”

이태진이 숨을 들이켰다.

이렇게 오더를 하다가 죽는 것이 가장 행복할 때가 아니겠는가? 병사가 전장(戰場)에서 전사(戰死)하는 것처럼.

낮 12시 반.

이태진은 바리크와 함께 방에서 룸서비스로 샌드위치를 시켜 점심을 먹는 중이다. 3시간 가깝게 '오더'를 했기 때문에 샘플이 방바닥에까지 펼쳐져 있다.

그때 전화벨이 울렸다. 서둘러 전화기를 든 이태진이 응답했을 때 곧 사내의 목소리가 울렸다.

"미스터 리?"

"예, 난데요. 누구시죠?"

"난 오마르 아무디올시다. 당신 브리핑에 참가했던 오마르 상사 대표인데요."

"아, 그렇습니까?"

이태진이 목소리를 낮췄다. 오마르 상사하고는 오늘 오후 3시에 약속이 되어있다. 바리크하고의 상담이 길어질 것 같은데 마침 잘되었다.

"오후 약속 때문에 그러십니까?"

"예, 3시에 찾아뵈면 되겠지요?"

"시간을 좀 늦췄으면 해서요. 내일 오전 9시가 어떻습니까?"

"좋습니다. 내일 9시에 뵙지요."

그러더니 오마르가 통화를 끝냈다.

오후 4시가 되었을 때 상담이 끝났다.

바리크가 고른 샘플은 37개 품목. 가격 절충이 끝난 오더는 47만 불. 1차분이다.

이제 오더시트에 사인만 하면 된다. 물론 신용장이 오픈되어야겠지만 오더시트에 사인한다는 것은 마지막 단계다. 바리크가 오더시트를 앞에 놓고 고개를 들었다.

"리, 무바락 사장은 사업체가 많아서 의류 오더는 내가 책임자요. 가격 결정권도 나한테 있습니다."

바리크의 두 눈이 번들거리고 있다.

"이것을 시작으로 2차, 3차 오더가 이어질 겁니다."

이태진이 고개만 끄덕였다. 가슴이 벅찼기 때문이다. 꿈이 실현되고 있다.

천신만고 끝에 이곳까지 온 보람이 성취되는가?

갑자기 목까지 메었다. 그때 바리크가 말을 이었다.

"그런데요, 미스터 리."

"예, 바리크 씨."

"내가 가격에 5퍼센트를 올려드리지요. 47만 불이니까 5퍼센트를 올려서 49만 3,500불로 신용장을 오픈하겠다는 말입니다."

바리크가 지그시 이태진을 보았다. 이마에 작은 땀방울이 돋아나 있다. 숨을 고른 바리크가 말을 이었다.

"그 5퍼센트의 인상액 2만 3,500불을 내 계좌로 따로 보내주시오. 무슨 말인지 이해가 갑니까?"

"이해합니다."

"당신도 고용인이니까 내 입장을 이해하시리라고 믿었습니다, 미스터 리."

"당연히 이해하지요."

이태진이 얼굴을 펴고 웃고 나서 재빠르게 계산기를 두드렸다.

"그렇다면 바리크 씨, 가격을 조금 더 올립시다. 47만 불에서 10퍼센트를 올려 51만 7천 불로 합시다. 그러면 당신 몫도 더 많아질 것 아닙니까? 서로 윈윈이지요."

"그건 그렇군."

바리크가 누런 이를 드러내며 웃었다.

"오더시트를 그렇게 작성하십시다."

51만 7천 불의 오더시트를 작성했고 바리크의 사인을 받았다. 이제 이 오더시트를 근거로 신용장만 오픈하면 된다.

오후 5시 반.

바리크가 돌아간 후에 이태진은 오더시트를 들고 춤을 추었다. 방 안을 빙빙 돌면서 춤을 추다가 탁자 위에 오더시트를 올려놓고 절을 했다. 제사 지낼 때처럼 큰절을 두 번 했다.

오후 6시에 정예은의 전화가 왔다.

어제는 저녁을 얻어먹고 9시가 넘어서 호텔로 돌아왔던 것이다.

"잘되었어요?"

오늘 상담이 있는 것을 아는 정예은이 그렇게 물었다.

그 순간 '오더 될 것 같다'라는 말이 목구멍 밖으로 나오려고 했지만 이태진은 입을 다물고 침을 삼켰다.

'말'이 정예은을 통해 회장한테 직보되면 김이 빠진다. 회장은 당장 사장, 부장을 불러 말을 전할 것인데 분위기가 뻔하다.

최재일은 제가 생색을 내게 될 것이다. 아마 제가 기반을 닦아 놓았다고 하겠지. 재주는 곰이 부리고 돈은 되놈이 먹는 현상이 일어난다.

이태진이 입을 열었다.

"진행 중입니다."

"잘되어야 할 텐데."

"고맙습니다."

"저녁 드셨어요?"

"밖에 나가서 사 먹을 겁니다."

"여기서 드셔도 되는데…."

"이런, 매일 폐 끼칠 수는 없죠."

"그 사람 오늘도 안 와요."

정예은이 말을 이었다.

"오늘 테니스 끝나고 회식한대요."

대사관 직원들의 테니스 시합이다. 정예은이 말을 이었다.

"이리 오세요. 젓갈 반찬이 있으니까 밥만 하면 돼요."

"아이구, 이런 매일…."

"이젠 부담 갖지 마세요. 아버지한테도 말 안 할 테니까요."

그 말을 들은 이태진의 가슴이 가벼워졌다. 그리고 정예은이 보고 싶다.

"예, 가지요."

밥그릇을 깨끗이 비운 이태진이 현이를 안아 들었다. 자꾸 이곳저곳을 기어 다니려고 했기 때문이다. 안았더니 얌전해져서 머리를 이태진의 가슴에 묻는다. 8개월짜리 남자아이다.

그동안에 정예은이 설거지를 했다.

"요즘 갑자기 살이 쪄요."

그릇을 씻으면서 정예은이 말했다.

"두 달 사이에 2킬로가 쪘어요."

"아이는 쑥쑥 크니까요."

뒤에서 서성대면서 이태진이 말했더니 정예은이 고개를 돌려 눈을 흘겼다.

"나 말이에요."

그 순간 이태진의 심장이 터질 것처럼 뛰었다.

교태다.

저 눈빛 속에 호의, 열정, 기다림, 유혹까지 다 들어있다. 입안이 마른 이태진이 침을 삼키고는 말했다.

"아니, 지금도 날씬하신데."

"좀 쪘어요."

"아닙니다. 몸매는 환상적이십니다."

"아유, 보지 마요."

정예은이 몸을 비트는 시늉을 했기 때문에 이태진은 어금니를 물었다. 어느새 현이는 가슴에 얼굴을 붙인 채 잠이 들었다.

현이를 침대에 눕히고 돌아왔더니 정예은이 물었다.

"위스키 마시다 만 것이 있는데 드시겠어요?"

정예은의 얼굴은 상기되었고 시선이 부딪치지 않는다.

"주시면 고맙죠."

이태진은 자신의 목소리가 딴 놈의 소리처럼 들렸다.

몸을 돌린 정예은이 발을 떼었는데 걸음이 휘청거리고 있다.

소파에 앉아서 위스키를 세 잔 마셨다. 정예은은 한 잔하고 절반쯤 마셨고. 안주는 땅콩과 얼음.

그동안 둘은 이야기를 했지만 건성이다.

안주 더 필요하냐? 괜찮다.

덥냐? 아니다.

정예은은 상기된 얼굴로 외면한 채다.

그때 이태진이 자리에서 일어나 정예은의 옆에 앉았다. 그러자 정예은이 고개를 들었다. 그리고 처음으로 시선을 준다. 흐려진 눈이 번들거리고 있다.

그 순간 정예은이 떨리는 목소리로 말했다.

"이러면 안 되는데…."

이태진이 팔을 들어 정예은의 어깨를 당겨 안았다. 정예은의 상반신이 이태진에게 무너졌다. 이태진이 정예은의 반쯤 벌어진 입술을 입으로 덮었다.

정예은의 몸은 격렬하게 움직였다.

몸이 부딪쳤을 때부터 전혀 다른 사람이 되었다. 방 안이 탄성 같은 신음으로 덮였다.

"자고 가요."

침대에 엉켜서 누운 채로 정예은이 말했다. 이태진의 가슴에 얼굴을 붙인 정예은이 말을 이었다.

"이 침대에서 이렇게 안겨 있는 건 처음이야."

"믿을 수 없는데."

정예은의 허리를 당겨 안으면서 이태진이 말했다.

"당신 같은 사람이, 도대체."

"이젠 끝낼 거예요."

정예은이 고개를 들고 이태진을 보았다. 맑은 눈동자가 이제는 또렷하다.

밤 11시가 넘었다.

이태진이 정예은의 눈에 입술을 붙였다.

호텔에는 오전 8시에 돌아왔다.

샤워를 하고 옷을 갈아입었을 때 전화벨 소리가 났다. 전화기를 들었더니 사내의 목소리가 울렸다.

"미스터 리, 오마르 아무디입니다."

9시에 약속한 바이어다.

방으로 들어선 오마르는 40대쯤의 마른 체격으로 쑥 차림에 손에 가방을 들었다. 콧수염이 단정했고 웃음 띤 얼굴이다. 악수를 한 오마르가 물었다.

"상담 많이 하셨습니까?"

"예, 다섯 분을 만났습니다."

그러자 오마르가 고개를 끄덕였다.

"당신 같은 세일즈맨은 처음일 테니까요."

"그렇습니까?"

"당신 제품은 경쟁력이 있지요. 거기에다 독점권을 준다니요. 모두 흥미를 느꼈을 테니까요."

오마르가 방 안을 둘러보았다.

"그리고 이렇게 특실을 빌려 브리핑을 하신 것, 솔직히 저도 탄복했습니다."

"왜요?"

"이 방은 미국의 대기업 사장이 투숙했던 방이거든요."

"그런가요?"

이태진이 쓴웃음을 지었다.

"내가 허풍쟁이로 보입니까?"

"아닙니다. 존경합니다."

정색한 오마르가 이태진을 보았다.

"내가 당신을 만나고 나서 사흘 동안 시장조사를 했지요. 당신 제품은 품질, 가격 면에서 성공할 가능성이 있다는 확신이 섰습니다."

"고맙습니다, 오마르 씨."

"나는 한국에서 잡화를 약간 수입했기 때문에 지인이 좀 있지요. 그래서 당신 명함을 받고 당신에 대해서 알아보았지요."

"…."

"상대방을 확인하는 것은 수입업자로서 당연한 일이니까요."

"…."

"당신은 대영산업에서 이번에 신설한 중동과장 직무대리로 임명된 지 두 달밖에 안 되었더군요."

"…."

"그리고 중동과 작년 실적은 제로였고 중동과원은 당신 포함해서 셋이라는 것도 들었습니다."

이태진이 고개를 끄덕였다. 이제는 이태진도 정색하고 있다.

"그래서 내가 사기꾼이라는 겁니까?"

"아니오, 미스터 리."

고개를 저은 오마르가 말을 이었다.

"당신을 존경합니다. 탄복했다고 하지 않았습니까?"

"요점이 뭡니까?"

"저한테 독점권을 주시지요. 저와 함께 중동시장을 석권해보십시다."

그러더니 오마르가 자리에서 일어섰다.

"이제는 제 회사를 보여드리지요. 나도 당신한테 다 오픈하겠다는 말입니다."

이태진이 숨을 들이켰다.

놀랍다. 도대체 이게 뭔가?

오마르 상사에 들어선 순간이다.

오마르는 잠자코 옆에 서 있다. 이태진을 쳐다보지도 않는다.

세상에.

오마르도 이태진의 반응을 예상한 것 같다.

이건 쓰레기장이다.

사무실은 10평쯤 되었다. 안쪽에 책상 하나가 달랑 놓였고 낡은 소파 하나. 그리고 사방에 잡동사니가 쌓여 있다.

기계 부속, 칫솔, 손톱 깎기도 보인다. 구석에는 싸구려 양말이 산더미처럼 쌓였는데 위쪽에 먼지가 덮여있다. 의류도 행어에 걸려 있다. 조잡한 티셔츠류. 중국산이다. 중국산도 이곳에 들어오고 있다. 발에 뭔가 걸려서 쳐다보았더니 부서진 장난감이다.

마침내 이태진이 고개를 들고 오마르를 보았다. 입은 꾹 다물었지만 '당신, 장난해?' 하는 표정이었을 것이다.

그때 오마르가 소파에 널려 있는 박스를 치우더니 말했다.

"앉으세요, 미스터 리."

이태진이 앉았더니 오마르가 손을 벌려 보이면서 말했다. 정색한 표정이다.

"당신한테 어떻게 어필할까 궁리했다가 그대로 보여드리기로 했습니다. 이렇게."

오마르가 입술 끝을 비틀고 웃었다.

"당신과 정반대의 방법이지만 잘하면 통할지도 모른다는 생각을 했지요."

"…."

"난 가슴을 열어서 심장을 보인 겁니다."

"…."

"당신은 하루 50불의 출장비를 받아와서 하루 250불의 호텔에 투숙했습니다. 아마 사비(私費)를 썼겠지요."

"…."

"난 그런 세일즈맨을 본 적이 없습니다. 그래서 날 그대로 보여주고 싶었던 겁니다."

그때 이태진이 고개를 들었다.

"오마르, 당신 나이가 몇이오?"

"서른다섯이오, 미스터 리."

"난 서른이오."

"리, 난 예멘인이오, 북예멘."

"그렇습니까?"

"15살 때 사우디에 와서 장사한 지 15년 되었습니다. 독립한 지는 5년 되었지요."

"나한테 뭘 원합니까?"

"오더를 드리지요."

그때 이태진이 대답 대신 사무실을 둘러보는 시늉을 했다. 그러자 오마르가 번들거리는 눈으로 이태진을 보았다.

"리, 우리 같이 중동시장에서 일어납시다, 코리안과 예멘인이."

"어떻게 말입니까?"

"서로 돕는 것이지요."

오마르가 이태진에게 상반신을 기울였다.

"리, 1백만 불 오더를 하지요."

시선을 준 채로 오마르가 한마디씩 또박또박 말했다.

"여기서 1백만 불 신용장을 받아가는 겁니다."

이태진이 숨을 멈췄다. 잠깐 머릿속이 하얗게 비워졌다가 금세 뭔가로 가득 찼다. 그러다가 가장 먼저 떠오른 영상이 있다.

제다 상공에 뜬 비행기 안에서 불빛에 덮인 왕궁, 제다 시내를 내려다보면서 미친놈처럼 중얼거렸던 자신의 모습이다.

'1백만 불. 1백만 불을 할 거야.'

'1백만 불이야, 1백만 불. 신이여, 도와주소서.'

그때 다시 오마르의 목소리가 울렸다.

"리, 내가 당신의 각 샘플당 오더 수량을 결정할 테니까 그동안 리야드 시장이나 둘러보고 오시지요."

고개를 든 이태진을 향해 오마르가 웃어 보였다.

"그래야 1백만 불 오더를 만들 것 아닙니까? 우선 수량을 정할 테니까 리야드에서 돌아오면 당신과 스타일별 단가 조정을 합시다."

"여기서 1백만 불 신용장을 오픈한다는 말입니까?"

"그렇습니다. 내 사촌이 은행에 있어요. 힘을 쓰면 가능합니다."

이태진이 심호흡을 했다. 이제 결정해야 한다.

압둘라, 무바락, 카심, 바리크, 간샴의 얼굴까지 주마등처럼 지나갔다.

이윽고 이태진이 고개를 들었다. 그리고 똑바로 오마르를 보았다.

"합시다."

샘플을 모두 오마르에게 주었다.

그러고는 바로 호텔에 체크아웃을 하고 옷 가방을 맡겼다. 그때가 오후 3시 반.

4시에 오마르가 낡은 올즈모빌을 끌고 와 이태진을 공항으로 데려다주었다.

"리, 리야드의 이드리스 호텔에 예약해두었습니다. 거긴 깨끗한데 호텔비가 40불 정도요."

공항에서 오마르가 호텔 전화번호가 적힌 쪽지를 건네주며 말했다.

"사흘 후에 돌아오면 여기서는 마그다 호텔로 옮깁시다. 거긴 호텔비가 35불이오."

"신경 써줘서 고맙군요, 오마르."

쓴웃음을 지은 이태진에게 오마르가 웃어 보였다.

"리, 이젠 우리는 털어놓는 사이가 됩시다."

"그럼 사흘 후 오후에 만납시다."

"그동안 신용장 준비는 끝날 겁니다."

이태진이 고개만 끄덕였다.

이제는 가격이다. 가격이 안 맞으면 1천만 불이라도 소용없다. 그것을 눈치챘는지 오마르가 빙그레 웃었다.

"리, 가격은 당신 오퍼 가격을 기준으로 하십시다."

그렇다면 됐다.

오마르에게 샘플과 각 샘플당 오퍼 가격 리스트까지 다 넘겨준 것이다.

공항에 혼자 남았을 때 이태진은 정예은에게 전화를 했다.

오후 4시 반.

"일 끝났어요?"

이태진의 목소리를 들은 정예은이 물었다. 밝은 분위기다.

"여기 공항입니다."

"공항?"

정예은이 주춤했다. 그때 이태진이 말을 이었다.

"예, 지금 리야드로 갑니다. 시장조사를 하려고."

"리야드."

"사흘 후에 돌아옵니다."

"사흘 후에."

"왜? 놀랐어요?"

웃음 띤 목소리로 물었더니 정예은이 잠깐 머뭇거리다가 대답했다.

"그 사람, 오늘 돌아와요."

"그래요?"

"오고 가네. 가고, 오고."

"…."

"사흘 후에 팰리스 호텔로 돌아와요?"

"아니. 이젠 돈 떨어져서 다른 호텔로."

"그럼 나한테 연락해요. 낮 시간에는 집에 있으니까. 오전 9시에서 오후 5시까지."

"그러죠."

"근데, 일 잘됐어요?"

다시 정예은이 물었기 때문에 이태진의 얼굴에 웃음이 떠올랐다.

"잘돼야죠."

"걱정돼요."

"고마워요."

다시 주춤했던 정예은이 물었다.

"후회해요?"

"아니."

바로 부정했던 이태진이 덧붙였다.

"행복했어요."

"고마워요."

이번에는 정예은이 고맙다고 했다. 그러더니 덧붙인다.

"나도 행복했어요."

아라비아반도 중심에 위치한 리야드.

오후 7시 반인데도 덥다.

이곳은 리야드시장.

이태진이 호텔 체크인을 하고 나서 시장을 둘러보려고 나온 것이다. '시장'이라고 하지만 상가다. 가게가 다닥다닥 붙어있는 데다 사람들이 버글거렸기 때문에 시장 분위기가 나는 것이다.

이태진은 의류 시장으로 들어섰다.

시장 규모는 크다. 의류가게가 1백여 미터나 늘어서 있다.

1977년이다.

한국 수출실적은 80억 불 정도였고 올해 목표는 1백억 불이다. 한국은 빠르게 성장하고 있다. 13년 전인 1964년에 1억 불, 6년 전인 1971년에 10억 불이었다.

오가는 행인들에는 백인, 흑인도 섞여 있다. 동양인도 보였지만 드물다. 여기서 한국인을 만난다고 전혀 반가울 일이 없다.

경쟁상대니까.

오히려 상대방을 잘 아는 터라 가장 덜 반가운 부류다.

"유, 코리안?"

옆에서 묻는 소리에 이태진이 고개를 들었다.

동양인 하나가 쳐다보고 있다. 30대쯤. 후줄근한 양복 차림. 손에 가방을 들었다. 용모가 중국계다.

"맞는데, 무슨 일이야?"

이태진이 되묻자 사내가 다가섰다.

"난 홍콩에서 왔는데, 모하드 상사를 아나?"

"모르겠는데."

"갓댐. 이거 야단났군."

사내가 얼굴을 찌푸리더니 다시 물었다.

"하무드 상사는 아나?"

"나도 여기 처음이야, 미안해."

이태진이 몸을 돌렸을 때 사내가 주춤거리더니 인파 속에 묻혀 사라졌다.

발을 뗀 이태진이 쓴웃음을 지었다. 알아도 알려주지 않았을 것이다. 동양인이라고 다짜고짜 다가와 묻는 것을 보면 순진한 놈이다. 나 같으면 그러지 않았다.

리야드 의류시장은 제다의 절반 정도밖에 되지 않았다.

가게에 찾아오는 손님 절반은 주변의 소매상이었고 나머지는 주민이다. 이제는 척 보면 구분이 된다.

제다 시장의 손님 절반이 아프리카나 주변 아랍국의 도매상, 사우디의 도매상, 그중에 리야드의 도매상까지 포함된 것과 대조적이다. 이곳에서 외국 제품을 직수하는 도매상은 제다의 3분의 1 정도다.

이것이 오마르가 알려준 정보다. 한국에서 코트라(KOTRA) 자료를 베껴 왔지만 그것까지는 적혀있지 않았다.

"부크라, 부크라."

점원이 이태진의 어깨를 밀었다. 수없이 당해본 일이어서 뒤로 밀려난 이태진이 몸을 돌렸을 때다.

"잠깐만."

뒤쪽에서 부르는 소리에 이태진이 고개만 돌렸다. 주인이 손짓으로 부르고 있다. 이태진이 다가가자 주인이 물었다.

"어디서 온 거야?"

"코리아. 남쪽."

"이리 와."

주인이 안쪽으로 몸을 돌리면서 말했다.

안쪽은 사무실이다. 심호흡을 한 이태진이 발을 떼었다.

운이 좋은 셈이다.

여섯 번째 가게에서 쫓겨나고 일곱 번째에 기회를 잡았다. 그러나 제다에는 오마르가 있다. 가슴이 넉넉해져서 큰 감동이 일어나지 않는 것은 그 때문이다.

주인 이름은 함단.

육중한 체격에 콧수염이 짙은 얼굴이다. 40대쯤 되었다. 안쪽 사무실에서 마주 앉았을 때 함단이 카탈로그를 뒤적이다가 물었다.

"사우디에 수출한 적이 있소?"

"없습니다."

"그렇군."

고개를 끄덕인 함단이 이태진을 보았다.

"내가 당신을 부른 이유를 압니까?"

"모릅니다, 함단 씨."

"당신이 코리안처럼 보였기 때문이오. 내가 인상만 보고 맞췄어."

"그렇습니까?"

"당신 근대상사를 아나?"

"압니다."

모르는 사람이 있나?

근대상사는 근대그룹의 모회사로 한국 제1의 재벌그룹이다. 그때 함단이 말을 이었다.

"내가 근대상사에 의류 오더를 했는데, 사고가 났어."

"사고?"

"그래. 그래서 클레임을 쳤는데 거래를 끊어버렸어. 클레임 금액이 15만 불이야."

"…."

"나쁜 놈들 아냐? 당신이 한국인이니까 묻는 말이야."

"사정이 있겠지요."

"무슨 사정? 수십 번 연락을 했지만 대답이 없어. 그건 나쁜 놈들 아냐?"

"연락도 안 했다는 건 문제가 있는데요."

"무슨 방법이 없을까?"

"난 중소기업 사원이오. 내가 대기업인 근대상사에 어떻게 하겠습니까?"

"한국인끼리 통하지 않겠어?"

"한국말은 통하지만 내 전화도 안 받을 겁니다."

그러자 함단이 순순히 고개를 끄덕였다.

"내가 억지소리라는 건 알아. 하지만 답답해서 한 말이야."

"유감입니다, 함단 씨."

"카탈로그하고 명함을 보관해두겠네. 내가 기회가 있으면 오퍼를 내지."

"기대하고 있겠습니다."

그때 함단이 서랍을 뒤지더니 서류를 꺼내 내밀었다.

"여기, 클레임 내역이야. 내가 보낸 서류도 있어. 복사한 것이니까 가져가게."

서류를 받은 이태진에게 함단이 말을 이었다.

"참고로 해. 내가 무슨 일 있으면 당신한테도 연락하지."

이태진의 얼굴에 웃음이 떠올랐다.

"함단 씨, 만나게 되어서 반갑습니다."

"나도 반갑네, 미스터 리."

따라 웃은 함단이 손을 내밀었다.

"이렇게도 인연이 시작되는 것이지."

이태진이 고개를 끄덕였다. 함단과 인연이 엮일지는 알 수 없지만 유능한 장사꾼인 것은 분명하다.

오전 2시.

이태진이 호텔 방에서 전화를 한다. 한국은 오전 8시다.

"여보세요."

어머니의 응답 소리를 들은 순간 이태진의 가슴이 미어졌다. 언제나 그렇다.

"어머니, 나야."

"아이구, 태진아."

반색하는 목소리. 어머니는 지금 56세다. 어머니가 이태진을 26살 때 낳았기 때문이다. 그래서 자신의 나이에다 26을 더하면 된다. 아버지는 32를 더하고.

"어머니, 괜찮아?"

"응, 별일 없다."

어머니 목소리가 금세 가라앉았다.

"아버지는?"

"어젯밤 술 많이 마시고 지금도 자."

어머니한테 대뜸 '괜찮냐'고 물은 이유가 있다.

아버지하고의 관계 때문인데.

"아버지는 요즘 뭘 해?"

"벌통 준비하고 있어."

아버지는 작년에 정년퇴직하고 나서 양봉을 시작했다. 뭔가 시작하면 집중하는 성격이어서 자주 시골을 오가고 있다. 어머니가 말을 이었다.

"아직 한창 일할 나이인데 벌통 갖고 돌아다니다니, 좀 그렇다."

"그래도 할 일이 있으니까 됐어."

"집에 있는 것보다는 낫지만…."

어머니가 말을 이었다.

"네 아버지는 너무 일찍 정년퇴직을 했어. 아직 예순둘이야."

"어머니는 쉰여섯이고."

이태진이 말을 이었다.

"아직 젊은 나인데 말야. 아버지 때문에 스트레스 먹겠어."

어머니가 입을 다물었기 때문에 이태진은 심호흡을 했다.

어머니와 아버지 사이는 시간이 지날수록 멀어지고 있다. 가장 중요한 것은 어머니가 아버지에 대한 존경심이 줄어들고 있다는 것이다. 거의 바닥 수준이다. 그때 이태진이 말을 맺었다.

"어머니, 사랑해."

뜬금없는 말 같지만 군대 시절부터 자주 써먹어서 어색하지는 않다. 그리고 어머니도 좋아한다.

"사랑한다, 태진아."

어머니가 바로 말을 받는다. 목소리가 밝아져 있다.

다음 날 오전.

다시 시장을 돌던 이태진이 함단의 가게 앞을 지나면서 안을 기웃거렸다. 그때 안에 있던 함단과 시선이 마주쳤다. 종업원들이 분주히 오가면서 정리를 하고 있다.

"오, 미스터 리."

함단이 손을 흔들어 들어오라는 시늉을 했다. 이태진이 발길을 돌려 가게 안으로 들어섰다.

함단이 이태진을 안쪽 사장실로 데리고 들어갔다. 자리에 앉았을 때 함단이 말했다.

"어제 자네 보내고 나서 문득 생각이 떠올랐어. 그래서 자네한테 연락을 하려고 했는데 어느 호텔에 있는지 알 수가 있어야지."

"무슨 일입니까?"

"자네, 중소기업에 있다고 했지?"

"명함 보셨겠지만 큰 회사는 아닙니다. 하지만 전문 업체죠. 전문 생산업체로 품질은 보장합니다."

"내가 그거 따지는 거 아냐."

"그럼 뭡니까?"

"내가 근대 말고도 한국에서 이것저것을 많이 수입해. 잡화류지. 이곳은 의류사업장이지만 시내에 내 사무실이 있어."

"그렇습니까?"

"작년에 한국에서 잡화류를 3백만 불 정도 수입했어."

"그렇군요."

"그중 25퍼센트 정도는 불량이었지. 하지만 나머지 75퍼센트 갖고도 이윤이 남았으니까."

"아아."

"그런데 그 개 아들놈들 중에서 클레임을 받지 않고 떼어먹는 놈들이 절반쯤 돼. 그래서 매년 새 거래선이 절반쯤 된다네."

"부끄러운 일이지요."

"한국에서 검사를 하고 보내는 대리인이 있으면 좋겠어."

그 순간 숨을 들이켠 이태진이 함단을 보았다. 심장박동이 빨라졌기 때문에 어금니를 물고 표정 관리를 해야만 했다.

'바이어 사무실' 또는 '에이전시'는 수출 붐이 일어나고 있는 한국에서 최고의 직장으로 불린다. 선망의 대상인 것이다. 직원 한 명짜리 바이어 사무실이라도 대기업 직원들이 고개를 숙이고 찾아오는 것이다.

그때 함단이 말했다.

"리, 자네가 회사에 다니면서 내 에이전시 역할을 해주지 않겠나?"

"제가 말입니까?"

"그래. 사무실도 얻어주겠네. 여직원 하나만 고용하면 되겠지? 에이전시 등록은 쉽다고 들었어. 내가 다 알아보았어."

함단이 번들거리는 눈으로 이태진을 보았다.

"자네는 투 잡을 갖는 거야. 자네 회사에 비밀로 해도 가능한 일이야."

"저한테 왜 이러십니까?"

"자네가 운이 좋은 거야."

의자에 등을 붙인 함단이 수염 사이의 입을 벌리고 웃었다.

"사무실을 구상하고 있던 상황에 마침 적당한 코리안이 눈에 띈 거지."

"감사합니다. 고려해보겠습니다."

마침내 이태진이 고개를 숙였다.

사우디아라비아.

가슴이 미어진 이태진이 심호흡을 하다가 갑자기 눈이 뜨거워졌다.

# 3장 금의환향

리야드의 낮 12시가 서울은 오후 6시다.

호텔로 돌아온 이태진이 서울로 전화를 했다. 신호음이 울리고 나서 곧 사내의 목소리가 울렸다.

"여보세요."

"경호냐? 나다."

"아!"

수화기에서 탄성이 울렸다.

정경호. 이태진의 고등학교 동창이다. 정경호는 '범생'으로 고등학교 때 항상 전교 10등 안에 들어가던 수재였다. 그래서 당연히 서울대에 들어갔다. 서울대 상대다.

졸업 후에 정경호는 굴지의 대기업 삼성에 입사했는데 3년 만인 작년에 퇴사했다. 그리고 '바이어 오피스'를 차린 것이다. 삼성에 다닐 때 거래선이었던 일본의 '혼다'사 대리점이다. 그런데 지금은 '혼다'사 오더가 끊겨서 노는 중이다. 삼성이 '혼다'사에 압력을 넣어서 오더를 정경호에게 돌리지 말도록 했기 때문이다.

정경호가 소리쳐 물었다.

"너 지금 어디야?"

정경호에게 중동 간다고 연락은 했다.

"나, 리야드."

"사우디 들어갔구나."

"그래. 너 요즘 어떠냐?"

"그렇지, 뭐."

"뭐가 그래?"

"문 닫아야 할까 봐."

"오더 없어?"

"갑자기 오더 오겠냐? 끊긴 지 넉 달째야."

"인마, 돌아댕겨야지. 사무실에만 앉아있으면 오더가 와?"

"내가 너 같은 성격이 아니잖아?"

맞다.

'범생' 정경호는 책상에 앉아서 하는 일은 최고다. 고등학교 때 중간 성적으로 운동을 했던 이태진과는 1학년 때부터 3년 동안 같은 반이었고 상부상조하는 관계였다.

정경호는 이태진으로부터 '보호'를 받았고 이태진은 시험 때 '도움'을 받았다. 정경호 뒷자리에서 '컨닝'을 하거나 시험에 나올 '대목'만 집중적, 최단 시간에 교육을 받았다. 그때 이태진이 말했다.

"너, 여기 리야드 바이어 에이전시 역할을 해."

"무슨 말야?"

"내가 네 회사 사원으로 여기 바이어 일을 처리해주려는 거다. 그럼 너도 그 대가를 받게 될 테니까."

이태진이 함단의 '일'을 간단하게 설명했더니 머리 좋은 정경호는 금세 알아들었다.

"불감청이언정 고소원이지."

"누가 불감증이야?"

이태진이 되물었는데 잘난 척하는 정경호를 비꼬는 것이다. 정경호는 하나 있던 여직원도 내보낸 상황이다. 사무실 임대료도 밀린 처지라 가뭄 끝에 빗소리를 들은 느낌일 테지.

"좋아. 나도 사무실 임대비 안 들이고 서로 좋은 거지."

함단이 고개를 끄덕였다.

오후 4시 반.

이태진이 함단의 가게로 찾아가 정경호와의 '계약'을 말해준 것이다.

"그럼 앞으로 '신우상사'를 통해서 자네하고 연락을 하겠네."

"알겠습니다."

이태진이 정경호의 '신우상사' 전화번호가 적힌 쪽지를 내밀면서 말했다.

"미스터 정이 대표입니다."

"내가 바로 텔렉스를 보내겠네. 그럼 '신우상사'가 내 서울 에이전시가 되는 셈이군."

함단이 웃음 띤 얼굴로 이태진을 보았다.

"리, 그럼 자네가 내 서울 에이전시의 매니저가 되는 거야."

"그런 셈인가요?"

쓴웃음을 지은 이태진이 고개를 끄덕였다.

월급은 없다. 사무실 운영비도 내지 않는다. 다만 오더별로 수수료를 지급하기로 한 것이다. 수수료는 3퍼센트. 그것이 만국공통이라나? 이놈들이 어떤 놈들인데 '투자'를 하겠는가?

서로 이용하는 것이지.

서울이 밤 12시면 제다는 오후 6시다.

전화기를 귀에 붙인 이태진이 신호음이 4번 울릴 때까지 초조하게 기다렸다.

"여보세요."

한여옥이 전화를 받는다.

한여옥. 이제는 이태진의 심복이 된 상황이다. 이태진이 그런 느낌이 들었으니 한여옥도 마찬가지일 것이다. 절박한 상황이니까.

사지(死地)로 몰리는 처지 아닌가? 위급할 때의 친구가 진정한 친구다. 둘 다 그런 의식이 작용하고 있으니까.

"나야."

이태진이 말했다.

"늦은 시간이라 미안."

"아녜요. 기다리고 있었어요."

"무슨 일 있어?"

"어제 최 부장이 불러서 갔더니…."

"최 부장이?"

"네. 대리님 돌아오시면 바로 조직개편을 하겠다네요. 사실로 드러난 거죠."

"…."

"네, 내년 초 정기 조직개편까지 기다릴 순 없다고 했어요."

이제는 직접 통보를 했다. 한여옥의 말이 이어졌다.

"직원 셋을 놀릴 만큼 한가하지 않다고도 하더라구요."

"중동에서 오더 받을 싹수가 없는 걸 알면서 왜 중동과를 만들었는데?"

"대리님이 한 달 동안이나 출장 나간 것을 유감이라고 했어요."

"유감?"

"네. 대리님이 일부러 한 달 동안 여행이나 하려고 떠났다고 했어요."

"알았어. 내가 다시 전화할게."

"기운 내세요, 대리님."

그러더니 한여옥이 덧붙였다.

"관광 실컷 하고 오세요. 참, 이집트는 안 가세요? 카이로, 피라미드, 스핑크스…."

"고마워."

"사진 많이 찍어오세요. 그게 남는 거죠."

"그래."

전화기를 내려놓은 이태진이 길게 숨을 뱉었다.

정예은한테서 젓갈 다 받았다는 연락은 받았지만 회장도 어쩔 수가 없겠지. 오더 없는 과를 놀릴 수는 없으니까.

오후 8시면 사우디 시장은 가장 활발한 시간이다.

시장은 대낮처럼 불을 밝히고 낮에 햇볕을 피해 집에 들어가 있던 남녀노소가 쏟아져 나오는 것이다. 이태진의 전화를 받은 오마르가 소리치듯 말했다.

"리, 신용장 준비가 다 되었어. 제다로 돌아와서 마지막 체크를 하지."

복음(福音)이란 이런 것을 말하는 것이다.

"알았어, 오마르."

영어에는 반말 존댓말 구분이 호칭과 분위기로 전달된다. 이태진이 말을 이었다.

"내일 아침에 돌아가지."

"좋아. 바그다드 호텔로 가. 예약해놓을 테니까. 시간 나면 내가 공항에 가지."

오마르가 말을 잇는다.

"바그다드 호텔은 싸고 깨끗해."

이젠 허장성세를 부릴 이유가 없지.

다음 날 오전 11시.

이태진이 제다 공항에 도착했다. 대합실로 나왔더니 오마르가 기다리고 있다가 두 팔을 벌리고 맞는다. 활짝 웃는 얼굴이다.

"리."

"오마르."

둘은 부둥켜안고 양쪽 볼에 입을 맞췄다. 이제는 이태진도 익숙해져서 이 동작이 자연스럽다.

"웰컴 홈."

포옹을 마친 오마르가 그렇게 인사를 했다.

호텔로 가는 차 안에서 오마르가 말했다.

"리, 당신 가격을 기준으로 오더를 했어. 그러니까 확인만 하면 될 거야."

"땡큐."

"고칠 것도 없어. 총 가격은 105만 불이야. 만족해?"

"그레이트."

심호흡을 한 이태진이 오마르를 보았다.

"우리가 역사를 만드는 거야, 오마르."

"공감이야."

이태진이 손을 뻗어 핸들 위에 얹힌 오마르의 손을 쥐었다. 갑자기 가슴이 벅차올랐기 때문에 이태진이 숨을 골라야만 했다.

오마르의 좁은 사무실 안.

이태진과 오마르가 마주 보고 앉아있다.

낮 12시 반.

이태진이 서류를 차근차근 확인하고 나서 고개를 들었다.

"오케이, 오마르."

"그럼, 대영산업으로 신용장을 오픈하면 되겠나?"

"잠깐."

정색한 이태진이 오마르를 보았다.

"오마르. 그 신용장을 다른 곳으로 돌려줘. 거기서 대영산업으로 T/S할 테니까."

"무슨 일이야?"

"우리 둘을 위한 일이야."

"구체적으로 말해."

이제는 오마르도 정색했다. 이태진이 똑바로 오마르를 보았다.

"내가 힘이 있어야 너를 밀어줄 것 아닌가? 그렇지?"

"그건 그래."

"신용장을 받는 오퍼상은 내 회사나 마찬가지야. 거기서 대영으로 T/S를 해주는 거야."

"옳지."

오마르가 커다랗게 고개를 끄덕였다. 얼굴에 웃음이 떠올라 있다.

"네가 비상용 패러슈트를 멜 작정이군."

오마르 또한 산전수전 다 겪은 전문가다. 그동안 수많은 영업사원, 직장인을 만났을 것이다.

이태진이 미리 준비해 온 '신우상사'의 전화번호와 사업자등록번호, 신용장 오픈용으로 거래 은행의 정보가 적힌 쪽지를 건네주었다.

됐다.

오후 5시.

정예은의 집으로 전화를 했더니 바로 정예은이 받았다.

"여보세요."

한국어로 응답하는 것을 보면 외국인은 집으로 전화를 안 하는 모양이다.

"납니다."

이태진이 말했을 때 정예은은 반색했다.

"어디에요?"

"제다로 돌아왔어요."

"호텔은 어딘데?"

"바그다드 호텔. 그런데."

이태진이 목소리를 낮췄다.

"혼자 있어요?"

"응."

"곧 퇴근하겠네."

"하거나 말거나."

"…."

"나, 모레 서울로 가요."

"모레?"

"응. 헤어지기로 했어요."

"…."

"비행기 표 다 끊었어요. 모레 오전 11시 반 비행기."

"애 데리고?"

"응."

"괜찮아요?"

"시원해요. 혹이 떨어진 것 같아."

"저런."

"내일 만날 수 있어요?"

"그럼."

"나 보고 싶었어요?"

"무척."

"정말?"

"정말입니다."

"그럼 내일 11시쯤에 내가 호텔로 갈게요."

"알았어요."

이태진이 소리죽여 숨을 들이켰다. 어느덧 몸이 뜨거워졌기 때문이다. 그리고 그것은 정예은도 마찬가지일 것이다.

"리, 제품 품질만 괜찮으면 승산이 있어."

저녁을 먹으면서 오마르가 말했다. 호텔의 식당은 테이블이 대여섯 개뿐이었지만 뷔페식 요리가 훌륭했다. 양고기와 쌀밥을 그릇에 담아온 둘은 손으로 움켜쥐고 먹는 중이다.

"거기에다 대영 브랜드로 승부를 거는 거야. 이곳에 일반 의류 중에서 브랜드를 정착시킨 회사가 없어."

이태진이 고개를 끄덕였다. 오마르는 미래를 내다보는 바이어다. 대영과 공존하려는 것이다. 메이커가 가장 원하는 바이어다.

"좋아. 나도 최선을 다하지. 서비스로 광고물을 무료로 공급해주겠어."

"정말인가?"

오마르가 음식을 먹다 말고 눈을 크게 떴다.

"어떤 것 말인가?"

"자동차 열쇠고리, 찻잔 받침, 비닐 백, 스티커 등에다 대영과 오마르 상사 로고를 찍어서 컨테이너에 넣어 보내주지."

"오 마이 갓."

감동한 오마르의 두 눈이 번들거렸다.

"리, 그 아이디어는 어디서 나왔나?"

"우리 회사에서 내수 시장용으로 만들어서 무료로 공급하고 있는 거야. 외국에 내보낸 적은 없어."

"그렇게 해준다면 매출이 부쩍 늘어날 거야."

"내가 제품을 실은 컨테이너에 선물용 광고물을 몇 박스씩 넣어 보내지."

"내년에는 두 배 이상 오더가 될 거네."

"서로 좋은 거지."

"그, 신우상사 말인데."

오마르가 지그시 시선을 주었다.

"앞으로 의류 오더뿐만 아니라 잡화류, 기계 부품도 신우상사를 통해서 오더를 하겠어. 자네가 그 오더도 도와줘야 돼."

이태진이 고개를 끄덕였다.

함단의 대리인 역할도 맡았지만 오더는 얼마든지 처리할 수가 있는 것이다. 없는 게 문제다.

다음 날 오전 11시 5분이 되었을 때 문의 벨 소리가 울렸다.

문을 연 이태진은 정예은의 웃음 띤 얼굴을 보았다. 머리에 히잡을 썼고 발

목까지 내려오는 검정 드레스를 입었지만 눈이 부시도록 아름다운 모습이다.

이태진이 잠자코 비켜선 옆을 스치면서 정예은이 방으로 들어섰다. 방문을 닫은 이태진이 몸을 돌렸을 때 정예은이 다가오더니 두 팔로 목을 감아 안았다.

자연스러운 동작이다. 이태진이 정예은의 허리를 두 팔로 감아 안고는 입을 맞췄다. 방은 금세 가쁜 숨소리로 가득 찼다.

열풍이 가라앉았을 때 정예은이 이태진의 가슴에 볼을 붙이고 물었다.

"여기서 언제 떠나?"

"내일."

이태진이 정예은의 어깨를 당겨 안았다. 이제 출장 17일째다.

"카이로로 갈 거야."

"언제 귀국하는데?"

"열흘쯤 후에."

그때 정예은이 고개를 들고 이태진을 보았다. 콧잔등에 작은 땀방울이 맺혀 있고 아직 얼굴은 상기되었다. 이태진이 정예은의 눈에 입을 맞췄다.

"넌 공주야."

정예은이 몸을 밀착시키면서 물었다.

"무슨 뜻이야?"

"난 평민이고. 그 차이를 잘 알면서."

"우리, 서울에서 안 만날 거야?"

"서울 가면 마음 달라질걸?"

이태진이 손을 들어 정예은의 이마에 붙은 머리칼을 걷어 올렸다. 그때 정예은이 말했다.

"난 만나고 싶어."

"그럼 만나."

"알았어."

"부담 느끼지 말고."

"부담 없어."

"근데 왜 공주, 평민 이야기한 거야?"

"네 생각한 거지."

"그럴 필요 없어."

다시 고개를 든 정예은이 이태진을 보았다.

"난 자기가 좋아."

"고마워."

"만난 지 얼마 안 되었지만 자기하고 같이 있으면 편안해. 행복하고."

"나두 그래."

"만나서 서로 알아가기로 해."

"그러자."

정예은의 몸을 당겨 안은 이태진이 말을 이었다.

"넌 나한테 과분한 상대야."

다음 날 오전.

방에서 가방을 꾸리고 있던 이태진이 정예은의 전화를 받았다. 정예은이 공항에서 전화를 한 것이다.

"나 지금 출국 게이트 안으로 들어와서 전화하는 거야."

정예은이 소리치듯 말했다.

"나 갈게!"

"그래. 잘 가. 아이는 괜찮지?"

"응. 1등석이라 지금 라운지에 들어와 있어."

"아이구, 좋겠다. 난 언제 1등석 라운지에 들어가 보나?"

"시끄러!"

"서울에서 푹 쉬어. 마음고생 그만하고. 알았지?"

그때 정예은이 가만있었기 때문에 이태진이 숨을 죽였다. 그러고 나서 5초쯤 지났을 때다. 정예은이 울먹이는 목소리로 말했다.

"자기 때문에 기운이 나."

이제는 이태진이 가만있었고 정예은이 말을 이었다.

"자기야, 전화 끊을게."

4시간 후.

제다 공항, 출국장에서 이태진과 오마르가 마주 보고 서 있다.

"그럼 네가 서울에서 연락을 하면 바로 신용장을 보내도록 하지."

이태진의 손을 쥔 오마르가 말을 이었다.

"조심해, 브라더."

"고마워, 브라더."

이태진이 오마르를 안고 뺨에 입을 맞췄다. 이제는 이런 인사에 익숙해져서 양쪽 볼에 번갈아서 세 번 입을 맞춘 후에 몸을 떼었다.

갑자기 가슴이 벅차올랐기 때문에 이태진은 심호흡을 해야만 했다. 가방에는 105만 불 오더의 오퍼시트가 들어있는 것이다. 바이어의 사인까지 받은 계약서다.

이것이 오더의 증거다.

서울. 오전 9시 반.

대영산업의 회장실 안.

회장 정병현의 앞에 사장 안석호와 무역부장 최재일이 앉아있다. 오늘은 안석호와 최재일이 무역부 조직개편에 대한 결재를 받으려고 온 것이다. 이윽고 결재 서류에서 시선을 뗀 정병현이 안석호를 보았다.

"지금 중동과장 대리가 출장 중이지?"

"예, 회장님."

안석호가 허리를 폈다.

"지금 사우디에 있지만 아직 실적이 없는 것 같습니다."

"흠."

고개를 끄덕인 정병현이 이제는 최재일을 보았다.

"그래서 다음 달에 중동과를 해체하고 과원들을 타 부서에 재배치시킨단 말이지?"

"예, 회장님. 그것이 효율적입니다. 타 부서는 인력 충원을 받아야 할 상황이니까요."

"애초에 중동과를 신설할 때 이런 상황을 예측 못 했나?"

"예, 이태진 대리에게 맡긴 것이 무리였습니다. 거기에다…."

숨을 들이켠 최재일이 말을 이었다.

"처음에 이태진 대리의 시장 개척력을 기대했지만 예상이 빗나갔습니다. 이태진은 한 달간의 중동 출장을 끝내고 돌아와 제 갈 길을 갈 것 같습니다."

"제 갈 길을 가다니?"

"그런 소문이 퍼져있습니다."

"그만둔다는 소문?"

"예, 회장님."

그때 소파에 등을 붙인 정병현이 눈을 가늘게 떴다.

"이왕 그만둘 거, 해외여행이나 실컷 하자는 것이지?"

"예, 회장님."

그때 정병현의 시선이 안석호에게로 옮겨졌다.

"이봐, 안 사장."

"예, 회장님."

"자네 생각은 어때?"

"최 부장하고 같습니다."

"이 결재서류대로라면 이태진은 국내영업본부로 대기발령을 내고 사원 둘은 무역부의 미주, 유럽 파트로 보낸다는 거지?"

"예, 회장님."

"가져가."

"예?"

"못 알아들었어? 보류시키란 말야."

"예, 회장님."

안석호가 굳어진 얼굴로 대답했을 때 정병현의 시선이 최재일에게 옮겨졌다.

"서류 도로 갖고 가."

"예, 회장님."

"이 대리가 귀국하고 나서 이야기 들은 후에 결정해도 늦지 않아."

그러고는 정병현이 결재서류를 앞으로 내던졌다.

보류다.

카이로의 아트라스 자말렉 호텔.

7층 객실에서 이태진이 바이어 리스트를 펴들고 전화를 한다. 서울에서 가져온 바이어 리스트는 모두 14명. 오전 8시부터 상담을 시도했지만 오후 3시가 될 때까지 약속한 바이어는 2명뿐이다.

이곳은 쿠웨이트, 사우디보다 가게 분위기가 어수선하다. 대부분 사원이 받고 사장과 연결이 되지 않았다.

상담 약속이 된 바이어 2명도 건성이었다.

이쪽 회사를 모르는 상황이라 그냥 오라고만 했지 시간 약속도 해주지 않았다.

오후 4시 반.

이태진이 구시가지의 전통시장 안에 위치한 '하자드 상사'로 들어섰다.

15평 정도의 가게 안에는 각종 의류가 산더미처럼 쌓여 있었는데 종업원은 대여섯 명. 7, 8명의 손님과 상담 중이다. 이태진이 들어섰지만 종업원들은 시선도 주지 않는다.

그래서 종업원들이 상담하는 동안 이태진은 구경을 했다.

손님들은 모두 현지인으로 1, 2점의 상품을 사려고 흥정을 했다. 가격을 무시하고 깎는다.

제품은 그리스, 체코, 루마니아산이다. 품질도 조악했다. 얼핏 보아도 실밥 처리가 안 되었고 바늘구멍이 드러났다. 불량품이다.

가격 스티커가 붙어있었는데 턱도 없이 비싸다. 아예 깎아 팔 작정으로 붙인 것이다.

그때 상담을 마친 종업원 하나가 이태진에게 다가왔다.

"무엇을 도와드릴까요?"

이태진이 동양인이어서 영어로 묻는다.

"3시쯤 전화를 드렸는데요."

주머니에서 명함을 꺼낸 이태진이 종업원에게 내밀었다.

"한국에서 온 미스터 리라고 합니다."

종업원이 명함을 받더니 앞쪽 계산대 위로 던졌다. 명함이 날아가 계산대를 맞고 바닥으로 떨어졌다. 그때 종업원이 말했다.

"지금은 바쁘니까 나중에 오시지."

"사장을 만났으면 좋겠는데."

"사장은 없어. 외출 중이야."

"이런 개새끼."

이태진이 웃음 띤 얼굴로 한국말을 했다.

"거지새끼야. 넌 평생 짐이나 나르다가 뒈져라."

허리를 굽혀 명함을 집은 이태진이 몸을 돌려 가게를 나왔다.

이곳은 사람이 버글거렸지만 시장 규모가 제다의 절반도 안 된다. 그리고 첫째, 가게에 쌓인 제품의 질이 현저하게 떨어진다.

오마르는 이곳의 주 거래선이 아프리카 지역의 소매상이라고 했다. 보따리로 물건을 사 가는 그들은 주로 불량품을 쓰레기 값으로 가져간다는 것이다.

오후 늦게서야 시장에서 돌아온 이태진이 호텔에서 저녁 식사부터 했다.

방에 돌아온 이태진이 전화기를 들고 버튼을 눌렀다. 곧 신호음이 울리더니 응답 소리가 울린다.

오후 10시 반이다.

"여보세요."

아버지다.

한국은 오전 4시 반이 되어 간다.

"아버지, 접니다."

"오, 태진이냐?"

새벽 4시 반인데 아버지의 목소리는 생생했다.

"너 지금 어디냐?"

"이집트에 왔어요. 카이로입니다."

"그렇구나. 네가 지금 서른 살이지."

아버지가 말했다.

"내가 서른 살 때 해방이 되었지."

이런, 아버지가 내 생각을 읽었단 말인가?

숨을 죽인 이태진의 귀에 아버지의 목소리가 울렸다.

"그때 만주에 있다가 네 엄마하고 정신없이 탈출했다."

아버지의 목소리가 떠 있는 것처럼 느껴졌다.

"만주에서 북한으로. 그때 러시아 놈들이 북한에 진주해 있었어."

"…."

"피난민과 함께 내려오다가 산속으로 도망쳐 숨기를 반복했지. 그래서 북한 땅을 빠져나오는 데 20일이 걸렸다."

"…."

"로스케 놈들이 여자만 보면 덤벼서 네 엄마는 얼굴에 검댕을 바르고 남장을 했다."

"힘드셨겠네요."

"남한으로 내려오는 것보다 만주 땅에 이룩해놓은 것들을 다 두고 오는 것이 억울했어."

"뭘 이룩하셨는데요?"

"나이 30에 그쯤 이룩한 건 대단한 일이었지."

"뭔데요, 아버지?"

"만주에 땅을 사놓았었다. 사방 4천 킬로가 되는 땅이었지."

빨리 상상이 되지 않았기 때문에 이태진이 건성으로 물었다.

"넓어요?"

"벌판이라 차를 2시간이나 달려야 되는 황무지야. 도시를 세우고도 남을 땅이지."

"…."

"나는 그 땅에 도시를 세우고 공장, 목장을 건설할 예정이었다. 강가 언덕에 2층 양옥을 지을 터까지 만들었지."

"…."

"네 엄마도 함께 가 보았다."

"그때 엄마는 스물넷이었겠네요."

"그렇지. 젊고 예뻤지."

"결혼한 지 얼마 되었죠?"

"2년쯤 되었나?"

순간 이태진은 어머니와 아버지의 불화를 떠올렸다. 그때는 행복했겠구나. 이태진이 다시 물었다. 가장 중요한 것.

"아버지, 그때 만주척식회사 다니셨잖아요? 일본국 정부 회사."

"그렇지."

"그런데 어떻게 그렇게 할 수 있죠?"

"허가를 받았지."

"만척에서요?"

"그래. 난 그때 서른이었지만 만척의 간부였고 회사의 신임을 받았다. 간부들은 모두 토지를 불하받았지만 나는 많은 편이었지."

아버지의 목소리가 열기를 띠었다.

"나는 사장 마사무네의 최측근이었다. 개발국장이었지."

"…."

"만척에 근무한 지 7년 만에 그 자리에 오른 거야."

아버지의 목소리에 열기가 떠올랐다. 이태진과 이렇게 길게 과거 이야기를 한 적은 처음이다.

"일본이 패전하지만 않았다면 나는 만주 땅 대주주가 되어서 다른 인생을 살고 있을 것이다."

아버지의 목소리가 다시 떠 있는 것처럼 느껴졌을 때 이태진은 정신을 차렸다.

"아버지, 그럼 다시 연락할게요."

이태진이 눈의 초점을 잡고 말했다.

다음 날 아침.

호텔 방에서 이태진이 쿠웨이트의 손일수에게 전화를 했다. 이번 오더의 '덕분'은 손일수가 쿠웨이트에 입국시켜줬기 때문이다. '사우디 오더'는 쿠웨이트 입국으로부터 시작되었다.

"나 지금 이집트야."

이태진이 손일수에게 말했다.

"사우디에서 이곳에 왔다."

"어. 오더 좀 했냐?"

"했지."

"잘되었다."

시큰둥하게 대답했던 손일수가 물었다.

"너 스에코한테 연락했어?"

"왜?"

"기다리고 있던데."

"그냥 한 말이지."

"이 자식이 허세 부리고 있네."

"지랄하지 말고. 어쨌든 니 덕분에 사우디 들어갔다 나왔다. 그 인사하려고 전화한 거야."

"이태진의 인사성이 밝군."

"고맙다."

"호텔이 어디야?"

"아트라스 쟈말렉."

"알았어. 잘 가."

손일수가 전화를 끊었다.

오전 10시.

이태진이 다시 시장에 나가려고 준비를 마쳤을 때다. 전화벨이 울렸다.

"여보세요."

응답했더니 곧 여자 목소리가 울렸다.

"리, 나 스에코야."

"이런."

이태진의 얼굴에 웃음이 떠올랐다. 손일수가 알려준 것 같다.

"스에코, 목소리 들어서 반갑다."

"정말?"

"그럼. 이곳이 어떤 환경인지 알잖아."

"내가 그곳에 가면 좋겠어?"

"당연하지."

거리낌 없이 이태진이 대답했다.

"카이로에 비가 내리는 것 같겠지."

"내가 저녁때 도착할게."

"무리하지 마, 스에코."

"황금 같은 시간이야. 기회 있을 때 망설이지 말고 써야 돼."

"과연."

그 순간 어젯밤 아버지와 나눴던 '만척' 이야기, 만주 벌판이 떠오른 것은 왜 일까?

그때 스에코가 말했다.

"기다려. 내가 7시에는 호텔에 도착할 테니까."

택시를 대절해서 포트사이드로 출발했다. 사막 길을 달려 수에즈운하 입구로 달린 것이다.

사막에 뚫린 도로를 달리는 택시는 구형 벤츠다. 운전사는 백발의 노인. 빠진 앞니를 가리지도 않고 내놓는다.

옆바람이 불어와 아스팔트 도로 위를 모래가 휩쓸고 지나간다. 모래에 덮인 길이 보이지 않는 곳도 있다.

"돌아갈 때 길이 안 보이면 어떻게 하지?"

걱정된 이태진이 소리쳐 묻자 운전사가 고개를 돌리고 웃었다. 빠진 앞니 때문에 입안이 동굴 같다.

"돌아갈 때는 반대쪽에서 바람이 불어서 모래가 쓸려가."

"그런가?"

"걱정 마, 코리안."

운전사는 코리안을 잘 안다고 했다. 누구냐고 물었더니 북한 쪽이다. 북한인들이 남한 쪽보다 더 많이 들락거린다는 증거다.

그래서 이태진은 굳이 이쪽은 남쪽이라고 하지 않았다. 아마 남쪽 사람들은 이런 경우에 다 그럴 것이다.

모래바람이 휘몰아치는 사막 길을 낡은 벤츠는 요란한 소음을 내면서 달렸다. 에어컨에서는 더운 바람이 휘몰려 나왔지만 고장이 나지는 않았다.

포트사이드는 이집트의 '자유무역항'이다. 관세 없는 도시로 지정되어서 시장이 활발할 것 같지만 썰렁했다.

오후 1시 반.

시장의 가게에 6번째 들어갔다가 나온 이태진이 길가의 건물 그늘에 섰다. 땀이 비 오듯 흘러내렸다.

가게에 손님이 없어서 종업원들은 이태진을 맞아주기는 했다. 그러나 관심을 보이지는 않았다. 불황이다. 포트사이드 시장이 불황인 것이다. 이집트 정부가 '자유무역항'으로 선정했지만 전혀 활기가 없다.

이윽고 길가 공중전화 박스로 다가간 이태진이 전화를 했다.

이곳에서 오퍼상을 하는 유일한 한국인 유종삼을 만나기로 한 것이다. 포트사이드에 온 것은 유종삼과 약속을 했기 때문이다. 만나기 전에 시장을 둘러보았다.

"아, 어디십니까?"

이태진의 목소리를 들은 유종삼이 반색했다.

"아, 시장 입구의 공중전화 박스에 있습니다."

"제가 바로 가지요."

서두르듯 말한 유종삼이 전화기를 먼저 끊었다.

20분쯤 후에 공중전화 박스 앞에 승용차 한 대가 멈춰 섰다. 문짝이 구겨졌고 범퍼도 덜렁거리는 폐차 수준의 승용차다. 로고도 없어서 어떤 회사 제품인지 알 수도 없다.

운전석에서 내린 사내는 동양인. 유종삼이다.

"이 과장님이시죠?"

유종삼이 손을 내밀며 물었다. 후줄근한 반팔 셔츠에 바지, 맨발에 샌들을 신었다.

"유 사장님이시군요."

악수를 나눈 유종삼이 차로 안내하면서 웃었다.

"여기선 수리할 곳도 마땅치 않아서요. 그냥 굴러가기만 하면 됩니다."

40대쯤의 유종삼은 이태리에서 상사 주재원으로 근무하다가 이곳 포트사이드로 왔다고 했다.

"자, 가십시다."

차에 시동을 걸자 차가 진동했다.

낡은 5층짜리 아파트의 4층이 유종삼의 집 겸 사무실이다.

25평쯤 되는 규모의 집은 지저분했고 기다리던 유종삼의 아내가 웃음 띤 얼굴로 이태진을 맞았다. 인사를 마치고 좁은 응접실의 소파에 앉았을 때 유종삼이 말했다.

"시장 보셔서 알겠지만 불황입니다. 첫째로 돈이 없어요. 그래서 신용장을 오픈할 도매상이 거의 없습니다."

유종삼의 부인이 커피 잔을 내려놓더니 옆에 앉아 거들었다.

"현금 거래 방법밖에 없어요. 그래서 우리가 대행하는 업체가 3곳이나 됩니다."

"어딘데요?"

이태진이 묻자 유종삼이 대답했다.

"우신상사, 경원기업, 서울양행입니다. 아이템은 전자제품, 잡화류, 의류도 있어요."

알 만한 회사들이다. 유종삼이 눈으로 옆쪽 방을 가리켰다.

"샘플은 저 방에 일부분이 쌓여 있지요. 그리고 제품은 창고에 있습니다."

"그렇다면 우신, 경원의 제품을 유 사장님이 이곳에서 판매 대행을 하신단 말입니까?"

"그렇죠. 현금을 받고 판매합니다. 판매 대금은 본사로 보내구요. 물론 나는 판매가격의 3퍼센트를 먹습니다."

"그렇군요."

고개를 끄덕인 이태진이 다시 물었다.

"유 사장님은 제품을 어떻게 들여옵니까? 우신, 경원에서 어떤 방법으로 제품을 가져옵니까?"

"D/A, 외상거래죠."

"그렇군요."

"지금까지 2년 동안 수십 번 물품을 받았는데, 한 번도 사고가 없었지요."

"아."

"이렇게 살지만 지금까지 5백만 불 정도 매출을 올렸습니다."

"그렇군요."

"내가 그들의 현지 대리인인 셈이지요."

유종삼이 옆에 놓인 명함박스에서 명함을 꺼내 내밀었다. 명함에 우신, 경원, 서울양행의 현지 대리인이라고 찍혀 있다.

이태진이 고개를 끄덕였다. 현지 대리인한테 현금 받고 물품을 줄 수는 없는 것이다. D/A도 심한 대우다.

"알겠습니다. 고려해보지요."

이태진이 둘을 번갈아 보았다.

"경영진과 상의해보겠습니다."

"샘플 가져오셨으면 두고 가시지요. 제가 대신 세일즈 해볼 테니까요."

그때 부인이 거들었다.

"모시고 가려고 차에 기름까지 가득 넣어놓았어요."

카이로에 데려다주고 샘플을 싣고 오겠다는 것이다. 이태진이 자리에서 일어섰다. 택시는 시장 근처 식당 앞에서 기다리고 있다.

"아니, 내가 대절한 택시가 기다리고 있습니다. 거기까지만 데려다주시지요."

그러고는 이태진이 둘을 번갈아 보면서 웃었다.

"서울에 가서 샘플을 박스로 보내드리지요."

기다리던 운전사가 반색하고 이태진을 맞았다.

아쉬운 표정을 감추지 못하는 유종삼과 악수를 나눈 이태진은 택시에 올랐다. 고물 벤츠는 유종삼의 '똥차'보다 1백 배쯤 나았다.

벤츠가 출발했을 때 이태진은 뒤도 돌아보지 않았다.

사기꾼이다.

저런 인간한테 넘어간 상사원도 있을 것이다. 한국 상사원들만 골라서 사기를 치는 놈들이 있다. 다급한 상사원들의 심정을 알기 때문이다. 이건 부부 사기단이다. 아무리 그래도 너무하다. 사무실 하나 제대로 차려놓지 못하고 사기를 치다니.

택시는 사막 길로 들어섰는데 운전사의 말대로 도로에 쌓였던 모래는 싹 치워져 있었다. 반대쪽 바람이 불었기 때문이다.

카이로에 도착했을 때는 오후 6시다.

호텔에서 씻고 옷을 갈아입었을 때는 6시 40분. 의자에 앉아 TV를 보고 있을 때 전화벨이 울렸다. 6시 55분이다.

전화기를 든 이태진이 응답했을 때 스에코의 목소리가 울렸다.

"나야."

"스에코, 어디야?"

"호텔 로비야."

"마이 갓, 왔구나."

"좋아?"

"그럼."

"내가 방으로 갈까?"

"그래. 가방 내려놓고 밥 먹으러 가자."

"오케."

문 앞에서 기다리던 이태진은 엘리베이터에서 빠져나오는 스에코를 보았다. 스에코는 작은 가방 하나만 끌고 있다.

다가간 이태진이 스에코의 가방을 받아 쥐고는 한 손으로 어깨를 감싸 안았다.

스에코가 반짝이는 눈으로 이태진을 보았다. 그때 이태진이 고개를 숙여 스에코의 이마에 가볍게 입술을 붙였다. 입술을 뗀 이태진에게 스에코가 말했다.

"서둘지 마. 밤은 길어."

"부모는 어디 계셔?"

호텔 식당에서 뷔페로 저녁을 먹던 이태진이 물었다.

"후쿠오카."

포크로 야채를 찍으면서 스에코가 눈웃음을 쳤다.

"왜? 청혼하러 가려고?"

"넌 일본 여자 같지가 않아."

이태진이 고개를 조금 기울이면서 스에코를 보았다. 갸름한 얼굴, 곧은 콧날, 일본 여자는 다 덧니가 난 줄 알았는데 덧니도 없고 가지런하다.

"한국계 같다."

"대륙계 비슷하다는 말은 들었어."

"외모가?"

"성격이 말야."

눈을 가늘게 뜬 스에코가 말을 이었다.

"내 어머니가 중국에서 자랐거든."

"중국인이야?"

"아니. 어렸을 때 외할아버지를 따라 만주국에 갔어."

"아, 만주."

나이프로 고기를 썰던 이태진이 스에코를 보았다.

"내 아버지도 만주에 계셨는데. 만척이라고 알아? 만주척식주식회사. 만주의 땅을 관리하는 국영 회사인 것 같은데."

"설명을 길게 했지만, 미안. 모르겠어."

"그거 재밌군."

이제는 포크를 내려놓은 이태진이 말을 이었다.

"어머니 이름이 뭐야?"

"토모에."

"지금 연세는?"

"왜 묻는데?"

"혹시 알아? 너와 내가 배다른 남매일 수도. 내가 오빠고."

"한국인은 역시 상상력이 풍부해."

"누가 한 말야?"

"어머니."

"역시 연결이 되는군. 한국인을 잘 알고 있어."

"난 일본에서 태어났어. 내 아버지는 혼다 사자에몬. 일본인이고 후쿠오카 출생의 사무라이 가문이지. 유전자 검사를 해도 돼, 이 한국 놈아."

"알았다."

어깨를 늘어뜨린 이태진이 길게 숨을 뱉었다.

"이제 마음 놓고 너하고 사랑을 나누어도 되겠다."

밤.

태풍이 방 안을 휩쓸고 지나간 것 같다. 시트는 바닥에 떨어졌고 침대 옆 스탠드도 옆쪽 의자 뒤로 넘어졌다. 불을 켜놓아서 방 안이 적나라하게 드러났다.

"난 한국 남자하고는 처음이야."

가쁜 숨을 뱉으면서 스에코가 말했기 때문에 이태진이 풀썩 웃었다. 스에코는 아직도 이태진의 가슴에 얼굴을 붙인 채로 사지는 빈틈없이 엉켜 있다.

"사랑을 끝낸 첫 말이 그따위라니."

"립 서비스 아냐. 오늘 처음 절정을 경험했어."

"역시 남자 자존심을 세워주는 데는 일가견이 있구나."

"누가 그래?"

"우리 아버지가 일본 예찬론자지."

"만척에 계셨다는?"

"그래. 한일 농구시합을 하면 일본 응원을 하는 바람에 나하고 싸우기도 했지."

"오 마이 갓."

스에코가 몸을 더 붙이더니 물었다.

"그럼 당신 아버지는 나하고의 결혼을 찬성하시겠네?"

"확신해."

이태진이 몸을 비틀어 스에코를 눕히면서 말을 이었다.

"자식이 대신 소원을 이뤘다고 할지도 모르지."

아, 아버지. 그리고 어머니.

다음 날 오전.

둘은 기자의 피라미드 관광을 했다. 스에코가 택시를 대절했고 낙타 비용도 냈다.

"출장 나온 영업사원 주머니 사정 다 아니까 허세 부리지 마."

낙타 위에서 스에코가 소리쳤다. 스에코는 아랍 여자처럼 히잡을 썼고 바지에 운동화 차림이다.

"시간 있으면 유람선으로 룩소르까지 내려가고 싶지만 다음으로 미루기로 하자, 진."

스에코는 이태진을 '진'이라고 부른다.

"그러지."

뒤쪽 낙타 등에 탄 이태진이 이만 드러내고 웃었다. 선글라스를 끼어서 입만 보이기 때문이다.

덥다. 낙타 위에서 내려다보이는 낙타 주인은 두꺼운 작업복에 터번으로 목까지 감았다. 피라미드 모퉁이를 돌 때 스에코가 소리쳐 물었다.

"진, 우리가 함께 있는 이 순간들을 기억하게 될까?"

"당연하지."

이태진이 앞쪽 낙타가 놀랄 정도로 크게 대답했다.

"지금 말하지만 나도 너 같은 여자는 처음이야. 처음으로 절정을 겪었다구."

"갓댐."

스에코가 이를 드러내고 웃었다. 그 순간 이태진은 갑자기 가슴이 서늘해지는 느낌을 받는다. 40도가 넘는 땡볕 더위 속에서 느낀 이 서늘함. 이것도 기억에 남을 것 같다.

하룻밤을 더 묵고 나서 스에코가 쿠웨이트로 돌아갔다. 공항까지 배웅 나온 이태진에게 스에코가 말했다.

"생각나면 연락해. 억지로 할 필요는 없고. 결혼식 초대만 빼고 만나줄게."

"무슨 말인지 알아."

이태진이 스에코의 손을 잡았다. 섬세하고 말랑하고 따뜻한 손이다.

"넌 좋은 여자야, 스에코."

"난 어머니한테서 표현을 절제하라는 교육을 받았어, 진."

손을 마주 쥐면서 스에코가 이태진을 보았다. 둘은 출국장 복판에서 마주 보고 서 있다. 주위는 혼잡하지만 소음도 둘의 귀에는 들리지 않는다. 스에코가 입을 열었다.

"그래서 이렇게 가슴이 꽉 막힌 상태가 익숙해, 진."

"무슨 말인지."

"가슴이 막힌 데다 외국어인 영어로 표현하니까 더 절제가 돼. 이게 어울려."

"말이 길다. 하지만 절반은 이해가 될 것 같네."

"키스해줘."

스에코가 턱을 조금 내밀면서 말했고 이태진은 주저 없이 두 손으로 볼을 감싸 안았다. 스에코가 눈을 감았다. 스에코의 입술에서 짠맛이 났다. 곧 따뜻한 젤리가 뽑히자 달콤해졌다.

오후 4시. 호텔 방.

이태진의 귀에 한여옥의 목소리가 울렸다. 서울은 밤 11시다.

"여보세요."

"나야."

"기다리고 있었어요."

한여옥이 바로 말을 이었다.

"과장님, 마음 놓고 실컷 관광하고 오시라구요."

"무슨 말야?"

"소문이 다 났어요."

"무슨 소문?"

"최 부장하고 사장이 대리님 출장에서 돌아오면 바로 조직개편을 하겠다고 회장님께 보고했다가 거부당했다는 소문요."

"…."

"회장님이 내년 초까지 놔두라고 하셨다네요. 이제 반년이나 더 남았어요."

"…."

"최 부장이 과장들한테 말한 것이니까 사실이죠. 회장님한테 퇴짜 맞은 것이라니까요."

"알았어. 그동안 마음고생 많이 시켜서 미안해."

"아니, 무슨 말씀."

한여옥의 목소리에 웃음이 섞였다.

"그래서 어젯밤에 윤정규 씨하고 축하주 한잔했다고요."

"내가 내일 출발할 거야."

"내일요?"

놀란 한여옥의 목소리가 높아졌다.

"내일 도착인가요?"

"내일 출발하니까 모레 도착하겠지."

"아직 한 달도 안 됐는데, 경비 떨어진 건가요?"

"이젠 귀국해야지."

이태진이 말을 이었다.

"내가 내일 최 부장한테 귀국한다고 연락할게."

"모르는 척할게요."

한여옥이 들뜬 목소리로 말을 잇는다.

"돌아오신다니 기뻐요. 기다리고 있는 사람이 있어서 좋으시죠?"

"아, 그럼."

이태진의 얼굴에도 웃음이 떠올랐다. 그러나 오더 받았다는 이야기를 할 만큼 긴장을 풀지는 않았다.

다음 날 오전 10시.

이태진이 이번에는 회사로 전화를 했다. 그동안 텔렉스(TLX)를 통해 정기적으로 보고를 했지만 통화는 처음. 물론 오더 받았다는 말은 하지 않았다. 한국은 오후 5시. 퇴근 시간이 되어가고 있다.

"어, 이 대리."

놀란 최재일의 목소리가 높아졌다.

"거기 어디야?"

"카이로인데, 내일 귀국합니다."

"어, 그래?"

"모레 출근하겠습니다."

"이제 여행 끝났군."

불쑥 내뱉은 말에 진심이 나와 버렸기 때문에 최재일이 당황했다.

"그래, 몸은 괜찮나?"

그래서 묻는 게 건강하냐는 것이다. 이태진의 얼굴에 쓴웃음이 번졌다.

"예, 들어가서 뵙지요."

"알았어."

전화기를 내려놓은 이태진이 다시 한번 깨닫는다.

회사에서, 아니, 사회에서 믿을 놈은 아무도 없다. 오직 자신의 능력만이 살 길이다.

"그런데, 참."

정병현이 고개를 들고 정예은을 보았다.

"너 이 대리 만났지?"

"누구 말씀이죠?"

정예은이 되물었지만 이미 이태진을 묻는지 알고 있다.

장충동의 저택 안.

저녁 식사를 마치고 둘은 소파에 나란히 앉아있다. 오늘은 정병현이 일찍 귀가했는데 정예은이 귀국한 지 5일째가 되는 날이다. 그때 옆쪽으로 어머니 한선옥이 다가와 앉았다. 정병현이 헛기침을 했다.

"너한테 밑반찬 가져다준 직원 말이다."

"아."

"그 직원이 네가 이렇게 갈라섰다는 걸 아냐?"

"알 리가 있어요?"

정예은이 정색하고 그렇게 대답했을 때 한선옥이 정병현을 보았다.

"왜 그래요?"

"뭐가?"

"왜 그 직원을 묻느냐구요."

"아, 소문이라도 나면 애가 힘들잖아?"

"힘들기는. 지금 개운하다는데."

"이 여자가 참."

"나도 턱에 붙은 혹이 떨어진 것 같은데, 뭐."

"뭐? 턱에 혹이 붙어?"

"밥 먹을 때마다 얘 생각하고 턱이 무거워져서 그렇지."

"원, 별소리 다 듣네."

정병현이 쓴웃음을 지었고 한선옥과 정예은까지 따라 웃었다. 그때 정예은이 불쑥 말했다.

"아버지, 그 사람 고생하데요."

"네가 어떻게 알아?"

"제다에 레드 시 팰리스 호텔이라고 있어요. 거기가 특급 호텔인데요."

"그래서?"

"회사에서 하루 출장비를 얼마 주죠?"

"다 똑같지. 하루 50불이다."

"그 호텔 숙박비는 하루 150불이에요."

"그래서?"

"스위트룸은 300불이구요."

"그런데, 왜?"

"그런데 그 사람이 스위트룸에 투숙했더라구요."

"뭐?"

그때는 TV를 보던 한선옥도 눈을 둥그렇게 뜨고 이쪽을 본다. 정병현이 정예은 쪽으로 돌아앉았다.

"그게 무슨 말이냐? 300불짜리 스위트룸에 투숙하다니? 그놈이?"

"네."

"정말이냐?"

"제가 가 보았거든요."

"네가? 왜?"

그러자 한선옥도 바짝 다가앉았다.

"왜?"

"레드 시에 투숙했다고 해서 궁금했거든요."

"확인하러 갔어?"

"네."

"그랬더니?"

그때 정예은이 한숨부터 쉬었다.

"감동받았어요."

이제는 입을 다문 둘에게 정예은이 말을 이었다.

"대영이 사우디 바이어들한테 전혀 알려지지 않은 회사라 레드 시에 투숙했다고 말하면 관심을 갖게 될 것이라고 하더군요. 그런데 그것이 성공했어요."

"네가 어떻게 알아?"

"열심히 일하기에 제가 샘플 진열하는 걸 도와줬어요. 그랬더니 바이어들이 10명도 넘게 몰려왔더군요."

이것은 과장이 좀 섞였다.

"특급 호텔 스위트룸에서 설명회를 연 것이니까요. 바이어들이 한 수 접고 봐준 거죠. 그 방법이 성공했어요."

"…."

"저도 바이어들을 보니까 자부심이 느껴지더군요."

"…."

"그리고 바이어 전시가 끝나고 나서 그 사람은 이틀 만에 레드 시에서 나와 거지 같은 여관으로 옮겨 갔더라구요. 그것을 보니까 눈물이 났어요."

"…."

"제가 내 일 때문에 그 이야기를 못 했어요. 아버지가 물어보시는 바람에 그 사람 이야기를 한 거예요."

"오더를 받았어야지."

마침내 정병현이 혼잣소리처럼 말하고는 소파에 등을 붙였다.

"고생은 했구만."

감동한 표정이다. 그때 한선옥이 정예은을 보았다.

"너 그 사람 몇 번 만났어?"

그러자 정예은과 함께 정병현도 풀썩 웃었다.

공항에는 정경호가 마중 나와 있었는데 이태진을 보더니 반색했다. 하긴 정경호로서는 이태진이 구세주나 같지.

"고생 많았지?"

가방까지 받아 쥐면서 정경호가 깍듯하게 물었다. 누가 보면 영락없는 부하 직원이었고 실제로도 그렇다. 이태진이 '사주' 입장이니까. 입국장을 나오면서 정경호가 말을 이었다.

"신용장이 왔어, 105만 불."

"알고 있어."

카이로에서 연락을 받은 것이다. 신용장은 정경호의 '신우상사' 앞으로 오픈되었다. T/S Allowed(허용)된 신용장이니 대영산업으로 넘겨주면 된다. 이태진이 정경호를 보았다.

"앞으로 함단 오더의 오퍼상 역할도 해야 될 거다."

"네가 시키는 대로 할게."

정경호의 시선을 받은 이태진이 고개를 끄덕였다.

키는 이쪽에서 쥐고 있으니 정경호가 배신할 여지는 희박하다. '없다'라고 말하지 못한 것은 그만큼 세파를 겪었기 때문이지. 그것이 지금 정경호와의 차이로 나타났지 않은가?

"그놈이 내일 출근인가요?"

서병준이 묻자 최재일이 술잔을 들었다.

"응. 오늘 도착한다고 했으니까 내일 출근하겠지."

오후 7시 40분.

둘은 회사 근처의 일식당 방 안에서 술을 마시는 중이다. 한 모금 소주를 삼킨 최재일이 말을 이었다.

"회장이 내년까지 놔두자고 했지만 아마 견디기 힘들 거다. 오더도 없이 책상에만 앉아있을 수는 없을 테니까."

"그거, 일주일도 견디기 힘들죠."

서병준이 쓴웃음을 지었다.

"그래서 해외여행을 갔겠지만요."

"중동과 애들 둘이 사무실에서 하는 일 없이 왔다 갔다 하는 걸 보면 불쌍해."

"그래서 아예 둘이 번갈아서 공장 출장을 가더만요. 괜히 샘플 작업을 한다면서요."

"그놈이 그냥 여기 있었다면 좀 봐주려고 했어."

잔에 술을 따르면서 최재일이 말을 이었다.

"중동 오더가 없는 것도 알고 있었으니까 말야. 우선 한국에서 오퍼상들을 훑어가는 일부터 했어야지."

"아예 떠날 작정을 하고 한 달간 여행 코스를 잡았다니까요."

서병준이 술기운으로 붉어진 얼굴로 최재일을 보았다.

"그놈, 제가 데리고 있으면서 다 파악해놓았습니다. 빈틈이 나면 거침없이 등을 찌르는 놈이라구요."

그 대목에서는 최재일이 입을 다물었다.

이태진은 서병준 부하였을 때 사고를 친 일이 없다. 오히려 활발하게 오더를 만들어서 '과'에 기여했다. 그것이 유럽, 미주 지역이었지만.

그때 서병준이 생각난 듯 말했다.

"이건 소문인데, 회장님이 이태진을 챙긴다는 겁니다. 어디서 나왔는지 모르지만 무역부에 슬슬 퍼지고 있어요."

"그거야 당연하지."

최재일이 일축했다.

"아마 그 소문, 내 입에서 나왔을 거다."

"예?"

"내가 회장님 만나고 와서 그 이야기 했잖여? 회장님이 내년까지 보류시켰다고?"

"아, 그거야."

"그 말이 그 말이지. 내가 너희들한테 한 말이 다 꼬리가 붙어서 그렇게 퍼지는 거지."

"하긴."

고개를 끄덕인 서병준이 술잔을 들었다.

"어쨌든 내일 그 자식이 어떤 얼굴로 나타날지 궁금합니다."

"어머니, 저요."

이태진이 말하자 어머니가 깜짝 반겼다.

"응, 어디냐?"

"서울."

오후 10시 반.

이태진이 아파트에서 전화를 한다.

"아이구, 왔구나. 언제 온 거야?"

"조금 전에."

"별일 없지?"

"그럼."

인사말이 숨 가쁘게 오가고 나서 어머니가 목소리를 낮췄다.

"아버지는 잔다."

"술?"

"응. 매일 술이야."

이태진이 다시 어머니의 나이를 떠올린다. 어머니가 26살에 자신을 낳았으니 자신의 나이 30을 더하면 56세. 아직 젊은 나이다. 이태진이 불쑥 물었다.

"어머니, 내 나이 때 뭐 했어?"

"응?"

"어머니가 서른 살 때."

"아, 그때."

어머니의 목소리가 흐려졌다.

생각하는 것이겠지. 어머니가 서른 살 때 이태진은 네 살. 30 빼기 26이니까.

어머니가 말을 이었다.

"그때 6.25였어."

"6.25?"

이런, 그 생각을 못 했구나.

1950년 6.25가 일어났다. 전쟁은 3년 계속되다가 1953년 7월 27일 휴전을 했다. 어머니의 30살은 6.25 전쟁 때였구나.

이태진이 꿈에서 깬 것 같은 표정이 되어서 말했다.

"어머니, 이번 주 토요일에 내려갈게."

"집에 온다구?"

어머니의 목소리가 또렷해졌다.

"그래라. 오기 전에 전화하고."

그러더니 덧붙였다.

"아버지 좋아하시겠다."

다음 날 오전 10시 반.

이태진이 대영산업 무역부로 들어섰다. 무역부는 300평쯤 되는 탁 트인 공간에 200명 가까운 직원이 과별로 늘어앉아 있는 구조다. 물론 수출 지원부서도 함께 붙어있다.

이태진이 앞쪽 출입구로 들어서서 다섯 발짝쯤 걸었을 때 시선이 모여졌다. 하나씩, 둘씩, 그러다가 뒤쪽 과장급, 부장 최재일까지 고개를 들고 이태진을 보았다.

"대리님."

먼저 한여옥이 이태진을 향해 다가왔다. 모든 시선이 모인 터라 조금 어색한 표정이다. 둘이 있었다면 뛰어 왔겠지.

"어, 이 대리, 왔어?"

2과장 전영태가 떠들썩한 목소리로 말하면서 손을 내밀었다. 과장 2년 차. 구주지역 담당. 서병준의 라이벌이다.

"고생 많았지?"

악수를 하며 전영태가 한쪽 눈을 감았다가 떴다. '잘 놀다 왔느냐?'는 표시다. 또는 '엿 먹이고 왔지?'라고 볼 수도 있다.

이태진이 맨 뒤쪽의 최재일에게 다가갔을 때 최재일이 고개만 끄덕였다. 일어나지는 않는다. 다가간 이태진이 고개를 숙였다.

"다녀왔습니다."

"응. 어제 도착했다면서?"

"예. 어디 좀 들렀다 오느라구요."

고개를 끄덕인 최재일이 뒤쪽 소파로 옮겨 앉으면서 앞에 앉으라는 눈짓을 했다. 둘이 마주 보고 앉았을 때 최재일이 손목시계부터 보더니 인터폰을 들었다. 버튼을 누르고는 묻는다.

"미스 김, 난데, 사장님 계시지?"

그러더니 말을 잇는다.

"이 대리가 돌아왔는데 나하고 같이 사장님 뵈려고. 지금 가도 될까?"

사장한테 간다고 미리 말해놓는 것 같다.

무역부 사원들의 시선을 받으면서 이태진과 최재일이 사장실로 들어섰다.

사장 안석호는 들어서는 둘을 보더니 웃지도 않았는데, 이태진이 인사를 하자 외면했다. 노골적으로 싫은 표정이다.

"사장님, 이 대리가 인사하려고 왔습니다."

최재일이 말했을 때다. 안석호가 자리에서 일어서며 말했다.

"회장실로 가지."

최재일과 이태진이 멍한 표정을 지었을 때 안석호가 말했다.

"회장님이 같이 오라고 했어."

"저희들 말입니까?"

놀란 최재일이 물었을 때 앞장서면서 안석호가 말을 이었다.

"그래. 직접 보고 들으시겠다는 거야."

안석호의 시선이 이태진을 스치고 지나갔다.

차갑다.

회장실은 복도 건너편이다. 기다리고 있던 비서의 안내를 받고 셋은 회장실로 들어섰다.

"어, 거기 앉아."

셋의 인사를 받은 정병현이 눈으로 앞쪽 소파를 가리켰다. 앞쪽에 안석호, 최재일, 이태진의 순서로 나란히 앉았다. 정병현은 담담한 표정이었는데, 이태진을 보더니 고개를 끄덕이며 물었다.

"잘 다녀왔나?"

"예, 회장님."

"고생 많았지?"

"아닙니다."

"거긴 무지 덥잖아?"

"예, 회장님."

둘이 이야기를 주고받는 동안 최재일과 안석호는 침묵을 지켰다. 최재일은 애써 웃는 얼굴을 만들었지만 안석호는 굳어 있다. 그때 정병현이 말을 이었다.

"이제 시장조사를 많이 했을 테니까, 중동지역을 개척해보게."

이태진이 숨을 들이켰다.

이것은 '중동과'를 '살린' 멘트다. 오더가 없더라도 중동지역을 개척해보라는 회장의 지시인 것이다. 그렇다. '오더가 없더라도' 중동과는 살았다.

눈이 흐려진 이태진이 심호흡부터 했다. 그러고는 정병현을 보았다.

"회장님."

"뭔가?"

"사우디에서 오더를 받았습니다."

정병현이 눈만 크게 떴고 안석호와 최재일은 숨을 멈췄다. 그때 이태진이 가방에서 L/C(신용장)를 꺼내 탁자 위에 놓았다.

"여기 신용장 받아왔습니다."

정병현이 시선만 주었고 이태진이 말을 이었다.

"105만 불입니다. 이것이 1차이고 내년에는 그 2배가 될 것입니다."

정병현이 신용장을 받아들더니 찬찬히 보았다. 신용장은 신우상사로 보내졌다가 은행에서 대영산업으로 T/S가 된 상태다. 금액이 105만 불. 딱 찍혀 있다.

"으음!"

마침내 신음을 뱉은 정병현이 신용장을 안석호에게 건네주었다.

"기어코 오더 받아왔구나."

"예, 회장님."

"105만 불이라니. 중동과가 1년 먹고 살겠다."

"아닙니다. 이게 시작입니다."

그때 안석호가 건성으로 본 신용장을 최재일에게 넘겨주었다. 둘은 신용장만 본다. 그때 정병현이 말을 이었다.

"내가 이렇게 감동을 받은 건 처음이다."

회장실을 나왔을 때 안석호는 이태진에게 시선도 주지 않고 사장실로 들어갔다.

이것이 안석호의 정체다. 이태진과는 전혀 사감(私感)이 없는데도 이런다. 대기발령을 내려고 했던 자가 갑자기 오더를 받아오자 배신감까지 느낀 것 같다.

그러나 최재일은 조금 다르다.

애써 웃는 얼굴로 사무실로 들어오더니 먼저 과장들을 소집했다. 그러고는 신용장을 흔들면서 말했다. 떠들썩한 목소리다.

"이 대리가 신용장을 받아왔어, 105만 불이야."

모두 술렁거렸고 뒤쪽의 사원들까지 자리에서 일어나 이쪽을 본다. 최재일이 말을 이었다.

"마침내 이 대리가 한탕 했어."

이태진의 시선이 앞에 선 오세영에게 옮겨졌다. 오세영이 웃고 있다. 밝다. 그 옆에 선 서병준은 모래를 씹은 얼굴이다.

"과장님, 축하드려요."

회의실에 셋이 둘러앉았을 때는 그로부터 10분쯤 후다. 한여옥이 상기된 얼굴로 말을 잇는다.

"신용장까지 받아오다니요. 저 눈물이 나려고 해요."

그러더니 손끝으로 눈을 닦았다. 그때 윤정규가 말했다.

"고생하셨습니다, 과장님."

이제는 대리라고 부르지 않는다. '중동과장 직무대리'가 이태진의 정식 명칭이지만 중동과장으로 부른다. 그것도 거침없이. 내부에서부터 시작된다.

"고맙다."

이태진이 둘을 번갈아 보았다.

"너희들 둘을 기반으로 중동과가 시작될 거다."

그래, 지금부터 시작이다.

이 전장(戰場)은 사우디, 쿠웨이트 등의 전장(戰場)보다 더 치열하고 더 음흉하고 더 잔인한 곳이다. 내부에서부터 이겨야 되는 것이다.

아무리 오더 전쟁에서 이겼다고 해도 내부에서 패배하면 끝장인 것이다.

점심시간.

과장들이 밥 같이 먹자고 해서 넷이 회사 근처의 일식당의 방으로 들어갔다.

이태진, 서병준, 오세영, 그리고 전영태다.

과장 8명 중에서 절반이 모인 셈이다. 과장도 당연히 서열이 있다. 같은 2년차 과장이지만 전영태보다 서병준의 진급이 반년 빨랐기 때문에 선임이다. 그리고 오세영과 이태진은 과장대리니까 서열이 낮다.

음식을 시키고 나서 서병준이 셋을 둘러보며 말했다.

"이제 무역부가 제대로 돌아가는 것 같지? 그동안 술렁술렁했으니까 말야."

"술렁거리기는 뭘."

전영태가 쓴웃음을 짓고 말했다.

"이 대리가 죽다가 살아났을 뿐이지. 우리는 강 건너 불구경을 했고."

그때 오세영이 거들었다.

"맞아요. 어쨌든 이 대리가 히어로가 된 건 사실이니까. 사우디에서 105만불짜리 의류 신용장 받아온 건 기록이죠."

"아마 이 대리는 내년에 과장 진급이 될걸?"

전영태가 말을 받자 오세영이 고개를 끄덕였다.
"당연하죠."
"아이구, 그만합시다."
이태진이 웃음 띤 얼굴로 셋을 둘러보았다.
"어쨌든 이렇게 자리를 만들어주셔서 고맙습니다."
"천만에."
서병준이 맥주를 이태진의 잔에 따라주면서 웃었다.
"자, 사우디 이야기나 듣자구. 거긴 재밌는 일 없지?"
"술도 없는데 뭐가 있겠습니까?"
술잔을 받으면서 이태진이 따라 웃었다.
조심해야 한다. 긴장을 풀면 망한다. 입 한 번 잘못 열었다가 되치기를 당한다.

"여보세요."
이태진이 응답했을 때 송화구에서 잠깐 주춤하는 분위기더니 여자 목소리가 울렸다.
"이태진 씨?"
"예, 전데요."
"나야."
그 순간 이태진이 숨을 들이켰다. 정예은이다.
"아, 오랜만이야."
"놀랐어?"
"응, 조금."
전화기를 귀에 붙인 이태진이 주위를 둘러보았다.

오후 4시 반.

조금 전까지 오더 정리를 하고 온 참이다. 사무실은 활기에 차 있다. 그중 중동과의 사원 둘이 가장 활기를 띠고 있다. 7개 과 중 1백만 불 오더를 가지고 있는 과는 2개뿐인 것이다. 서병준의 미주과가 120만 불, 나머지는 50~60만 불 수준이다.

그때 정예은이 물었다.

"바빠?"

"아니."

"내가 전화해서 놀랐어?"

"반가웠어."

"거짓말."

"아냐. 전화하려고 했지만 전번도 몰라서 기다렸어."

"그럼 오늘 만날 수 있어?"

"물론이지."

이태진이 숨을 들이켰다. 회장의 따뜻한 시선의 근저에는 정예은이 있다. 분명하다.

"오늘 회식 안 해요?"

퇴근 시간이 되었을 때 다가온 한여옥이 물었다. 두 눈이 반짝이고 있다.

"오늘은 일이 있어. 내일 하자."

이태진이 부드러운 시선으로 한여옥을 보았다.

"내가 할 일이 많아, 정치적으로."

"정치적?"

한여옥이 눈웃음을 쳤다. 그 순간 이태진이 숨을 들이켰다. 교태다. 한여옥이 이렇게 아름다운 여자로 보이다니.

"그래. 이젠 정치가 필요해."

"알았어요. 내일 식당 예약할게요."

"좋은 데로 해."

"신나요."

그러면서 한여옥이 몸을 돌렸다. 한여옥의 뒤태도 고혹적이다.

"내가 자기가 온 줄 어떻게 알았는지 알아?"

강남의 스타호텔 라운지에서 만났을 때 정예은이 바로 물었다.

오후 7시 반.

이태진의 시선을 받은 정예은이 얼굴을 펴고 웃었다.

"아버지가 나한테 전화를 했어."

"어, 회장님이?"

놀란 이태진이 커피 잔을 내려놓았다.

회장이 어디까지 아는가? 정예은이 어디까지 말해주었는가?

그때 정예은이 말을 이었다.

"자기가 사우디에서 1백만 불짜리 신용장을 받아왔다면서?"

"그래."

"내가 만났던 바이어야?"

"맞아."

"아버지는 회사 역사상 기록이라고 했어. 나도 그 말을 듣고 가슴이 터질 것 같았어."

"넌 가슴이 예뻐."

불쑥 이태진이 말하자 정예은의 흐려졌던 눈이 맑아졌다.

“무슨 말야?”

“젖가슴.”

“이런.”

“네 가슴을 보고 싶어.”

정예은이 눈을 흘겼다. 얼굴이 상기되어 있다.

“합의했어.”

이태진의 가슴에 얼굴을 붙인 정예은이 말했다. 더운 입김이 땀에 젖은 이태진의 가슴을 덮었다가 곧 서늘한 기운이 되어서 흘러갔다.

밤 11시 반.

둘은 서초동의 모텔 방 침대에 누워있다.

“도장 찍은 서류를 보고 온몸이 가벼워지는 느낌이 들었어.”

“부부는 헤어지면 남이라더니.”

이태진이 정예은의 어깨를 당겨 안았다.

“그래서 앞으로 어떻게 할 거야?”

“혼자 살 거야.”

정예은이 기다린 것처럼 바로 대답했다.

“아이 키우면서, 공부도 더 하고.”

“공부?”

고개를 든 이태진이 마침 눈 밑에 펼쳐진 정예은의 가슴에 바로 얼굴을 묻으면서 물었다.

“무슨 공부?”

“미술.”

“아, 미술.”

"미술에 대해서 알아?"

"알지."

정예은이 가슴에 박힌 이태진의 머리칼을 쓸면서 다시 묻는다.

"어떤 걸 알아?"

"만화를 엄청 보았거든."

"…."

"내가 만화 박사야."

그때 정예은이 이태진의 머리를 힘주어 누르면서 말했다.

"자기는 잡놈이야."

"맞아."

"들개 같아."

"똥개지, 좀 사나운."

"그런 자기가 좋아."

고개를 든 이태진이 정예은의 몸 위로 오르면서 말했다.

"내가 회장 딸 몸 위에 오르다니. 난 복권 당첨이 된 것이지."

그때 정예은이 이를 드러내고 웃었다.

"그래, 똥개야. 난 널 좀 알아."

다음 날 오전.

회의실에서 윤정규가 말했다.

"과장님, 오더가 53가지 스타일이나 됩니다. 그것을 우리 셋이 처리하기에는 무리입니다."

"하긴 그래."

쓴웃음을 지은 이태진이 테이블 위에 펼쳐놓은 오더 리스트를 보았다. 실무

담당은 이태진과 윤정규 둘이다. 한여옥은 서류 담당이다. 50, 60만 불 오더를 처리하는 다른 과도 직원이 대여섯 명인 것이다. 고개를 든 이태진이 말을 이었다.

"너희들 둘이 중동과 원조야. 둘의 기반을 굳히고 나서 사원을 받아들이기로 하자. 지금 받아들이면 그놈들도 원조가 되니까 말야."

"맞아요."

금세 말뜻을 알아챈 한여옥이 고개를 끄덕였다.

"우리가 해보는 데까지 해보자구요."

"듣고 보니까 맞는 말이네요."

윤정규가 얼굴을 펴고 웃었다.

이른바 기득권이다. 기득권은 숫자가 적을수록 돌아오는 몫이 커지는 것이다.

# 4장 신분 상승

최재일이 슬슬 변신하고 있다.

회장을 직접 대면한 후에 이태진에 대한 분위기를 파악했기 때문이다. 회장은 황제다. 사장 안석호도 고용인일 뿐이다. 알바 직원이나 다름없다. 안석호에게 붙어서 이태진을 '씹'었다가 함께 당할 수가 있다고 판단한 것이다.

"이봐 이 대리, 이 신우상사는 오마르 오더를 얼마나 하고 있나?"

결재서류에 사인을 한 최재일이 물었다. 방금 최재일은 오마르의 에이전시인 신우상사에 수수료를 지급하는 서류에 사인한 것이다.

"잡화류를 하고 있는 것 같은데, 의류는 우리가 처음입니다."

"그렇군."

고개를 끄덕인 최재일이 말을 이었다.

"관리를 잘해야겠어."

"그래야죠."

"가끔 접대도 하고."

"알겠습니다."

"그리고."

최재일이 지그시 이태진을 보았다.

"우리 언제 술 한잔하자구."

"예, 언제든지."

결재서류를 받아든 이태진이 몸을 돌렸다.

"오늘 과 회식이라며?"

오후에 복도에서 만난 오세영이 물었기 때문에 이태진이 걸음을 멈췄다.

"응, 왜?"

"술 한잔하려고."

"이런."

이태진이 쓴웃음을 지었다. 둘은 복도 가로 붙어 섰다.

"이런 세상이 올 줄이야. 꿈만 같다."

"주가가 올랐을 때 얼른 챙겨."

"화무십일홍이야. 잘 알면서."

"그러니까 꽃 필 때 챙기라니까?"

"널 챙기기에는 벅차."

"역시 3류 출신다운 멘트야."

"내 분수를 아는 것이지."

"내일 저녁 어때?"

내일 저녁은 정예은과 만난다. 눈을 가늘게 뜬 이태진이 오세영을 보았다.

"모레 저녁으로 하자."

"오케이."

몸을 돌린 오세영의 뒷모습을 보면서 이태진은 다시 실감한다. 회장 칭찬을 받았다는 소문이 지방의 공장까지 다 퍼졌을 것이다.

과 회식.

인사동 한정식당에서 셋이 둘러앉았다. 윤정규와 한여옥은 밝은 표정. 막걸리와 소주까지 함께 시켰고 안주도 정식 외에 3개나 놓여 있다.

"6과는 내년에 정리된다는 소문이 돌고 있어요."

한여옥이 말했다.

6과는 유럽지역 외 의류를 맡았는데 갑자기 쿼터에 막혀 오더가 10분의 1로 줄어들었다. 내년 예상 실적이 5만 불 정도다.

술잔을 든 이태진이 얼굴을 펴고 웃었다.

"사흘 전까지 그것이 우리 일이었는데 이젠 남의 일이 되었구나."

"그러니까 말입니다."

윤정규가 따라 웃었다.

"회사에서 우리 대하는 분위기를 보면 서글퍼지기도 합니다."

"서글퍼?"

한여옥이 되묻더니 고개를 저었다.

"나는 분해. 우리가 받은 만큼 되돌려 주고 싶어."

"어떻게?"

이태진이 묻자 한여옥이 정색했다.

"우리가 주도권을 잡아야죠."

"어떻게?"

"오더죠."

한여옥의 두 눈이 번들거렸다.

"오더가 있으면 무시하지 못하니까요."

"그렇지."

이태진이 고개를 끄덕였다.

고졸 출신이지만 한여옥이 회사의 생리를 윤정규보다 더 안다. 그리고 능력도 뛰어났다. 윤정규는 내성적이고 수동적이다. 시킨 일을 착실하게 하지만 개척력은 부족하다. 술잔을 든 이태진이 둘을 번갈아 보았다.

"자, 들자."

그러나 둘은 중동과 '창립 멤버'나 같다. 이 둘을 바탕으로 일해야 한다. 세상에 독불장군은 없는 것이다.

다음 날 오전.

신우상사에 들른 이태진이 사무실을 둘러보면서 웃었다. 사무실에 여직원이 앉아 있었던 것이다. 이태진의 웃음을 본 정경호가 따라 웃었다.

"미스 양, 이리 와서 인사해."

정경호가 부르자 여직원이 일어나 다가왔다. 아직 앳된 얼굴의 여직원이다. 정경호가 이태진을 소개했다.

"미스 양, 여기 대영산업의 이 과장님이셔. 우리 오더를 진행하는 분이시니까 인사해."

"잘 부탁해요."

이태진이 먼저 인사를 했다. 여직원이 고개를 숙여 인사를 했다. 그때 여직원을 밖으로 심부름을 보낸 정경호가 이태진을 보았다.

"네가 말한 대로 여직원한테도 우리 관계를 말 안 했어."

"그래야 돼."

이태진이 결재를 받은 수수료 계약서를 정경호에게 내밀었다.

"여기 사인해라."

정경호가 훑어보더니 잠자코 사인을 했다. 앞으로 오마르 오더는 3퍼센트의 수수료가 에이전시인 신우상사로 지급이 되는 것이다.

사인한 서류를 받은 이태진의 얼굴에 희미하게 웃음이 떠올랐다. 이제 신우상사의 경영도 이태진이 맡게 된 것이다. 정경호와 미스 양의 월급과 회사 운영까지 이태진이 관리하게 된다.

"아버지가 자기 칭찬을 한참이나 했어."

술잔을 든 정예은이 웃음 띤 얼굴로 이태진을 보았다.

"난 그것을 들으면서 행복했고."

"옳지."

한 모금에 소주를 삼킨 이태진이 정색했다.

"과장 진급은 따 놓은 당상이구나."

"그까짓 과장."

"너는 회장 딸이니 사장도 우습게 보이겠지."

"근데."

눈을 가늘게 뜬 정예은이 이태진을 보았다.

"사장이 자기한테 부정적이래. 언제든 튈 놈이라고 했다는 거야."

"잘 봤네."

"왜 그렇게 사장한테 미움을 받아?"

"부장도 그래."

"이유는 뭐야?"

"3류 주제에 튀니까. 이번 오더 수주로 그들의 미움은 배가되었을 거야."

"적이 많으면 곤란하잖아?"

"너만 믿는다."

"죽겠네."

"근데 현이는 어떻게 하고 이렇게 술 마시는 거야?"

"현이 이름 기억하네."

정예은이 이를 드러내고 웃었다.

"엄마가 보고 있어. 그리고 현이 봐주는 유모도 집에 있어."

역삼동의 횟집 안.

주위는 손님들로 소란했고 활기찬 분위기다.

오후 8시 반.

그때 정예은이 말했다.

"오늘 밤 안 들어가도 돼."

"우리 집에 갈래?"

그러자 정예은이 활짝 웃었다.

"정말?"

"13평짜리 아파트야."

"들었어."

"봉천동 서민 아파트고."

"영광입니다, 이 대리님."

이태진이 고개를 끄덕였다.

"내가 너 같은 갑부 딸 앞에서 몸부림을 쳐봤자지. 가자."

13평형 아파트는 정예은이 처음 들어와 보았을 것이다.

오후 10시 반.

아파트로 들어선 정예은이 애써 눈동자를 굴리지 않는 것이 그 증거다. 방 2개에 거실 겸 주방, 화장실 하나짜리 아파트다. 현관에서 주방 끝까지 대여섯 걸음 정도다.

"앉아."

이태진이 거실의 소파를 눈으로 가리키며 말했다.

"처음 보았을 테니 마음 놓고 구경해."

가구도 단출하다. 거실에는 헝겊 소파와 TV만 놓여 있을 뿐이다. 그래서 아파트 안은 깨끗하다. 소파에 앉으면서 정예은이 웃었다.

"깨끗하고 아늑해."

"호텔 방보다는 크지. 물론 스위트룸은 빼고."

"그러네."

"씻어. 내 파자마 줄 테니까 갈아입고."

방으로 들어간 이태진이 파자마를 갖고 와서 건네주었다. 이제는 정예은의 눈동자가 움직이고 있다.

눈을 뜬 이태진의 흐려진 시야가 선명해졌다.

그때 눈앞에 떠 있는 정예은의 얼굴이 보였다. 정예은이 이태진의 가슴에 턱을 붙이고 내려다보는 중이다.

오전 3시 반.

잠이 들었다가 한 시간 만에 깨어났다. 가슴을 누르는 압박감 때문인 것 같다. 이태진이 정예은의 이마 위에 흩어진 머리칼을 쓸어 올렸다. 정예은이 잠자고 있는 자신을 쳐다보고 있었다. 이태진이 정예은의 볼을 손바닥으로 감싸 안았다.

"잠이 안 와?"

"응. 얼굴 보는 것이 재미있어."

"그림 그리려고?"

"참, 그려야겠다."

정예은이 이를 드러내고 웃었다.

"이렇게 편안한 느낌, 처음이야."

"이곳에 여자 데려온 것도 처음이야."

"내가 또 와도 돼?"

"옆집에서 보면 내 마누라인 줄 알겠다."

"알면 곤란해?"

"누가 사는지도 몰라."

"와도 돼?"

"여기서 마음 놓고 소리 질러도 되니까 그런 거야?"

"누가?"

"너 말야. 오늘은 다르던데."

"미치겠네."

정예은이 몸을 비틀어 이태진의 엉덩이를 꼬집었다. 그때 이태진이 정예은의 허리를 당겨 안았다.

"언제든지 와서 자고 가도 돼."

"다른 여자하고 엇갈리는 건 아니지?"

"그럴 일 없어. 내가 열쇠를 줄게."

"현이 데리고 와도 돼?"

"그래야 나도 불안하지 않을 것 같아."

"좋아."

정예은이 이태진의 몸 위로 올랐다. 어느새 얼굴이 상기되어 있다.

오전 10시 반.

사무실에서 이태진이 전화를 받는다. 동창인 박기만이다.

"갔다 왔어?"

박기만이 소리쳐 물었을 때 이태진은 숨부터 들이켰다. 박기만은 수배 중이다. 대학 때부터 운동권 투사였던 박기만은 벌써 전과가 2범. 지금 체포되면 최소한 3년이라고 했다.

"그래, 갔다 왔다. 왜?"

시비하듯 그렇게 대답했지만 박기만이 킥킥 웃었다.

"가서 오더 좀 받았어?"

"그럼."

"잘됐네."

건성으로 말한 박기만이 물었다.

"시간 있냐?"

"바빠."

"나는 언제라도 좋은데."

"얀마, 시간 많은 놈들한테 물어봐."

"너 같은 놈이 있어야지."

"내가 너한테 어떤 놈인데?"

그때 박기만의 목소리에 웃음기가 지워졌다.

"너 하나뿐이다."

"뭐가?"

"도와주는 친구."

"웃기고 있네, 이 새끼."

"태진아."

"얀마, 징그럽게 말하지 마."

"도망 다닌 지 4년이야."

박기만의 목소리가 점점 가라앉았다.

"정확히 3년 6개월이지."

"내 직장생활하고 똑같네."

"분해서 자수는 못 해."

"그건 네 입장이고."

"다 떨어져 나가더라."

"얀마, 세상이 그런 줄 몰랐어? 그것도 모르고 민주화운동이냐?"

주위를 둘러본 이태진이 목소리를 낮췄다.

"그래. 네 말대로 너를 아는 놈은 나 하나뿐일 거다."

박기만이 입을 다물었고 이태진은 말을 이었다.

"도망 다니면서 네놈은 할 짓 다 했어. 술 먹고, 오입하고. 오히려 열심히 일하는 나보다 더 잘 놀았어."

박기만이 입을 다물었다.

작년에는 영등포의 싸구려 룸살롱에 한 번 데려갔더니 두 달쯤 후인가? 박기만이 혼자 룸살롱에 찾아가서 이태진 앞으로 '달아'놓고 술 마시고 '오입'까지 하고 돌아간 적도 있다.

나중에 지배인한테서 그 말을 들은 이태진이 길길이 뛰었지만 어쩌랴? 외상값을 갚았다. 이태진이 자르듯 말했다.

"바쁘니까 전화 끊자."

"알았다."

박기만이 낮게 대답했을 때 이태진은 심호흡을 하고 나서 말했다.

"내일 12시쯤 전화해."

오후 2시 반.

이태진은 대전에서 상경한 조현호를 만난다. 조현호는 '대산봉제' 사장이다. 공원이 350명인 대산봉제는 A급 공장으로 대영산업의 하청 공장이다.

회의실 안.

테이블 위에는 오더가 된 샘플이 놓여 있다. 샘플을 대충 훑어본 조현호가 얼굴을 펴고 웃었다. 둥근 얼굴, 비만 체격. 44세인 조현호는 20살 때부터 공장 '시다'로 시작해서 오늘에 이르렀다. 수전산전 다 겪은 전문가이며 요령꾼이다.

"이 대리님이 마침내 한탕 하셨군요. 내가 예상했다니까."

"그래요?"

"과장급 중에서 이 대리님이 가장 그릇이 컸어. 이 대리님은 대성(大成)할 거야."

"아이구, 고맙습니다."

"서 과장은 쫌생이라 과장에서 끝날 거요."

"에이, 그럴 리가요."

서병준과 이태진의 관계도 알고 있다. 아마 서병준이 조현호에게 이태진 험담을 늘어놓았겠지. 그때 조현호의 목소리가 은근해졌다.

"계약은 언제 하실까요?"

"다음 주에 하십시다."

조현호가 고개를 끄덕였다.

"좋습니다. 기다리지요."

오마르 오더는 스타일당 수량이 많다. 공장에서 가장 좋아하는 오더인 것이다. 스타일당 수량이 많으면 공원들의 손에 익숙해져서 시간이 지날수록 생산량이 많아진다.

가장 싫어하는 오더가 많은 스타일에 수량이 적은 경우다. 그래서 임가공비가 높지만 가격이 맞아야지. 조현호가 목소리를 낮췄다.

"그날 한잔하십시다."

계약은 대전 공장에서 하는 것이다. 그래서 계약하는 날 한잔하자는 말이다.

이태진이 고개를 끄덕였다.

유별나게 행동해서 득 될 일이 드물다. 모난 돌이 정을 맞는다는 옛말이 맞는 것이다.

105만 불 오더를 가져왔기 때문에 중동과는 무역부의 7개 과(課) 중에서 오더 양으로 대번에 서열 2위가 되었다.

오더 양이 많으면 자연스럽게 관리하는 공장이 많아진다. 원부자재의 공급량도 많아지기 때문에 공급업체도 늘어나는 것이다. 그것은 자연스럽게 중동과 위상이 높아진다는 것을 의미한다.

중동과 직원인 윤정규와 한여옥의 위상은 급격히 상승되었다. 아직 2년 차 사원인 윤정규의 위상이 타과(他課)의 대리급과 비견될 정도다.

오후 3시 반.

샘플실에서 계약할 샘플을 정리하던 이태진에게 윤정규가 다가오더니 앞에 앉았다.

"과장님."

이태진은 '중동과장 직무대리'였지만 대부분의 사원은 과장이라고 부른다. 힐끗 시선만 주고 원가계산을 하는 이태진에게 윤정규가 말을 이었다.

"제가 조금 전에 합동상사 최 사장을 만났습니다."

합동상사는 '폴리백' 생산업체다. 이태진도 전(前)에 서병준 밑에 있을 때 합동상사와 거래했다. 윤정규가 말을 이었다.

"회사 앞 커피숍에서 만나자고 해서 나갔는데요."

윤정규가 이태진 앞에 봉투 하나를 밀어놓았다. 꽤 두툼한 봉투다.

"저한테 이걸 주더만요. 그냥 잘 부탁한다면서요."

이태진이 봉투에 시선을 주었다가 다시 계산기를 두드렸다. 윤정규의 말이 이어지고 있다.

"50만 원입니다."

"…."

"주면서 과장님한테 보고해도 좋고 제가 그냥 가져도 된다고 했단 말입니다. 사람이 많아서 엉겁결에 받았는데, 황당해서요."

"…."

"봉투를 내놓고 금방 일어나는 바람에 쫓아가서 주기도 힘들었어요."

그때 고개를 든 이태진이 얼굴을 펴고 웃었다.

"너 봉투 처음 받았어?"

"말만 들었지 처음입니다."

"겁나냐?"

"그럼요. 지금도 가슴이 울렁거립니다. 여기까지 정신없이 왔어요."

"처음에는 다 그래."

"어떻게 할까요?"

"지금쯤 회사에 돌아갔을까?"

"회사가 여기서 1시간 거리니까 아직 안 돌아갔을 것 같습니다."

"회사에 전화해서 사장 돌아오면 나한테 전화하라고 해."

"예, 과장님."

"봉투는 네가 갖고 있어."

"예, 과장님."

윤정규가 서둘러 봉투를 집어 주머니에 넣었을 때 이태진이 말했다.

"잘했다."

고개를 든 윤정규를 향해 이태진이 정색했다.

"조직 생활은 첫 단추를 잘 꿰야 돼. 내가 네 첫 번째 단추다. 내 신임을 받도록 해라."

"예, 과장님."

"나도 너한테 모범이 되도록 노력할 테니까."

숨을 죽인 윤정규를 향해 이태진이 말을 이었다.

"나는 그런 상관을 못 만났지만 말이야."

서병준을 말한다. 서병준은 철저하게 독식했다. 독식하느라고 동분서주하는 꼴을 보면 가관이었다.

윤정규가 서둘러 자리에서 일어섰다. 최 사장한테 전화하러 가는 것이다.

퇴근 시간이 다 되었을 때 합동상사 최갑수 사장한테서 전화가 왔다.

"과장님, 최갑수입니다."

조금 쫄아든 분위기다.

분위기를 눈치챘겠지.

50을 먹었다면 이렇게 전화하라고 안 한다. 돈을 받은 윤정규를 시켜서 인사를 하면 된다. 안 해도 그만이고. 그때 이태진이 말했다.

"윤정규한테서 들었습니다."

"아, 예."

"호의 고맙습니다. 하지만 도로 가져가시지요."

"아니, 과장님."

"내일 회사에 오셔서 가져가세요."

최갑수가 숨을 죽였을 때 이태진이 말을 이었다.

"가져가시고 나서 오더 이야기합시다."

그러자 최갑수가 대번에 대답했다.

"예, 과장님."

바쁘다.

오후 7시 반.

인사동의 한정식당. 이태진과 오세영이 저녁을 먹고 있다. 요즘 유행인 퓨전 한정식. 홍어삼합 옆에 토마토소스를 친 샐러드가 놓였고 새우젓 옆에 핫소스에 버무린 소시지 접시가 있다.

"여자 있어?"

소주 안주로 삼합을 씹고 난 오세영이 불쑥 물었다. 눈이 반짝이고 있다.

"어떤 여자 말야?"

"그냥 자는 여자 말고."

"그냥 자다니?"

"말꼬리 잡지 말고 대답해."

"없어."

"내가 하나 소개시켜줘?"

"둘도 돼."

"내 친구가 현재 싱글이야. 너한테 과분한 상대지."

"그럼 내가 혹할 것 같으냐?"

"있는 그대로 말한 거야."

제 잔에 술을 따른 오세영이 눈을 가늘게 뜨고 웃었다.

"자극할 의도는 없었어."

"너 괜찮아?"

"뭐가?"

"내가 그래도 되겠어?"

"넌 나하고 상극이야. 안 맞아. 그리고 난 남자가 있고."

"그런데 이러는 이유는 뭐야? 상극이고 안 맞는 천민에게."

"널 내 주변에 두는 것이 이롭기 때문이지. 모르고 묻는 거야?"

"그런데 네 남자는 누구야? 지난번에는 검사하고 자는 사이라고 들었는데."

"누가 그래?"

"네가 안 그랬나?"

"미친놈."

그때 한 모금에 소주를 삼킨 이태진이 오세영을 보았다.

"최재일이 무역부 7개 과를 관리하기에는 역량 부족 아냐? 네 생각은 어때?"

오세영이 시선만 주었고 이태진이 말을 이었다.

"최재일이 없어지면 누가 부장 대리가 될 것 같지?"

"외부에서 올 거야."

오세영이 정색하고 말했다.

"더구나 최재일은 사장한테 매달리고 있어. 사장부터 바꿔야 돼."

이태진이 심호흡을 했다.

과를 맡기 전부터 오세영은 '야당'이었다. 오세영의 스케일은 크다. 그리고 지도력도 있다.

"난 사장까지는 신경 못 썼는데."

술잔을 든 이태진이 오세영을 보았다.

"네 스케일이 크구나."

"사장을 바꾸는 것부터 시작해야 돼."

"갓댐."

한 모금에 술을 삼킨 이태진이 물었다.

"넌 그 방법을 알아?"

"알지."

"뭐야?"

"회장."

오세영이 젓가락으로 녹두전을 뒤적거리면서 말을 잇는다.

"회장을 움직이면 돼."

"누가?"

"사모님."

"글쎄, 그 사모님 목에 누가 방울을 다느냐구?"

"그게 문제지."

의자에 등을 붙인 오세영이 이를 드러내고 웃었다.

"그걸 내가 알면 내가 사장 되겠다."

이태진이 고개를 들었다.

이 시점에서 오세영은 손을 들었지만 이태진은 아니다. 힌트를 얻었다. 이것이 인간사(人間事)의 오묘한 점이다.

소주를 네 병째 마시기 시작했을 때 오세영이 상기된 얼굴로 이태진을 보았다.

"이봐, 3류."

"하이."

오세영은 일본지역 담당 과장이다. 일본어에 유창하다. 이태진도 6개월간 학원을 다닌 실력이어서 대답 정도는 한다. 이태진의 시선을 받은 오세영이 일본어로 말했다.

"명심해. 오늘 만남의 목적은 우리 둘의 동맹이야. 서로 돕는 거라구."

"하이, 소데스."

"정보 교환, 적을 제거하는 데 협력할 것, 이해가 걸린 일은 협상으로 풀 것."

"하이."

"그리고."

숨을 고른 오세영이 이태진을 보았다.

"우리의 동맹을 더 굳히기 위해서…."

"한 달에 한 번쯤 자는 게 어때?"

그러자 오세영이 정색하고 말했다.

"아까 말한 내 친구, 만나 봐. 걔를 연결고리로 삼는 게 나아."

인사동 입구에서 오세영과 헤어졌다.

택시를 태워 보내면서 이태진은 격세지감을 느낀다. 오더 받아오기 전에는 이런 분위기가 아니었다. 소가 닭 보듯 한 사이는 아니더라도 소가 말을 대하는 분위기였다.

그런데 동맹 제의에다 제 친구까지 소개시켜준단다. 그리고 또 있다. 이태진 자신이 어느새 변해 있는 것이다.

오세영이 3류라고 불러도 전혀 자존심이 상하거나 위축되지도 않는다. 대범해져 있는 것이다.

그 원인이 무엇이겠는가?

자부심, 자신감이 차 있기 때문이다.

그것을 오세영도 알고 있는 것이지.

오전 10시 반에 이태진은 소공동의 근대상사 상담실에 앉아있다.

근대상사는 한국 제2의 재벌그룹 모회사다. 근대상사만의 작년 매출액은 1

억 5천만 불. 올해 계획이 2억 불이다. 올해 한국의 수출계획량이 대망의 100억 불이었으니 근대상사의 자부심은 하늘을 찌를 만했다.

상담실에는 이태진 혼자뿐이다. 지금 사우디 지역 수출책임자인 장만수 과장을 기다리는 중이다.

그때 문이 열리더니 사내 둘이 들어섰다. 자리에서 일어선 이태진에게 앞장서 다가온 사내가 손을 내밀었다.

“잘 오셨습니다. 내가 장만수입니다.”

담당 과장이다.

“이태진입니다.”

악수를 나눈 이태진이 명함을 내밀었다. ‘신우상사 부장 이태진’이다.

이태진이 신우상사 부장으로 이곳에 온 것이다.

마주 보고 앉았을 때 장만수가 이태진의 명함을 들여다보면서 물었다.

“함단한테서 텔렉스를 받았습니다. 신우상사가 함단의 서울 에이전시가 되었다고 하더군요.”

고개를 든 장만수가 이태진을 보았다.

“이 부장님한테 전권을 위임했다고도 했습니다.”

이태진은 고개만 끄덕였다.

근대상사에서 사고를 친 클레임 15만 불을 받는 것이 목적이다. 그래서 함단이 그 역할을 맡긴 것이지.

장만수는 35세. 과장 경력 4년. 내년에 차장 진급이 유력시되는 인물이다. 서울 상대 졸업. 사내 평판도 좋다. 이태진이 사전 조사를 하고 온 것이다.

이태진이 장만수에게 서류를 내밀었다. 함단이 신우상사로 보낸 위임장 카피다.

“여기, 참고로 위임장도 가져왔습니다.”

장만수가 위임장을 받더니 옆에 앉은 대리에게 넘겨주면서 말했다.

"그런데 함단이 요구하는 클레임은 받기 어렵습니다. 함단이 보내준 불량 내역을 믿을 수가 없는 데다가 계약 조건에도 없는 사항이어서요."

이태진은 듣기만 했고, 이번에는 담당 대리 유근호가 말을 잇는다.

"우리는 그 내용을 함단한테 자세히 설명했습니다. 그런데 두 달이나 지난 후에야 부랴부랴 에이전시를 선정하고 클레임을 받아내려고 하다니요? 이건 전례가 없는 일입니다."

다시 장만수.

"그리고 이것도 전례가 없는 일인데요, 바이어 말만 믿고 클레임을 변상할 수는 없어요. 함단한테 잘 설명해주시기 바랍니다."

이태진이 고개만 끄덕였기 때문에 장만수와 유근호의 시선이 부딪쳤다. 그때 여직원이 들어와 셋 앞에 커피 잔을 놓고 나갔다. 이태진은 커피 잔만 보았고 한 모금 커피를 삼킨 장만수가 고개를 들었다.

"미안합니다. 에이전시도 역할이 있을 텐데 말입니다."

"아닙니다."

이태진이 장만수를 보면서 물었다.

"사우디 가보셨지요?"

"아이구, 못 갔습니다."

쓴웃음을 지은 장만수가 말을 이었다.

"나는 더위에 약해서요."

"아, 그렇군요."

"무슨 일 있으면 리야드, 제다에 있는 근대건설 사무실로 연락해서 처리하면 되니까요. 거기에 상사 파견 직원도 있거든요."

이태진이 고개만 끄덕였고 장만수가 의자에 등을 붙였다.

"제다의 건설 사무실은 이번에 5억 불짜리 항만 공사를 따낼 것 같습니다. 대박을 터뜨리게 되는 거죠."

다시 고개를 끄덕인 이태진이 장만수를 보았다.

"올해 한국의 수출 목표가 100억 불인데, 근대가 그중 10퍼센트를 차지할 것 같더군요."

"아마 그 이상이 될 겁니다."

"제다 항만 공사 말씀입니다."

그제야 커피 잔을 든 이태진이 미지근한 커피를 한 모금 삼켰다.

"공사의 경리담당 매니저가 함단의 사촌입니다. 무하마드 아무디라고, 아십니까?"

"…"

"아, 모르시겠군요."

다시 한 모금 커피를 삼킨 이태진이 자리에서 일어섰다.

"제가 지난주에 제다에 갔을 때 함단과 무하마드를 만났습니다. 같이 저녁을 먹었지요."

둘은 숨만 쉬었고 이태진이 고개를 숙여 인사를 했다.

"그럼 그렇게 알고 가겠습니다."

이태진의 뒷모습을 보던 장만수가 유근호에게 말했다. 이맛살이 찌푸려져 있다.

"제다에 확인해 봐."

"지금은 오전 5시입니다. 황 과장 숙소로 8시쯤 전화해보겠습니다."

유근호가 흐린 눈으로 장만수를 보았다.

황 과장은 제다주재 근대상사 주재원이다. 근대건설 사무실에다 방 하나만 빌려서 상사 업무를 처리하는 것이다. 혼자서 상사 업무인 온갖 물품을 처리하기 때문에 바쁘다.

그리고 함단 오더는 황 과장을 통하지도 않았다.

회사로 돌아왔을 때는 11시 반이다. 그리고 12시 정각에 전화벨이 울렸다.

"나야."

전화기를 들었더니 예상했던 대로 민주화 투사 박기만이다.

이놈은 약속 시간 30분 전에 나와서 기다린다. 어떤 때는 2시간 전에 나와 있을 때도 있다.

입장이 달라져 있을 때는 안 나올 놈이다.

회사에서 500미터쯤 떨어진 순댓국집에 둘이 앉았다.

점심시간이어서 식당 안은 손님들이 가득 차 있다. 손님 대부분이 근처 공사장 인부들이다. 허름하지만 맛집으로 소문이 났기 때문이다.

항상 정신없이 퍼먹던 박기만이 오늘은 한 수저씩 얌전하게 먹다가 문득 고개를 들고 말했다.

"나 결혼하려고."

국물을 떠먹던 이태진은 못 알아들었다. 그래서 멀뚱한 표정으로 쳐다보았더니 박기만이 말을 이었다.

"그래야 될 것 같아. 임신도 했고."

그때는 알아들었지만 이태진이 그릇에 수저를 꽂았다가 도로 빼놓았다. 박기만이 한숨을 쉬었다.

"물론 예식장에서는 못 하지. 시골에서 그쪽 어머니, 우리 어머니만 모시고 할 작정이야."

"…."

"양쪽 어머니한테는 승낙받았어. 그리고 당분간은 영미가 처갓집에서 살 거야. 지금 3개월이니까 애도 낳아야 하니까."

"…."

"고맙지. 나한테 시집온다는 영미가. 그리고 장모님도."

"…."

"결혼식은 청주 북쪽의 조그만 교회에서 할 거야. 그 교회 목사님이 장모님 친척이어서."

"…."

"내가 수배자라 밤에 할 거다. 하객은 10명쯤 돼. 많으면 경찰이 알게 될지도 몰라서."

"…."

"열흘 후야. 넌 안 와도 돼."

그때 이태진이 고개를 들었다.

"이 이야기 누구한테 했어?"

"너 하나뿐이야."

"시발 놈아, 그럼 나 혼자 돈 낸다는 말이냐?"

"아니, 그게 아니라…."

"왜 나만 너한테 돈 내야 돼?"

"아니, 그게…."

"N분의 1이 되어야 할 것 아냐?"

이제는 박기만이 시선을 내렸고 이태진의 말이 이어졌다.

"니 오입 값이 앞으로 안 들 테니까 한꺼번에 내라는 수작 같은데, 못 하겠다."

"…."

"너 내가 장사꾼인 거 알지? 너는 죽을 때까지 내 피를 빨아먹을 놈이야. 그리고 나는 죽을 때까지 너한테 신세는커녕 밥 한 끼 얻어먹을 가능성이 없을 것이다."

이태진의 목소리가 낮아졌다.

"뭐? 임신했다고 결혼을 해? 너 앞으로 니 마누라 생활비 줘야겠다고 나한테 와서 손 벌리겠지. 애 낳았다고, 백일 되었다고, 돌잔치, 참, 병원비도 있지."

"…."

"장모가 교통사고가 날지도 몰라. 또 죽을지도 모르겠군."

"…."

"너 도망 다니는 거 재미있지? 니가 공부를 얼마나 했다고 민주화냐? 나보다도 공부를 못하고 만날 만화방에서 살던 놈이."

그때 이태진이 눈을 부릅떴다.

"이 자식, 그래도 안 일어나네?"

그 순간 이태진이 숨을 들이켰다. 박기만이 '헤헤' 웃었기 때문이다.

"어? 이 자식 봐라? 웃어?"

"미안해."

박기만이 웃으면서 말을 잇는다.

"나한테 그런 말 하는 놈은 너뿐이야."

"그걸 내가 자랑스럽게 생각하는 것 같냐?"

"내가 열심히 투쟁해서 민주화 꼭 이뤄낼 거다."

"민주화 안 돼도 오더는 해."

"알아. 나는 네가 자랑스러워."

"이 빌어먹을 놈아, 얼마 필요하냐?"

"오십만 원."

"시발 놈아, 내 두 달 월급을 내라고?"

그때 이태진이 몸을 굳혔다.

박기만의 눈에서 눈물이 주르르 흘러내렸기 때문이다. 웃음 띤 얼굴에서 눈물이 흘러내린다. 이제 둘 앞에는 먹다 만 순댓국이 식어가고 있다. 이윽고 이태진이 고개를 들었다.

"회사 앞 커피숍에서 기다려."

박기만 주려고 봉투에 10만 원을 넣어서 나왔다.

회사로 돌아온 이태진이 경리부에서 40만 원을 가불해서 50만 원을 채워 박기만에게 건네주었다.

커피숍에서 기다리던 박기만이 외면한 채 봉투를 받았고 이태진도 입을 열지 않았다.

잠자코 몸을 돌린 이태진은 한동안 박기만을 못 만날 것이라고 생각했다.

또 와도 할 수 없지.

하지만 박기만한테 하지 않은 말이 있다.

그것은 이태진도 박기만을 자랑스럽게 여기고 있다는 사실이다. 이태진은 기회가 있을 때마다 박기만을 자랑했다. 자랑스러운 민주화 투사다.

"여보세요. 저, 장만수올시다."

전화기를 귀에 붙인 장만수가 부드럽게 말했다.

오후 2시. 제다 시간은 오전 8시다.

지금 장만수는 제다의 황두병 과장에게 전화를 하고 있다. 옆에는 유근호

대리가 서 있다.

"아, 장 과장, 웬일이오?"

같은 과장이지만 황두병의 경력이 높다. 지금 황두병은 숙소에서 전화를 받는다. 출근 전이다. 그때 장만수가 물었다.

"황 과장님, 무하마드 아무디라고 아십니까?"

"무하마드 아무디?"

되물었던 황두병의 목소리가 갑자기 또렷해졌다. 잠에서 확 깬 것 같은 억양이다.

"장 과장, 무하마드 씨를 아시오?"

"항만 공사 경리담당이라면서요?"

"담당이 뭐야? 자금 CEO지. 최고 실력자요. 장 과장이 알아?"

"예, 그냥…."

"어떻게? 상사하고 관계가 있나? 아이구, 대박이네. 건설 쪽에서 연줄을 찾느라고 백방으로 수소문을 하는 중인데…."

그 순간 장만수가 다급하게 말을 잘랐다.

"우린 모릅니다. 그냥 이름만 들었어요."

어느덧 장만수의 이마에 땀이 배어 있다.

"여보세요."

전화기를 귀에 붙인 정경호가 응답했을 때 수화기에서 사내의 목소리가 울렸다.

"신우상사지요?"

"예, 그런데요."

"거기, 이태진 부장 계십니까?"

"실례지만 어디십니까?"

"아, 죄송합니다. 저는 근대상사 장만수 과장입니다."

"아, 예. 이 부장은 지금 출장 중인데요."

"언제 오십니까?"

오후 4시 반이다.

정경호가 심호흡을 했다. 이태진한테서 이야기를 들은 터라 예상했다.

"무슨 일이십니까?"

"아, 클레임 문제에 대해서 상의할 일이 있어서요. 그런데 누구십니까?"

"저는 사장입니다만…."

"아이구, 실례했습니다. 그럼 함단 오더에 대해서는…."

"저는 함단 오더는 모릅니다. 아시겠지만 함단의 대리인이 이 부장이어서요."

"아, 그렇지요."

"어쨌든 이 부장한테 연락을 하지요. 뭐라고 연락할까요?"

"저한테 꼭 전화를 해주시라고 전해주시지요. 부탁합니다."

"알겠습니다."

정경호가 장만수의 인사를 받으면서 전화기를 내려놓았다.

그 시간에 이태진은 대영산업의 상담실에서 합동상사의 최갑수와 만나고 있다.

이태진 옆에는 윤정규가 긴장한 표정으로 앉아있다. 이태진이 웃음 띤 얼굴로 최갑수를 보았다.

"세상이 바뀐 느낌이 들어요."

"예?"

고개를 든 최갑수의 눈동자가 흐려졌다. 이태진이 말을 이었다.

"잘 아시잖습니까? 오더 없는 과의 신세 말입니다."

"아."

최갑수의 얼굴이 일그러졌다.

최갑수는 52세. 비닐 공장을 운영한 지 10여 년이다. 공원이 50명 가깝게 되는 대형공장으로 거래 업체가 수십 개다. 그때 이태진이 최갑수 앞으로 봉투를 밀어놓았다. 윤정규가 받았던 봉투다.

"이것 가져가시지요."

"아이구, 이런."

쓴웃음을 지은 최갑수가 얼른 봉투를 집더니 주머니에 넣었다.

"미안합니다, 과장님. 오해하지 마십쇼."

"그냥 덥석 받기가 쑥스러워서 그런 겁니다."

이태진이 얼굴을 펴고 웃었다.

지금까지 서병준 밑에서 최갑수와 거래했지만 이태진은 봉투 구경도 못 했다. 서병수가 직접 받았고 가끔 떼어주었기 때문에 눈치만 챘을 뿐이다. 그때 이태진이 자리에서 일어서며 말했다.

"그럼 윤정규 씨하고 계약을 하시죠."

계약을 2년 차 사원에게 맡기는 대영산업 과장은 지금까지 없었다. 계약 때 '거래'가 이뤄지기 때문이다.

최갑수는 숨을 들이켰고 윤정규가 어깨를 폈다.

오후 6시.

장만수와 이태진이 소공동의 조선호텔 로비 라운지에서 마주 보고 앉아 있다.

이곳에서 근대상사는 500미터 거리다. 이태진이 이곳에서 만나자고 했기 때문이다.

주객이 바뀐 상황이지. 갑, 을이 바뀌었다고 봐야 하나?

장만수가 웃음 띤 얼굴로 이태진을 보았다.

"갑자기 마음이 바뀌었다고 거짓말을 할 성격이 아닙니다, 내가."

시선을 준 채로 장만수가 말을 이었다.

"무하마드 아무디를 확인해보았죠. 지금 담당 CEO더군요. 최고 실력자라고 들었습니다."

"…."

"잘못 건드렸다는 생각이 들더만요. 나 때문에 5억 불 공사가 박살이 나면 사표 쓰는 것으로 끝나지 않겠죠."

장만수의 얼굴에 쓴웃음이 번졌다.

"이렇게 짧은 시간에 전무님 결재를 받은 적이 없습니다. 글쎄, 한 시간 만에 부장, 본부장, 전무님 결재까지 받았다니까요."

"…."

"15만 불을 내일 드립니다. 달러든, 원화든 간에 내일 중으로 이 부장께 드리지요."

장만수가 번들거리는 눈으로 이태진을 보았다.

"어떻습니까? 오늘 술 한잔하실까요? 물 좋은 룸살롱이 있습니다."

마침내 이태진의 얼굴에 웃음이 떠올랐다. 대단하다는 느낌이 든 것이다. 목표를 향해 직진하는 스타일이다. 저돌적이다. 과연 '근대맨'이다. 이태진이 입을 열었다.

"술은 다음에 하시죠."

밤 12시.

이태진이 리야드의 함단에게 전화를 한다. 리야드 시간은 오후 6시. 시장이 활기를 띠는 시간이다.

"함단, 무하마드 작전이 성공했어."

이태진이 차분한 목소리로 말했다.

"내일 클레임 15만 불을 지급한다는군. 오후에 근대 과장이 약속했어."

"알라 아크바르."

함단이 신음처럼 말했다.

"리, 너를 만난 건 알라의 덕분이야."

"무하마드가 네 사촌이라고 했더니 금방 넘어갔어."

"상관없어. 무하마드 아무디는 나하고 같은 무리크 부족이야. 같은 베드윈이지. 위쪽 몇 대를 올라가면 같은 할아버지가 나올 테니까."

함단의 들뜬 목소리가 이어졌다.

"리, 훌륭해. 내일 15만 불 받으면 나한테 10만 불만 보내. 5만 불은 너 써."

"함단, 너무 많아."

"아냐, 리. 난 잃어버린 돈이었어. 나한테 10만 불도 많아. 거저 생긴 돈이야."

함단의 목소리가 커졌다.

"그리고 리, 앞으로 내 한국 오더는 모두 너를 통할 거야."

이태진이 숨을 들이켰다.

이럴 때일수록 조심해야 된다.

다음 날은 토요일이다.

오전 근무만 마친 이태진이 고속버스를 타고 충북 영동으로 내려갔다. 영동 교외의 본가에 도착했을 때는 오후 4시 반.

기다리고 있던 부모가 이태진을 맞는다.

두 손에 선물 상자를 들고 있어서 입으로만 인사를 한다.

소파에 둘러앉았을 때 이동규가 물었다.

"사우디에서 일은 잘 되었느냐?"

"예, 잘 되었어요."

이태진이 건성으로 대답했다.

오더가 어떻고 중동과장 대리가 어떻게 되었으며 오더를 받지 못했을 때의 상황에 대해서 말할 필요도 없는 것이다. 그때 이동규가 말을 이었다.

"네가 장사꾼이 되다니, 예상 밖이다."

"잘될 겁니다."

그때 이선옥이 과일을 탁자 위에 올려놓고 이태진 옆에 앉았다. 아직 저녁 시간 전이다. 이선옥이 이태진을 보았다.

"넌 잘할 거야. 내가 알아."

"어떻게 알아?"

"넌 네 외삼촌 닮았어."

"외삼촌?"

뜬금없었기 때문에 이태진이 눈썹을 모았다.

외삼촌이라니?

그때 이동규가 입맛을 다셨기 때문에 이태진이 시선을 주었다. 다시 이선옥이 말을 이었다.

"네 외삼촌이 똑똑했어."

외삼촌은 6.25 때 실종되었다. 좌익으로 몰려 감옥에 갇혔다가 아버지가 손을 써서 석방되었다는 것이다. 석방된 후에 북으로 갔다는 말도 있고 죽었다는 소문도 났다.

외삼촌은 일제 강점기에 동경제국대학을 나온 수재였다.

외할아버지는 일제 강점기에 변호사였다니 친일파인가? 그 동경제대를 나온 수재가 해방 후에 좌익 혁명가가 되다니.

그때 이동규가 말했다.

"아, 기학이 이야기 그만해."

"왜? 그게 험담이오?"

어머니가 정색하고 되물었다. 외삼촌 이름이 기학이다.

"난 태진이 볼 때마다 기학이가 떠올라요. 걘 천재였어."

아, 그렇구나. 그런 감정이 어머니 가슴에 숨어 있었네.

이태진이 또 하나 깨달았다.

그리고 외삼촌을 닮았다는 말이 나쁘지 않다.

저녁을 먹고 났을 때는 오후 7시가 되어갈 무렵이다.

이동규가 이태진에게 물었다.

"소화시킬 겸 산책이나 할래?"

"그러지요."

선뜻 일어선 이태진이 이선옥을 보았다.

"어머니, 같이 가요."

"아니."

주방에 선 이선옥이 고개를 돌려 이태진을 보았다. 웃음 띤 얼굴이다.

"아버지하고 둘이 가거라."

그러더니 덧붙였다.

"아버지가 너하고 둘이서 이야기하고 싶은가 보다."

"그럴 리가요."

이태진이 이동규에게 물었다.

"아버지, 그래요?"

이동규가 웃기만 했기 때문에 이태진이 현관으로 다가갔다.

밝은 분위기다.

집에서 1백 미터쯤 떨어진 곳에 조그만 공원이 있다. 한쪽에 운동기구가 있고 벤치가 놓였는데 초저녁이라 비었다.

선선한 날씨다.

이동규가 먼저 벤치로 다가가더니 앉았다.

"앉아라."

옆자리를 눈으로 가리키면서 이동규가 말했다.

할 이야기가 있는 것 같다.

벤치에 앉은 이태진이 고개를 들고 이동규를 보았다.

아버지 나이는 자신의 나이에 32를 더해서 62다.

62세.

아버지는 작년에 교장에서 퇴직했기 때문에 현재 무직이다. 정년이 65세였지만 희망퇴직을 했다. 퇴직금으로 식당을 운영했지만 6개월 만에 말아먹었다. 지금은 무보수로 지방 신문사에 나가 논평을 쓴다.

"아버지, 일 잘되세요?"

"무슨 일?"

"신문사 나가신다면서요?"

"무슨."

쓴웃음을 지은 이동규가 말을 이었다.

"후배가 사장이야. 직원이 6명짜리 신문사다. 기자가 셋인데 월급도 못 줘."

담배를 문 이동규가 불을 붙였다.

"난 일주일에 한 번 사설 쓰고 사흘에 한 번쯤 나가서 점심때 짜장면 얻어먹고 온다."

"그래도 대단하세요."

"너, 올해 서른이지?"

"예."

"난 자주 네 나이를 떠올려."

"저도 그런데요. 아버지가 제 나이 때 뭐하셨나 하고."

"그러냐?"

쓴웃음을 지은 이동규가 이태진을 보았다.

"내가 네 나이 때 해방이 되었어."

"그래요."

"그때부터 난 내리막길이었다."

"…."

"스물둘에서 서른까지 8년 동안이 내 황금기였다. 해방될 때까지 말이다."

"만주에 계셨을 때죠?"

"그렇지."

이동규의 눈이 흐려졌다.

"내 능력을 발휘할 수 있었던 시기였다."

"…."

"만척에서 나이 서른에 개발본부장에 오른 조선인은 나 혼자였다."

"…."

"물론 내선일체로 일본, 조선 구분이 없었지만, 일본인들도 나를 따랐지."

"…."

"만주가 일본에 합병되고 나아가서 중국, 조선, 일본까지 통일된 제국에서 내가 꿈을 펼칠 수가 있었을 거다."

이동규가 담배 연기를 깊게 빨아들이더니 구름 같은 연기를 내뿜었다. 그때 이태진이 말했다.

"아버지, 저는 이제 시작인데 충고 한마디 해주세요."

"그래."

이동규의 눈빛이 강해졌다.

"절대로 네 본심을 드러내지 마라."

숨을 죽인 이태진을 향해 이동규가 손가락으로 자신의 가슴을 가리켰다.

"조직 생활에서는 모두가 네 경쟁상대고 적이다. 진정한 친구는 없다."

"모두가 다 말인가요?"

이태진이 고개를 기울였다.

"심복 부하한테도 털어놓으면 안 돼요?"

"그놈은 너를 밟아야 출세하는 놈이야."

"같이 올라갈 수도 있잖아요?"

"그렇게 기대를 하도록 해라. 다만 네 가슴을 다 보이면 안 된다."

"…."

"감추고 있는 것이 오히려 그놈들에게 두려움을 품게 만드는 거다."

"…."

"내가 겪어서 안다. 내가 일본 애들한테 여러 번 당했지."

"일본 사람들한테서요?"

"그래. 그래서 그것을 배웠다."

이동규가 말을 이었다.

"중국 애들은 더해."

"당하셨어요?"

"내가 당했다면 일본 놈, 중국 놈들을 누르고 본부장이 되었겠느냐? 내가 만척의 실세였다."

어깨를 부풀린 이동규의 목소리가 높아졌다.

"나이 서른에 내가 만척 3천여 명 직원의 실세였단 말이다. 한국보다 넓은 땅, 그리고 수백만의 중국인을 관리하는 실세 말이다."

그렇구나.

아버지가 내 나이 때는 벌써 이뤘구나.

이게 무슨 우연이란 말인가?

나는 이제 시작인데.

이태진이 어둠 속에서 번들거리는 아버지의 시선을 맞받았다.

다음 날 아침.

어머니가 잠깐 빨래를 널려고 나간 사이에 이태진이 이동규에게 봉투를 내밀었다.

"아버지, 여기 백만 원 들었어요."

놀란 이동규가 입을 벌리기도 전에 이태진이 봉투를 바지 주머니에 찔러 넣었다.

"신문사에서 직원들한테 짜장면이나 사 주세요."

이태진은 어머니한테 매달 20만 원씩을 보내드리고 있다. 한 달 월급이 35만 원 정도였지만 부수입이 50 정도 있었기 때문이다.

쌀 1가마니에 4만 원 정도 하는 시대다. 20만 원이면 두 식구가 생활한다.

이동규가 마침내 고개를 끄덕였을 때 어머니가 들어왔다.

그때 문득 떠오른 생각.

'임무 교대'

아버지의 30살 이후는, 내가.

집에 돌아왔을 때는 일요일 오후 7시 무렵이다.

현관문을 열고 들어선 이태진이 집 안을 둘러보았다. 뭔가 달라진 분위기였기 때문이다. 집 안이 깨끗해져 있다.

냉장고로 다가간 이태진이 문을 열어보았다. 그 순간 이태진의 얼굴에 웃음이 떠올랐다. 냉장고가 가득 차 있다. 10여 개의 찬합. 밑반찬이다. 음료수도 들어 있다. 정예은이 다녀간 것이다.

방으로 들어선 이태진이 침대 위에 놓인 쪽지를 보았다. 정예은이 남긴 쪽지다.

'밖에서 사 먹지만 말고 아침에는 집에서 밥을 해 먹어. 토요일 저녁에 왔다가 가. 돌아오면 연락해.'

재킷을 벗은 이태진이 전화기를 들고 버튼을 눌렀다. 정예은의 방에 따로 전화가 놓여있는 것이다.

"여보세요."

신호음이 두 번 울렸을 때 바로 정예은이 응답했다. 기다리고 있었던 것 같다.

"응, 나야."

이태진이 말하자 정예은이 묻는다.

"갔다 왔어?"

"응, 방금."

"거기, 주방에 과일 씻어놓았어. 냉장고가 차서 거기 놓았으니까, 먼저 먹어."

"그래, 고마워."

"별일 없지?"

"오늘 밤 여기 올래?"

"지금?"

"현이하고 같이."

그때 잠깐 주춤대던 정예은이 말했다.

"어떡해? 내일 아침에 엄마하고 교회 가기로 했는데."

"그럼 안 되겠군."

"내일 저녁에 갈게."

"알았어."

"사랑해."

그 순간 이태진이 숨을 들이켰다. 내가 정예은한테서 이런 말을 듣게 되다니 꿈만 같다. 저절로 입에서 말이 터졌다.

"사랑해."

오전 9시.

과장 회의다. 매주 월요일에 부장 주재하에 과장 회의를 한다.

회의실에는 최재일을 중심으로 과장 7명이 둘러앉아 있다. 최재일이 말했다.

"지금이 7월인데, 목표를 채운 과는 미주과와 중동과뿐이야. 분발해야 돼."

모두 딴전을 부렸는데 '또 잔소리군' 하는 분위기다. 최재일이 말을 잇는다.

"3분기에 탄력을 받지 못하면 가능성이 희박해져. 명심하도록."

이태진의 시선이 앞쪽의 서병준에게 옮겨졌다. 그 순간 서병준이 고개를 들었기 때문에 시선이 마주쳤다.

서병준이 미주과장이다. 3개월 전에는 이태진이 서병준의 부하였던 것이다.

그때 서병준의 시선이 먼저 떼어졌다. 서병준과 최재일은 현재 동맹 관계지만 이권을 위해서는 금세 원수지간이 될 것이다.

그리고 자신과의 관계도 그렇다. 지금은 노골적인 경쟁 관계다. 저놈은 기회만 있으면 나를 밟을 것이다.

회의가 끝났을 때 서병준이 이태진을 불러 세웠다. 회의실 밖 복도에 둘이 벽에 붙어 섰다.

"이봐, 오산공장 말야. 거기 내 오더로 꽉 차 있는데 중동과에서 쑤셔댄다면서?"

"쑤시다니 무슨 말입니까?"

이태진이 똑바로 서병준을 보았다.

서병준은 이태진의 사수였다. 3년 동안 부하로 '일'을 배웠다. 서병준이 대리일 때부터다. 그래서 서병준의 행동을 보고 '반면교사'의 자료로 삼아왔다. 그때 서병준이 어깨를 부풀렸다.

"너 오더 좀 받았다고 뵈는 게 없는 모양인데, 내 말 못 알아들어?"

"오산공장이 먼저 연락을 해왔는데 전화도 못 받는단 말입니까?"

"네 쫄다구가 만나자고 했다면서?"

"만날 겁니다."

"오산공장은 못 내줘."

"그건 오산공장이 결정해야 하는 것 아닙니까? 미주과 원단 공급이 차질이 났다던데, 공장을 쉴 수는 없잖아요?"

"이젠 한번 붙어볼 만하다고 생각돼?"

서병준이 다시 어깨를 부풀리면서 웃었다. 각진 얼굴에 눈이 번들거렸다. 그때 서병준이 바짝 다가섰다.

"자네 많이 컸다."

서병준은 이태진보다 3살 위인 데다 경력도 4년이나 많다. 이태진은 과장대리 1년 차지만 서병준은 과장 2년 차인 것이다. 엄청난 격차다. 그때 이태진이 쓴웃음을 지었다.

"서 과장님."

눈만 치켜뜬 서병준에게 이태진이 말을 이었다.

"우리, 그러지 맙시다."

"어쭈?"

마침 복도에 둘이 있었기 때문에 이태진이 거침없이 말했다.

"날 깔아뭉개고 싶어도 이젠 오히려 내 발이 커진 입장이오. 그걸 몰라요?"

"뭐라고? 네 발이 커?"

서병준의 얼굴이 하얗게 굳어졌다. 이런 일은 처음이다. 그때 이태진이 바짝 다가섰다.

"만일 일이 터지면 과장님을 누가 도와줄 것 같습니까?"

"뭐?"

"오산에다 계약금 올려주고 얼마나 처드신지 내가 뻔히 아는데, 그거 까발려볼까요?"

"아니, 이…."

"오산 박 사장이 당신한테 반년 동안 리베이트 주느라고 오히려 손해 봤다고 합디다. 반년 동안 700만 원 줬다던데. 맞지요?"

"…."

"당신이 박 사장한테 멱살이 잡혀있는 거 다 알고 있단 말입니다."

이태진이 이제는 서병준의 어깨를 '툭' 밀었다.

"사장한테 진정서 내겠다고 해서 내가 회장한테 내는 것이 낫겠다고 했어요. 자, 어쩔 겁니까?"

그때 서병준이 시선을 내렸고 이태진이 말을 이었다.

"그런데 박 사장 목은 내가 쥐고 있단 말입니다, 존경하는 미주과장님."

이태진이 몸을 돌렸지만 뒤에서는 아무 소리도 나지 않았다.

언젠가는 한번 '잡아야' 할 일이었는데, 마침 기회가 온 셈이다. 리베이트만 실컷 해 처먹고 오더 공급에 차질을 일으켜 생산에 펑크가 난 상황인 것이다. 공장 입장에서는 열불이 나서 때려죽이고 싶을 것이다.

그런데 중동과 빅 오더가 들어가면 대번에 만회하게 되겠지.

그것에 대해서 시비를 해?

점심시간이 끝났을 때 부장 최재일이 불렀다.

"이봐, 내가 특별히 신경을 썼는데."

다가선 이태진에게 최재일이 목소리를 낮추면서 말했다.

"중동과가 1백만 불이 넘는 오더가 있는데 직원이 과장 포함 셋이란 말야."

최재일이 정색하고 이태진을 보았다.

"유럽과는 직원이 6명인데 올해 목표가 30만 불밖에 안 돼. 웃기는 일이지."

"…."

"그래서 말인데. 유럽과에서 두 명, 다른 과에서 한 명, 이렇게 셋을 빼내 중동과로 보내줄게. 어때?"

"싫습니다."

"뭐? 싫어?"

"예, 싫습니다."

"왜?"

"한여옥을 영업직으로 바꿔주시지요. 그리고 대신 여직원 한 명만 부탁합니다. 한여옥 대신으로요."

"뭐라고?"

최재일이 앞쪽으로 상반신을 기울였다.

"고졸 여사원을 영업직으로? 걘 영어도 못 하잖아?"

"조금 압니다. 일하면서 배우면 되죠."

"가능해?"

"5년 차입니다. 다른 사원보다 뒤지지 않을 겁니다. 그리고 다른 여사원들 사기도 오를 것이구요."

"그거 파격인데."

최재일의 두 눈이 번들거렸다.

"회장님이 들으면 좋아하시겠는데."

부장은 대번에 머리가 이런 식으로 회전되는가?

"알았어. 그렇게 하지."

심호흡까지 하면서 최재일이 말했다.

"제가요?"

상담실에서 그 말을 들은 한여옥의 얼굴이 빨개졌다.

"영업직으로요?"

"그래. 여직원 하나 충원받아서 네 일은 그 여직원 시키고."

이태진이 지그시 한여옥을 보았다.

"넌 유능한 영업사원이 될 거야. 그리고."

숨을 고른 이태진이 말을 이었다.

"네 경력을 참조해서 내년쯤에 대리 진급도 추진해볼게."

"아휴."

얼굴이 더 빨개진 한여옥이 눈을 흘겼다.

"거기까진 너무 오버하시는 거 아녜요?"

"내가 내년쯤 과장 달려고 그런다. 그게 오버냐?"

"아니죠. 당연한 거죠, 그건."

"그럼 너도 같이 가는 거야."

"윤정규 씨는요?"

"걘 너보다 서열이 좀 늦지."

"아하하."

맑은 웃음소리가 상담실에 울렸다. 한 달쯤 전만 해도 이태진이 귀국하면 그만두겠다던 한여옥이다.

세상일 알 수 없다니까.

오후 3시.

조선호텔 로비 라운지.

장만수와 이태진이 앉아있다. 둘 다 편안한 표정. 종업원에게 주문을 마친 장만수가 웃음 띤 얼굴로 탁자 위에 가방을 놓았다. 알루미늄으로 만든 샘소나이트 가방이다. 묵직해서 '쿵' 소리가 났다.

"여기 4,000만 원입니다."

"아이구."

쓴웃음을 지은 이태진에게 장만수가 재촉했다.

"열어보시지요."

이태진이 가방을 열었다.

돈뭉치. 1만 원권 뭉치가 가득 들어있다. 이태진이 처음 만지는 거금이다. 장만수가 말을 이었다.

"환율이 795원인데 800원으로 계산해서 가져왔습니다."

만 원권이 40개, 맞다.

고개를 끄덕인 이태진이 가방을 닫고 탁자 밑에 내려놓았을 때 장만수가 '은행입금증'을 내밀었다.

"이건 함단한테 10만 불 보낸 입금증입니다."

"수고하셨네요."

"함단한테서 잘 받았다는 전화도 받았습니다."

이태진이 다시 고개를 끄덕였다. 그리고 함단이 5만 불은 이태진에게 주라고 말한 것이다. 이태진은 받았다는 인수증에 사인을 하고 나서 장만수에게 건네주었다.

자, 4천만 원이 생겼다.

서울의 30평형 아파트가 1천만 원쯤 되는 시대다. 30평짜리 아파트 4채를 벌었다.

"오늘 저녁에 시간 있어?"

수화기에서 오세영의 목소리가 울렸다.

오후 5시 10분.

이태진이 슬쩍 고개를 돌려 옆쪽을 보았다. 오세영은 4과장이니까 두 자리 건너서 옆쪽이다. 지금 오세영과 구내전화를 하는 중이다.

"약속이 있어."

이태진이 앞쪽을 향한 채로 말했다.

"바이어하고 저녁 약속."

"갓댐."

일본말은 적당한 욕이 없는지 오세영이 투덜거렸다.

"내 친구한테 이야기해놓았는데."

"니 친구라면 잘나가는 일화여대 출신일 텐데 나 같은 3류 지방대 출신은 왜?"

"지랄 말고. 그럼 내일로 하지."

"프로필이나 알아야 될 것 아냐?"

"너한테는 과분한 여자야."

"갓댐. 그럼 그만두자."

"다 이야기해놨고 걔도 좋다고 했으니까 내일 시간 비워놔."

그래놓고 전화가 끊겼다.

빠가야로.

오후 8시에 이태진이 아파트로 들어섰다. 현관에 선 이태진에게 정예은이 두 팔을 벌리며 다가왔다. 활짝 웃는 얼굴이다.

"왔어?"

"어이구, 이 냄새."

이태진이 정예은을 번쩍 안아 들었다.

집 안에는 음식 냄새로 가득 차 있다.

"씻고 나와. 밥 차려 놓을게."

품에 안긴 정예은이 말했다.

"나 오늘 자고 갈 테니까 서둘지 말고."

"현이는?"

"엄마가 봐. 나 오늘 친구 집에서 잔다고 친구하고 말 맞춰놨어."

"오케."

정예은의 입을 맞춘 이태진이 옷을 벗어 던지고 욕실로 들어선다. 이제는 서로 익숙해져서 전혀 어색하지 않다.

깊은 밤.

반쯤 열어놓은 침실의 창밖으로 도로를 달리는 차량의 소음만 가끔 들리고 있다. 밤바람에 커튼이 흔들리면서 풀 냄새가 났다. 뒤쪽 산을 훑고 온 바람이다.

그때 이태진의 팔을 베고 누워있던 정예은이 입을 열었다.

"아버지하고 어제 강남에 다녀왔어."

"강남이라니?"

"한강 남쪽."

"그렇구나."

건성으로 대답한 이태진이 정예은의 미끈한 허리를 당겨 안았다. 이태진의 가슴에 얼굴을 붙인 정예은이 말을 이었다.

"황무지, 허허벌판, 과수원만 드문드문 있는 곳을 차로 돌아다녔어. 하루 종일."

"사냥한 거야?"

"아니, 이 바보."

큭큭 웃는 정예은이 몸을 밀착시켰다.

"땅 보려고."

"무슨 말야?"

"우리 아버지가 재산 불리는 데 특별한 재능이 있는 거 알지?"

"알지. 회장님이 현금 재벌이라는 거."

그리고 대영산업은 은행 채무가 1원도 없는 회사다. 그때 정예은이 말을 이었다.

"지금 강남의 땅값이 평당 1천 원에서 높은 곳이 5천 원인데, 아버지 말씀이 10년쯤 후에는 1천 배가 뛴다는 거야."

"…."

"수출이 무섭게 성장하면서 강남 땅값도 뛴다는 거야. 그래서 아버지가 어제도 1만 평을 샀어."

"…."

"자기도 돈 있으면 땅 사놔."

그 순간 이태진의 심장박동이 빨라졌다. 옆쪽 벽장에 숨겨놓은 알루미늄 가방에 4천만 원이 들어있는 것이다.

이것이 마치 신(神)의 계시 같다.

회사 안에서 이태진의 위상은 급상승했다.

이태진도 당황할 정도다.

난데없이 지방의 공장 관리자급 간부가 전화를 해오는가 하면 본사는 더했다. 한 번도 인사를 한 적이 없는 간부가 악수를 청한 적도 있고, 여직원들은 말할 것도 없다. 복도에서 스쳐 지나갈 때 눈웃음을 쳐주는 건 예사고 말을 걸어오는 경우도 있었다!

1977년도에 1백만 불 오더를 갖고 오다니. 더구나 불모지였던 사우디에서.

아마 '무용담'이 눈덩이처럼 불어나서 산사태가 일어나고 있겠지.

금상첨화라고 할까?

그렇게 표현할 수밖에 없는 사건 발생.

오전 9시 반.

막 회의를 마친 이태진이 자리로 돌아왔을 때 구내전화 벨이 울렸다.

"예, 이태진입니다."

"여기 회장 비서실인데요."

나긋한 여자 목소리. 회장 비서 김연주다. 이태진이 전화기를 고쳐 쥐었다. 그때 김연주가 말했다.

"회장님이 들어오시래요."

"지금 말입니까?"

"네. 기다리고 계세요."

이태진이 전화기를 내려놓으면서 자리에서 일어섰다. 뒤쪽에 최재일이 앉아있었기 때문에 1초쯤 망설였다.

보고할 것이냐? 아니면 그냥 가?

그러나 보고하기로 마음먹었다. 어차피 소문은 삽시간에 퍼진다. 미리 말해두는 게 서로를 위하는 길이다.

최재일에게 다가선 이태진이 낮게 말했다.

"부장님, 회장님이 저한테 들어오라고 하시는데요."

"회장님이?"

금세 눈썹을 모은 최재일이 이태진을 보았다.

"너를?"

"저 혼자 말입니다."

강조할 수밖에 없다. 저까지 같이 들어오라 했다고 오해하면 안 되니까.

그때 최재일의 얼굴이 순식간에 일그러졌다.

이걸 뭐라고 표현해야 할까?

약혼자가 다른 남자가 생겼다고 고백했을 때 이런 표정이 될까? 아니면 사놓은 주식이 똥값으로 떨어졌을 때 이렇게 될까?

아마 최재일은 지금까지 회장 독대를 한 번도 안 했을 것이다. 그때 최재일의 입이 열렸다.

"그럼, 가봐."

제가 그러지 않으면 어쩔 건데?

비서실로 들어섰더니 김연주가 웃음 띤 얼굴로 일어섰다.

사내 제1의 미인. 명문대 영문과 졸. 27세. 부장급도 김연주의 비위를 맞추는 실세. 자재부장은 김연주에게 반말을 했다가 1년 동안 회장이 부르지 않았다는 전설도 생겨났다.

"들어가세요."

앞장선 김연주한테서 짙은 향내가 맡아졌다. 고개를 돌린 김연주가 웃음 띤 얼굴로 이태진을 보았다.

"언제 저녁 사주실래요?"

순간 이태진의 가슴이 철렁 내려앉았다. 이런 말을 들은 대영 직원은 나 혼자뿐일 것이다. 그 와중에도 그런 생각이 떠올랐다.

이태진이 고개부터 끄덕였다.

"언제든지 연락만 하세요."

고개를 끄덕인 김연주가 회장실 문에 노크를 한 순간 정예은의 얼굴이 떠올랐다. 그러나 죄책감은 일어나지 않았다.

안팎에 안전판을 깔았다는 느낌.

다가온 기회를 놓칠 수는 없다.

"어서 와."

방으로 들어선 이태진을 정병현이 웃음 띤 얼굴로 맞는다.

"어, 거기 앉아라."

인사를 한 이태진에게 앞쪽 소파를 가리키며 정병현이 말했다. 자리에 앉은 이태진에게 정병현이 물었다.

"오더는 잘 진행되고 있지?"

"예, 회장님."

"추가 오더는 어떠냐?"

"아직 확정되지는 않았지만 내년에는 이번 오더의 2배 이상은 될 것 같습니다."

"으음!"

탄성을 뱉은 정병현의 얼굴에 웃음이 번졌다.

"네가 영웅이 되었다."

"아닙니다. 운이 좋았기 때문입니다."

"예은이가 네 이야기를 자주 해."

불쑥 정병현이 말했기 때문에 이태진이 숨을 들이켰다. 그때 문이 열리더니 김연주가 음료수를 가져왔다. 김연주가 오렌지주스 잔을 내려놓고 나갈 때까지 입을 다물고 있던 정병현이 고개를 들었다.

"네가 예은이한테 깊은 인상을 준 모양이야."

"감사합니다."

"감사할 것까지는 없고."

쓴웃음을 지은 정병현이 말을 이었다.

"너 예은이가 어떤 상황인지 알지?"

"예, 압니다."

"열심히 일하는 널 보고 예은이가 갈라설 결심을 했다고 하더라."

"…."

"아마 여러 가지로 비교가 되었겠지."

정병현의 눈이 흐려졌다.

"나도 책임이 있어. 그쪽 가문을 보고 결혼을 밀어붙였으니까."

"…."

"하지만."

눈의 초점을 잡은 정병현이 이태진을 보았다.

"이제는 제가 좋아하는 사람한테 보낼란다. 아이도 있으니까."

"…."

"내가 너한테 이런 이야기를 하는 이유가 있어."

정병현이 길게 숨을 뱉었다.

"이건 너하고 나 둘만의 비밀로 하자."

"예, 회장님."

이태진이 겨우 대답했을 때 정병현이 말을 이었다.

"내가 예은이한테 물었더니 널 좋아한다더구나. 이것도 나하고 예은이만의 비밀이다. 제 엄마도 모르고 있어."

"…."

"그래서 이혼한 지도 얼마 되지 않았지만 사귀는 것을 허락했다. 예은이도 그렇게 하는 것이 낫겠다고 했고."

정병현의 눈빛이 부드러워졌다.

"네가 도와줘서 고맙다. 걔가 너 때문에 밝아졌어. 아주 다행이야."

"아닙니다, 회장님."

"이건 비밀이다, 잘 알겠지만."

"예, 회장님."

"다음 달부터 내 아들 진호가 기조실에서 근무할 거야. 걔한테도 비밀로 했다."

"예, 회장님."

"오늘 내가 부른 건 중동지역 상황을 물어본 것으로 해라."

"알겠습니다."

"회사에 소문이 퍼지겠지만 이쯤은 감수해야지."

정병현의 얼굴에 다시 웃음이 떠올랐다.

"넌 이미 떠오르는 실세니까."

어깨를 편 이태진이 회장실을 나왔다.

김연주가 눈웃음을 쳤기 때문에 이태진은 웃음으로 화답했다.

어깨에 계급장이 올려진 느낌이다.

그러나 부담은 없다.

# 5장 꿈의 상승

오산공장 사장실에서 이태진과 한여옥이 박종택 사장과 만나고 있다.

오후 3시.

이태진과 한여옥이 내려온 것이다.

박종택. 45세. 부친한테서 '성창섬유'를 물려받은 지 10년. 그동안 사세(社勢)를 2배쯤 성장시켰다. 요령이 좋고 로비에 뛰어난 인물이다.

박종택이 입을 열었다.

"서 과장 오더는 못 합니다. 계약은 했지만 생산할 수가 없어요."

박종택이 고개를 저었다.

"원단 공급이 엉망이라 지금 20일째 가동률이 35퍼센트란 말입니다."

"그럼 계약하십시다."

이태진이 옆에 앉은 한여옥을 눈으로 가리켰다.

"앞으로 성창섬유는 한여옥 씨가 담당할 겁니다."

"예? 미스 한이 말입니까?"

박종택이 되묻자 이태진이 정색했다.

"한여옥 씨가 영업 담당이 되었습니다. 서류 담당으로 새 여직원이 왔지요."

"아이구, 잘 부탁합니다."

박종택이 떠들썩한 목소리로 말했기 때문에 한여옥이 볼을 붉혔다. 그러나

야무지게 대답은 했다.

"제가 잘 부탁드려요. 많이 가르쳐 주세요."

계약을 해야 한다.

지금까지 서병수가 직접 계약하면서 리베이트를 챙겼는데 한 번도 계약할 때 이태진을 동석시키지 않았다. 그래서 이태진은 내용은 모른 채 서병수가 가끔씩 던지는 보너스를 받았을 뿐이다.

이태진이 한여옥을 의식한 듯 조금 머뭇거리는 박종택에게 말했다.

"제가 공장에는 같이 왔지만 계약은 담당자 한여옥 씨가 할 겁니다."

"아, 예."

"서병수 과장은 직접 계약하고 리베이트를 챙겼는데, 난 그렇게 안 합니다."

당황한 박종택이 숨만 쉬었을 때 이태진이 얼굴을 펴고 웃었다.

"장래가 창창한 내가 약점 잡힐 수는 없죠. 담당자가 다 할 겁니다. 나는 모르는 일이구요."

"아이구, 참."

쓴웃음을 지은 박종택이 고개를 끄덕였다.

"과연 다르시군요."

"뭐가 말입니까?"

"스케일이 말입니다."

"칭찬으로 듣겠습니다."

자리에서 일어선 이태진이 둘을 번갈아 보았다.

"30분이면 계약 끝나겠죠?"

"그럼요."

한여옥이 대답했기 때문에 이태진이 몸을 돌려 방을 나갔고, 박종택은 헛기침만 했다.

“한 달에 1,700만 원이 손익분기점이죠?”

둘이 남았을 때 한여옥이 묻자 박종택이 바로 앉았다.

“예. 지금까지는 그랬는데 1,900은 되어야 합니다. 인건비가 3퍼센트나 올랐고 전기세는 두 배가 뛰었기 때문에….”

“미주과하고는 1,700 기준으로 계약하셨잖아요. 그러시면 안 되죠.”

한여옥이 고개를 저었다.

“우리가 성창섬유를 택한 건 계열 공장이기 때문이지 미주과 오더가 있는 상황에서 밀고 들어올 이유가 없다는 걸 아셔야죠.”

한여옥이 똑바로 박종택을 보았다.

“아세요? 서 과장이 우리 과장님 멱살 잡고 흔들었다는 걸요. 성창섬유는 미주과 오더를 하는데 공장 뺏는다고 말이에요.”

“아니, 원단 공급도 안 해주면서….”

“그런 상황에 도와드리려고 오더를 넣어드리는데 손익분기점 금액을 올립니까?”

“그럼 1,700으로 하십시다.”

어깨를 늘어뜨린 박종택이 말하자 한여옥이 고개를 저었다.

“미주과는 두 달 동안 한 달 평균 1,250 정도 매출을 올렸더군요.”

박종택이 숨만 쉬었고 한여옥이 파일을 덮었다.

“영업 담당이 되고 나서 처음 공장과 계약을 하게 되었는데 이렇게는 안 하겠어요.”

“아니, 한여옥 씨.”

“기분 나빠요. 날 갖고 노시는 것 같아서.”

"아니, 왜 그러십니까?"

"과장님한테 성창섬유하고는 일하기 힘들다고 말하겠어요."

"한여옥 씨, 오해하신 겁니다. 저는 미주과 서 과장한테 하던 식으로…."

"그런 사람이니까 사장님한테 약점이 잡혀서 질질 끌려다니죠."

한여옥이 자리에서 일어섰다.

이태진은 밖에서 공장을 구경하고 있을 것이다.

구경하고 있는 줄 알았던 이태진이 가버렸기 때문에 한여옥은 박종택의 간청으로 사무실로 돌아왔다.

오후 6시.

퇴근 준비를 하던 이태진이 전화를 받는다. 한여옥의 전화다.

"저 지금 계약 끝내고 공장에서 나왔어요."

수화기에서 차량 소음이 함께 들렸다. 길가의 공중전화기인 것 같다. 한여옥이 말을 이었다.

"한 달 임가공비 1,700에 맞춰서 계약했어요."

"잘했어."

그렇게 되면 경비 다 제하고 12퍼센트의 마진이 발생한다. 최우량 오더다.

그때 한여옥이 말을 이었다.

"계약서에 사인 끝냈더니 박 사장이 1백만 원을 주더군요. 관행이라면서요. 매달 1,700에 맞춰주면 1백만 원씩 현금으로 준다고 했어요."

"어, 그래?"

"그래서 받았어요."

한여옥이 서둘러 말을 잇는다.

"깨끗한 척하기 싫어서요. 다 알고 있는데 나만 유별나기가 싫더라구요."

"그렇게 배워가는 거다."

"썩지 않으면 되는 거죠. 이 돈 갖고 갈게요."

"왜? 무거워?"

"아뇨."

"그거, 너 써."

"네?"

"성창에서 나오는 1백은 네가 써."

"…."

"일당이 된 것을 축하한다. 조심히 와."

전화기를 내려놓은 이태진이 심호흡을 했다.

영업맨이 된 선물이 되겠다.

한여옥의 한 달 월급이 25만 원 정도였으니 대번에 한 달에 넉 달 월급이 추가되었다. 이건 대기업 부장 월급이다.

오후 7시 반.

조선호텔 로비 라운지로 들어선 이태진이 안쪽 자리에 앉아있는 오세영을 보았다. 오세영이 손을 들어 보였다.

그런데 오세영 옆에 앉아 이쪽을 보고 있는 여자와 시선이 마주쳤다. 20미터쯤의 거리였지만 섬세한 윤곽의 미인이다. 남자들의 시선이 두 미인에게 모여 있다.

다가선 이태진에게 오세영이 빈정대듯 말했다.

"어서 와, 사우디 왕자."

그러자 옆에 앉은 여자가 이를 드러내며 소리 없이 웃었다. 주위가 환해진 느낌이 든다. 오세영이 이야기를 한 것 같다.

"인사해. 여기는 민소정. 내 친구."

오세영이 여자를 소개했다. 여자가 고개만 숙였고 이태진이 시선을 준 채 말했다.

"이태진입니다. 진짜 만나서 반갑네요."

"봐. 직설적이지?"

대번에 오세영이 여자에게 물었기 때문에 이태진은 한숨을 쉬었다. 그때 오세영이 자리에서 일어섰다.

"나, 갈 테니까, 잘 해봐."

민소정이 섬세한 손가락으로 커피 잔을 쥐었는데 마치 예술품 같다.

시선을 이태진의 가슴께에 준 채 민소정이 입을 열었다.

"세영이하고는 고등학교, 대학교 동창이죠. 졸업하고 나서도 자주 만났고요."

"그래서 내 이야기가 술안주로 자주 오르내렸겠군요."

"그래요. 그래서 남 같지가 않아요."

민소정의 시선이 올라가 이태진을 보았다. 웃음 띤 얼굴이다.

"제가 세영이한테 소개시켜 달라고 했어요."

"영광입니다."

"전 그림 그려요. 그것이 본업이고 부업으로 대학에서 강사로 일하죠."

"아, 존경합니다."

이태진이 고개부터 숙였다.

"대학 강사하고 사귀는 건 처음입니다. 내가 갑자기 업그레이드된 느낌입니다."

‘오는 사람 막지 않고 가는 사람 잡지 않는다.’

이것이 여자에 대한 이태진의 좌우명이다. 그러나 이것은 요즘에 들어서 자리 잡은 구절이었고 몇 달 전만 해도 아예 ‘여자관계’는 이태진의 일상에 포함되지도 않았다.

아예 오는 여자가 없었기 때문.

그러니 가는 여자가 있을 리가 없지. 그런 장면은 남의 일이었다.

인사동의 주점 안.

이태진과 민소정이 소막을 마시고 있다. 질그릇에 담긴 막걸리에 소주를 부은 다음 작은 바가지로 떠 마시는 것이다.

민소정은 잘 마셨다.

이게 금세 취하는 술인데, 막 마시는 걸 보고 오히려 이쪽에서 속도를 줄였더니, 아니나 다를까 벌떡 일어나 비틀대다가 땅바닥에 오바이트를 했다. 다행히 주위에 손님이 없어서 이태진이 곧 치웠다.

그동안 민소정은 가만 앉아있었고, 뒷마무리를 해주는 종업원에게 만 원짜리 한 장을 줬더니 물티슈를 10개나 갖다 줘서 민소정이 마무리를 할 수 있었다.

밖으로 나왔을 때는 오후 10시 반이다.

민소정은 오바이트를 한 후에 말 한마디 안 했다. 얼굴이 창백해졌고 눈은 또렷했지만 눈동자가 움직이지는 않았다.

이태진이 민소정의 팔짱을 끼었더니 힐끗 시선을 주었다가 가만있었다. 걸음을 떼면서 이태진이 말했다.

“내 생각을 말해볼까?”

밤공기는 서늘했고 폐로 흡입되는 산소는 시원했다. 이태진이 말을 이었다.

"새로운 분위기, 이를테면 전혀 다른 분위기에서 뭔가를 지우고 싶은 거야."

인사동 길은 한적해졌다. 가끔 취객이 오갈 뿐이다. 골목을 걸으면서 이태진이 말을 이었다.

"소정 씨한테 나는 안 맞아. 나야 얼마든지 받아들일 수 있지만."

이태진이 민소정의 팔을 잡아당겼다. 비틀거렸기 때문이다.

"기운 내. 살다가 비를 맞을 때도 있고 넘어질 때도 있는 법이니까. 그러다가 좋은 일도 생기는 거지."

"…."

"가장 못난 짓이 자학하는 거야, 세상에."

걸음을 멈춘 이태진이 민소정을 바라보았다. 민소정도 이태진을 마주 보았다. 가로등 빛에 비친 눈동자가 조금 흔들렸다.

"이렇게 아름다운 여자가 입에서 그런 오물을 쏟아 내다니."

"…."

"난 당신 같은 여자는 똥도 안 싸는 줄 알았어."

"…."

"싸도 염소 똥처럼 동그란 환약 같은 걸로. 그것도 향기가 나는."

민소정의 눈이 번들거렸기 때문에 이태진이 다시 발을 떼었다. 50미터쯤 앞에 택시 정류장이 보였다.

민소정을 택시에 태우고 주머니에 택시비 만 원을 찔러준 이태진이 소리쳤다.

"조심히 가."

민소정은 앞쪽을 응시한 채 대답하지 않았다. 떠나는 택시를 보면서 이태진은 문득 자신의 여유를 느낄 수가 있었다.

많이 달라졌다.

이것은 천성인가?

상황에 따라 적절하게 변신을 한다.

유전자의 영향인가?

내가 저런 여자를 돌려보내다니.

아버지가 언젠가 한 말이 머릿속에 떠올랐다.

'의자에 맞는 일을 해라.'

집에 돌아온 이태진이 씻고 거실의 소파에 앉았을 때는 밤 12시가 되어갈 무렵이다.

전화기를 든 이태진이 버튼을 눌렀다. 곧 발신음이 울리면서 세 번째에 응답 소리가 났다.

"여보세요."

아버지다.

이 시간에는 대개 어머니가 받았는데 오늘은 아버지다. 술을 마시지 않은 것 같다.

"아버지, 전데요."

"오, 태진이구나."

아버지의 목소리는 멀쩡했다.

"늦게 전화했네요. 주무셨어요?"

"아니. 신문 보고 있었다. 네 어머니는 잔다."

"별일 없으시죠?"

"우리야 네 덕분에 걱정 없이 산다."

"아버지도 참."

"나를 반면교사로 삼아라."

아버지가 불쑥 말했기 때문에 이태진이 긴장했다.

"무슨 말씀이세요?"

"내가 지금까지 너한테 한 행동 말이다."

"그것이 어때서요?"

"인간은 유전자를 이어받는 존재야. 다른 동물도 마찬가지겠지만."

아버지의 목소리가 굳어졌다.

"본의 아니게라고 말하고 싶었지만 아니다. 본성(本性)으로 행동한 거다. 그것이 내 DNA겠지."

"…."

"너한테 상처를 많이 주었겠지, 있는 그대로 내뿜었으니까."

"…."

"너는 그것을 고칠 수 있는 능력이 있어. 그러니까 반면교사로 새 인격을 만들어야 한다."

"새삼스럽게 왜 이러세요?"

"네가 내 꿈을 이루란 말이다. 난 그것으로 대리만족을 할란다."

그러고는 아버지가 짧게 웃었다. 전화기를 귀에 붙인 이태진이 심호흡을 했다.

그렇다.

아버지의 유전자는 나에게 전해졌다. 지금 내가 이루고 있는 업적의 태반은 그 유전자에 의한 것이다.

그러나 아버지의 말도 맞다.

나는 아버지의 단점을 반면교사로 뒤집을 것이다. 그리고 그것은 오래전부터 시행해왔다.

다음 날 아침.

신우상사로 출근한 이태진에게 사장 정경호가 보고했다.

부장에게 사장이 보고한 셈인데, 사주가 부장이니 어쩔 수 없지.

사장실 안이다.

"함단한테서 잡화류 오더가 왔어. 이 내용대로 수출하면 150만 불 가깝게 돼."

서류를 내민 정경호가 얼굴을 펴고 웃었다.

"이건 앉아서 장사하는 거야."

"품질 체크를 철저히 해야 돼."

"네 덕분에 내가 먹고 산다."

"앞으로 신우상사를 중심으로 매출액이 대폭 늘어날 거다."

이태진이 말을 이었다.

"사원 관리를 철저히 해야 돼."

함단이 신우상사로 잡화류 오더 신용장을 보낸 것이다.

오더는 신우상사 앞으로 왔지만 검사자는 '이태진'이다. 이 오더가 수출되면 대리인 수수료 3퍼센트가 떨어진다. 오마르 오더도 마찬가지다.

이제 신우상사는 사원이 4명으로 늘어났다. 여직원까지 내보내고 혼자 사무실을 지키던 때가 바로 3달 전이었다.

고개를 든 이태진이 정경호를 보았다.

"함단 오더를 한국으로 가져오면 몇천만 불이 돼."

그렇게 만들 수 있는 사람은 이태진뿐이다.

대영산업으로 돌아왔을 때는 오후 1시가 조금 지났을 때다.

지난주에 한여옥 대신으로 중동과에 배치된 박윤선이 다가와 섰다.

"전화 온 곳이 3곳 있습니다."

박윤선이 앞에 메모지를 내려놓았다.

"한 언니는 성창섬유에 시제품 체크하러 갔고 윤정규 씨는 신성자수에 갔습니다."

고개를 끄덕인 이태진이 박윤선을 보았다.

동그란 얼굴에 밝은 성품. 고졸로 대영산업에 입사한 지 2년 반. 22세. 국내영업부 기조실에서 근무하다가 이번에 수출영업본부로 영전되었다.

박윤선이 돌아갔을 때 구내전화 벨이 울렸다. 전화기를 든 이태진의 귀에 오세영의 목소리가 울렸다.

"나야."

고개를 돌린 이태진이 두 자리 옆쪽의 오세영을 보았다. 그때 옆얼굴을 보인 채 오세영이 말을 이었다.

"어제 어떻게 된 거야?"

"뭘?"

"왜 소정이하고 연락이 안 되지?"

"내가 어떻게 알아?"

"언제 헤어졌는데?"

"10시 반쯤."

"전화를 안 받아."

"내가 유괴라도 했단 말야?"

"미치겠네."

오세영의 고개가 이쪽으로 돌려졌다.

"나 좀 봐."

잠시 후에 둘은 회의실에서 마주 앉았다.

남이 보면 과장 둘이 업무 협의를 하는 줄 알겠지, 앞에 노트가 놓여있었으니까.

“무슨 일 있어?”

오세영의 검은 눈동자가 이태진을 똑바로 보았다. 이태진도 정색했다.

“그거 내가 묻고 싶은 말인데.”

“이상하네.”

고개를 기울인 오세영이 말을 이었다.

“나한테 연락하기로 했는데 전화도 안 받다니.”

“자살한 거 아닐까?”

“뭐어?”

“우울한 상태더라고.”

“….”

“내가 택시 태워서 보냈어. 술은 취했지만 정신은 멀쩡했어.”

“그럴 리는 없는데.”

“무슨 사연이 있는 거야?”

“그런 분위기로 보여?”

“그러니까 내가 묻잖아?”

“이건 비밀인데.”

숨을 고르는 오세영에게 이태진이 투덜대었다.

“말해. 죽었다면 다 필요 없는 짓이니까.”

“미친 소리 말어.”

눈을 흘긴 오세영이 말을 이었다.

“걔 아버지가 작년에 부도를 맞고 지금 도망 중이야.”

"…."

"집안이 풍비박산되었지. 지금 엄마하고 남동생 셋이 대림동 월세방에서 살아."

"…."

"대학 시간강사 수입으로는 교통비나 겨우 해결될 뿐이지."

"…."

"내가 만날 때마다 당신 이야기를 했더니 그 활력을 흡수하고 싶다면서 소개시켜 달라고 했어."

외면한 오세영이 입맛을 다셨다.

"내가 당신을 가볍고, 부담 없고, 맨땅에 박치기를 하는 좀 무모한 남자로 선전한 것이 걔 입맛에 맞았나 보다 생각했는데."

"갖고 놀기에 말이지?"

"그래. 본래 걔 눈이 높았거든, 나보다."

"소막을 마구 퍼마시더니 식당 바닥에다 바께스로 하나만큼 오바이트를 하더라."

"…."

"그러더니 나보고 아무 호텔이나 가자고 팔을 당기는 거 있지?"

오세영이 외면했고 이태진은 말을 이었다.

"그래서 내가 사양하고 택시에 태워 보낸 거야. 그래, 택시비도 주머니에 찔러주었어."

그때 오세영이 고개를 들었다.

"걔 화실이 있는데 거긴 전화도 없어. 안양 쪽인데 나도 한 번 가봤어."

"…."

"거기 좀, 나하고 같이 갈래?"

"내가 왜?"

"호젓한 곳이라 무서워서 그래."

"거기 화실에 목을 매고 늘어져 있는 장면이 떠오르냐?"

"미친."

오세영이 찢어질 것처럼 눈을 흘겼기 때문에 이태진은 고개를 저었다.

"나 바빠. 그리고 그럴 의무도 없고."

"날 봐서라도."

"딴 놈 찾아봐."

이태진이 자리에서 일어섰다.

오후 5시가 되었을 때 전화가 왔다.

"헬로우."

수화기에서 울린 목소리를 듣는 순간 이태진의 심장박동이 빨라졌다.

오마르다.

사우디 제다는 지금 오전 11시다.

"나야, 오마르."

이태진이 전화기를 고쳐 쥐고 대답했다.

오마르하고는 일주일에 서너 번 통화를 한다. 시차가 6시간이기 때문에 밤 12시까지 시장에서 일하는 오마르가 밤에 집으로 전화를 할 때가 많다. 그때 오마르가 말했다.

"브라더, 방금 첫 선적분 받았어."

"오, 그래?"

신용장을 받은 지 두 달 반 만에 첫 선적분이 도착한 것이다. 오마르가 말을 이었다.

"제품 확인을 했어. 만족해. 고맙네."

"다행이야."

"상품 박스에 담은 광고 용품도 받았어. 만족하네."

"유용하게 사용될 거야."

이태진은 무료로 찻잔 받침, 자동차 열쇠고리, 부채, 책받침, 볼펜 등을 1차분으로 5천 개씩 제작해서 보낸 것이다. 모두 대영산업과 오마르의 '로고'가 박힌 광고 선전용이다.

이번에 오마르에게 보낸 상품은 모두 '대영 브랜드'가 찍힌 제품인 것이다. 오마르의 목소리가 높아졌다.

"브라더, 내가 내일 쿠웨이트, 바레인 출장을 갈 거야. 그곳에 지사를 설치하려고 해."

오마르가 말을 이었다.

"대영, 오마르 제품을 들고 말야."

"좋아. 맡기겠어, 브라더."

"잘되면 내년 실적은 올해의 서너 배가 될 거야, 브라더."

이태진이 심호흡을 했다.

오마르가 쿠웨이트, 바레인 시장까지 맡아준다면 '불감청이언정고소원'이다. '대영' 브랜드의 상품이 나가는 것이다.

퇴근 시간이 되었을 때 이태진이 전화기를 들었다. 버튼을 누르자 곧 응답 소리가 울렸다.

"네, 오세영입니다."

"갈 거야?"

불쑥 이태진이 묻자 놀란 오세영이 고개를 돌려 이쪽을 보았다. 그러더니 앞쪽을 바라보며 대답했다.

"응."

"뭘 타고 가는데?"

"택시로."

"거기 도착하면 밤이 될 텐데."

"그래서?"

"목을 맨 장면이 나오면 어쩌지?"

"너, 정말 그럴래?"

"같이 가자."

그러자 오세영이 가만있었다. 이태진이 말을 이었다.

"지금 나갈 테니까, 나 따라와."

그러자 오세영이 잠자코 전화기를 내려놓았다.

안양으로 달리는 택시 안이다.

오세영이 고개를 돌려 이태진을 보았다.

"미안해. 끌어들여서."

"아니, 천만에."

이태진이 앞쪽을 응시한 채 말을 이었다.

"나도 좀 책임이 있어."

"내가 쓸데없는 짓 한 것 같아."

"네 심정을 아니까, 너한테는 별 감정이 없지만 민소정한테 미안하다."

그때 오세영이 눈썹을 모았다.

"내 심정을 알다니? 무슨 말야?"

"너야 날 개차반으로 보고 있잖아? 청탁을 불문하고 덤비는 똥개로 본 것 아니냐? 민소정한테도 그렇게 말했다면서?"

숨을 들이켠 오세영이 힐끗 택시 운전사의 뒤통수를 보았다. 이태진이 말을 이었다.

"근데 내가 제대로 똥개 역할을 안 한 거지. 그래서 민소정이 딥다 술만 퍼넣다가 그렇게 된 것 같다."

"…."

"침 질질 흘리면서 꼬랑지만 흔들어야 했는데 말야."

"시끄러."

"어쨌든 여자들은 인물값을 해."

"…."

"너도 그중 하나고."

이제는 오세영이 눈만 흘겼고 이태진도 입을 다물었다.

택시가 멈춘 곳은 안양 교외의 산길 밑이다.

1차선 국도 위쪽으로 두 사람이 겨우 다닐 만한 산길이 뻗어있는 곳이다.

"저 위쪽이야."

이미 어둠이 덮인 산길 위쪽을 보면서 오세영이 말했다.

"여기서는 보이지 않지만 1백 미터쯤 올라가면 산모퉁이에 작업실이 있어."

"귀신이 나올 것 같은 분위기다."

"그런 말 마."

오세영이 눈을 흘겼다.

"혹시 저기서 목을 맨 것 아냐?"

"미쳤어?"

오세영의 목소리가 어둠 속에 울렸다.

"젠장. 가자."

발을 떼면서 이태진이 투덜거렸다.

"이런 분위기라면 여기 안 오는 건데."

"밤이라 그래. 낮에는 안 그런데."

뒤를 따르면서 오세영이 말했다.

50미터쯤 올라가자 산모퉁이의 흰색 건물이 보였다. 집에 불빛이 보였기 때문에 오세영이 반색했다.

"불이 켜졌네."

그러더니 앞장서서 집 쪽으로 다가갔다. 다가가자 건물의 윤곽이 드러났다.

흰색 단층 시멘트 건물이다.

낮은 나무 울타리.

커튼을 친 창에서 불빛이 흘러나오고 있다.

다가간 오세영이 소리쳐 불렀다.

"소정아!"

두 번째 불렀을 때 문이 열리면서 불빛 속에 여자의 모습이 드러났다.

빛 속에 서 있어서 얼굴은 보이지 않는다.

잠시 후에 셋은 화실의 소파에 둘러앉았다.

한바탕 소란이 그친 후다.

오세영이 일방적으로 꾸짖고 묻는 동안 민소정은 웃기만 했다. 해명도 하지 않고 달래기만 하는 바람에 오세영은 곧 지쳤다. 이것이 둘 사이에는 익숙한 분위기 같다.

그동안 이태진은 딴전을 피우고 있었는데, 민소정과 시선도 마주치지 않았다.

이윽고 오세영이 숨을 골랐을 때 민소정이 이태진에게 물었다.

"커피 드릴까요? 홍차도 있는데요."

"홍차 주시죠."

화실을 둘러보면서 이태진이 말했다.

15평 정도의 화실이다. 옆쪽에 캔버스와 그리다 만 그림이 걸려 있다. 그리고 안쪽에 침실과 화장실, 옆쪽에 주방이 설치된 구조다.

곧 민소정이 홍차를 가져와 둘 앞에 잔을 내려놓았다. 자신도 홍차 잔을 쥔 민소정이 이태진에게 말했다.

"죄송해요. 걱정시켜드렸어요."

"아니, 난 걱정 안 했습니다."

정색한 이태진이 눈으로 오세영을 가리켰다.

"오세영 씨가 같이 가자고 해서 따라온 것이니까요. 여긴 밤에 혼자 오기가 힘든 곳 아닙니까?"

민소정이 웃음 띤 얼굴로 고개를 끄덕였다.

"어쨌든 고생하셨어요."

"별일 없어서 다행입니다."

그때 오세영이 말했다.

"내가 당신들 둘한테 사과할 것이 있어."

이태진과 민소정의 시선을 받은 오세정이 말을 이었다.

"내 왜곡되고 자기중심적이고 시기심으로 가득 찬 행동으로 당신들 둘 개인뿐만 아니라 둘 사이에도 치명적인 피해를 입혔어. 진심으로 사과해."

그때 오세영의 시선을 받은 이태진이 탄성과 함께 말했다.

"대통령 사과성명보다 더 무게가 있는 것 같다. 훌륭하다."

그러더니 얼른 덧붙였다.

"내용이 뭔지는 모르지만."

"너 오늘도 여기서 잘 거야?"

오세영이 묻자 민소정이 고개를 끄덕였다.

"그래야지. 왜?"

"너 괜찮은 거 확인했으니까 이제 가려고. 그런데 넌 안 가?"

"난 이곳이 내 집이야."

"학교도 여기서 출근할 거야?"

"응. 일주일에 두 번뿐이니까."

"여기, 밤에 안 무서워?"

"여기서는 안 보이지만 30미터쯤 위쪽에 민가가 2채 있어."

민소정이 웃음 띤 얼굴로 말을 이었다.

"나는 오히려 아늑하단다."

그때 이태진이 몸을 일으켰다.

"난 그럼 이만."

"같이 가."

오세영이 따라 일어섰다.

온 지 30분도 안 되었다.

민소정이 국도까지 따라 내려왔다.

이태진이 앞장을 섰고 10미터쯤 뒤에서 오세영과 이야기를 주고받으면서 따라온 것이다.

국도에서는 버스정류장까지 2백 미터쯤 걸어가야 한다. 그곳에서 버스를 타고 시내까지 간 후에 택시로 서울까지 가야 되는 것이다.

국도에 내려왔을 때는 9시 10분이다.

"자, 그만 올라가."

오세영이 말하자 민소정이 어둠 속에서 이를 드러내고 웃었다.

"세영아, 네 사과 감동적이었다."

오세영은 대답하지 않았고 민소정이 손을 흔들었다.

"그리고 고맙다."

"다음에 술 한잔해."

오세영이 말했을 때 민소정이 이태진에게 몸을 돌렸다.

"느낀 점이 많았어요."

"아, 나도 그렇습니다."

정색한 이태진이 말을 이었다.

"열심히 사세요."

민소정이 입을 벌렸지만 이태진은 몸을 돌렸다.

국도를 걷던 오세영이 문득 고개를 돌려 이태진을 보았다.

"내 잘못이야. 미안해."

"글쎄, 그럴 것 없다니까 그러네."

차량 통행도 드물었기 때문에 둘은 어둠에 덮인 국도를 나란히 서서 걷는다.

이태진이 말을 이었다.

"이것으로 너하고 내가 조금 가까워진 느낌이 든다. 심정적으로."

"심정적으로…."

"그래. 네 진솔한 사과가 좀 감동적이긴 했어."

"짜증나."

"네 계획이 뭐였어?"

"둘 다 나한테는 질투의 대상이었으니까, 너희들끼리 한번 해보라는 의식."

"옳지."

버스정류장으로 다가간 둘이 나무 벤치에 나란히 앉았다. 손목시계를 본 이태진이 물었다.

"9시 25분인데, 버스 오는 거야?"

"9시 반쯤이면 와. 막차가 10시 반. 30분 간격이야."

그때 아래쪽에서 전조등 빛이 보였기 때문에 오세영이 자리에서 일어섰다.

"온다."

그러더니 이태진에게 말했다.

"우리 안양에서 술 한잔하자."

안양 시내에서 내려 눈에 보이는 대로 길가의 카페로 들어갔다.

저녁도 먹지 않았지만 둘 다 식욕이 없었기 때문에 이태진은 위스키를 시켰다. 발렌타인 17년산을 시켰더니 주인이 반색하고 통닭을 서비스 안주로 내놓았다.

"이거 이틀 연속 비상한 여인네들하고 마시게 되는구나."

술잔을 든 이태진이 혼잣소리처럼 말했다. 그때 오세영이 고개를 들었다.

"응? 비상한 여인들?"

"비정상적이라고 하기는 그렇고, 비상하다는 표현이 나을 것 같은데."

"흥. 비상(非常)이라."

오세영의 얼굴에 웃음이 떠올랐다.

"그런 소리 들을 만하네."

"너도 결국은 나를 시기하고 있었어. 그렇지 않아?"

"맞아."

고개를 끄덕인 오세영이 잔에 술을 채웠다.

"그래서 사과했잖아."

"날 좋아하고 있었던 거야?"

"아니. 경멸했지만 옆에 두고 보는 것이 이롭다고 생각한 거지."

"넌 머리가 나보다 나아. 정치인이 되면 출세할 거다. 대통령이 될지도 몰라."

"그런데 어쩌냐? 대영산업 과장대리로 잔머리만 굴리고 있는데."

고개를 끄덕인 이태진이 한 모금에 위스키를 삼켰다.

회사에서 진정한 친구를 만나는 것은 불가능하다. 그것은 선배들한테서도 들었고 자신이 겪고 있는 상황이다.

그때 오세영이 흐려진 눈으로 이태진을 보았다.

"우리 전략적 제휴를 할까?"

"무슨 말이야?"

"말 그대로, 전략적…."

"합의서라도 쓰자는 건가?"

"아니."

"몸으로 때우자는 것이라면 가능해."

"서로 이용하는 것이지."

"좋아."

이태진이 고개를 끄덕였다.

"네가 술 한잔할 때부터 냄새가 났어."

"무슨 냄새?"

오세영이 이태진의 귀를 잡고 비틀었다.

시내의 모텔 방으로 들어선 오세영이 먼저 욕실로 들어서면서 말했다.

"긴장하지 마. 난 여러 번 계약한 사람이야."

"불 꺼놓을까?"

"마음대로."

"나도 씻을 텐데, 함께 씻는 게 어때?"

"그건 사양할게."

욕실로 오세영이 사라졌을 때 이태진은 쓴웃음을 지었다.

이런 경우는 처음 겪는다.

오세영이 비상(非常)한 여자인 것은 틀림없다. 그리고 저런 수작을 한다고 매력이나 신비감이 떨어지는 것도 아니다.

물론 부딪치는 상대에 따라서 다르겠지만.

열풍이 지나갔다.

이태진이 팔을 베고 누워있는 오세영의 허리를 당겨 안았다. 오세영은 아직도 숨을 고르는 중이어서 가쁜 호흡을 하는 아랫배가 시계추처럼 몸에 닿는다. 땀이 밴 피부가 매끄럽게 느껴진다.

이태진이 오세영의 귀에 대고 물었다.

"넌 대영에서 어디까지 견딜 수 있을 것 같아?"

그때 오세영이 바로 대답했다.

"과장."

"내년이면 과장될 텐데, 몇 년 안 남았군."

오세영이 이태진의 목을 두 팔로 감아 안았다.

"내가 자기 맞춰볼까?"

"맞춰봐."

"과장."

"너하고 같네."

"어때? 맞췄지?"

"이유를 말해봐."

"윗놈들이 너무 많은 것이 첫 번째 이유고."

"두 번째는?"

"회사가 자기를 키워줘야 하는데 그럴 능력이 없는 거야."

"또 있어?"

"있지. 가장 중요한 것."

"말해."

"자기가 이미 대영에 대해서 한계를 느끼고 있다는 것. 맞아?"

그러고는 몸을 딱 붙였기 때문에 이태진이 입을 맞췄다. 오세영이 뜨거운 뱀처럼 몸에 엉켜 꿈틀대었고 방 안에 다시 열풍이 일어났다.

다음 날 신우상사로 출근한 이태진에게 정경호가 보고했다.

"강남의 토지 6,127평이야. 황무지에다 과수원 하다가 버린 땅인데, 도무지 마음에 안 든다."

정경호가 부동산업자하고 강남에 다녀온 것이다. 이태진의 지시로 땅을 매입했지만, 정경호는 마음에 들지 않은 것이다.

정경호가 말을 이었다.

"부동산업자도 그러더라. 그 땅을 살 바에는 시내 아파트를 매입하는 것이 낫겠다고 말야."

강남의 황무지를 1평에 5천 원씩 주고 산 것이다.

"놔둬. 저축하는 셈 치고 둘 테니까."

이태진이 그렇게만 말했다.

투자의 귀재인 대영의 사주 정병현이 지금 강남의 땅을 매입하고 있다는 말을 할 필요는 없는 것이다.

이태진은 정경호가 건네주는 토지 매입서류를 받았다.

'이태진 소유'의 토지다.

함단의 클레임 처리로 받은 사례금으로 토지를 매입한 것이다.

회사로 돌아왔을 때는 오후 1시 반이다.

자리에 앉자마자 한여옥이 다가와 보고했다.

"공장이 모자라서 오더 4개를 걸지 못했어요. 이러다가는 납기에 맞추지 못할 것 같아요."

갑자기 오더가 쏟아진 바람에 공장이 부족한 것이다.

오더가 없어서 책상에 멍하고 앉아있을 때는 숨까지 막혔지만, 지금은 조급하다.

또 다른 고민이다.

물론 없을 때보다는 백배 나은 현상이다.

그렇다.

오세영의 말이 맞다.

이태진은 과장대리 타이틀을 달았지만 무역부에는 이미 과장이 셋 있다. 그 위에 부장.

언제 과장, 부장이 된단 말인가?

지금까지는 멀리 내다볼 여유가 없었는데, 오세영 덕분에 앞날을 본다.

그만큼 오늘을 버티려고 정신이 없었다는 증거지.

문득 이태진의 머릿속에 떠오른 생각이다.

"이 대리, 회의 끝나고 나 좀 보자."

회의를 마친 최재일이 말하는 바람에 이태진이 정신을 차렸다.

오전 9시.

방금 무역부 간부회의가 끝났다.

파일을 챙긴 앞자리의 오세영이 일어서면서 힐끗 시선을 주었다.

차가운 표정.

그날 밤, 열풍에 덮였던 방에서는 전혀 다른 얼굴이었는데.

"너 요즘 어때?"

둘이 되었을 때 최재일이 눈을 가늘게 뜨더니 그렇게 물었다.

이태진이 고개를 들었다.

보자고 할 때부터 감을 잡았어도 대뜸 말을 맞출 필요는 없다. 전에도 그랬는데 지금은 위상이 달라졌지.

"바쁩니다."

어깨를 젖힌 이태진이 최재일을 보면서 한마디 덧붙였다.

"잘 아시지 않습니까?"

"돌리는 공장이 몇 개지?"

"16개인데, 부족해요."

"16개."

최재일의 눈이 흐려졌다.

"엄청나군."

"정신없습니다."

"내가 도와줄 일 없어?"

"많습니다."

"어떻게 도와주랴?"

"오늘 저녁에 같이 식사하면서 말씀드리지요."

"그러든지."

최재일의 눈빛이 부드러워졌다.

"간단하게 한잔하지."

대화가 부드럽게 끝났다.

퇴근 무렵에 정예은의 전화가 왔다.

정예은은 일주일에 한 번꼴로 이태진의 새로 이사한 오피스텔에 들렀는데, 대개 일요일 점심때쯤 들렀다가 밤에 돌아간다. 집에 아이가 있어서 외박은 잘 안 했다.

"오늘 몇 시에 퇴근해?"

정예은이 나긋나긋한 목소리로 물었을 때 이태진의 가슴이 편안해졌다.

오늘은 목요일.

만나는 날이 아닌데.

"저녁 약속이 있어."

"늦어?"

"왜?"

"자기 보고 가려고. 내가 오후 3시에 친구 만나고 6시쯤 끝날 거거든."

"그럼 집에 가서 기다려. 나도 일찍 끝내고 8시까지는 돌아갈게."

"그럼 너무 늦어."

"애 데리고 나왔어?"

"아니."

"그건 좀 그러네. 애하고 같이 자고 가면 좋은데."

"그럼 일요일에 갈게."

정예은이 말을 이었다.

"일요일에는 현이도 데려갈게."

"알았어. 미안."

"미안은 무슨."

그러더니 정예은이 낮게 말했다.

"사랑해."

주위 자리가 차 있었기 때문에 이태진도 낮게 대답했다.

"미 투."

오후 7시 반.

소공동 일식당 '오사카'의 방에서 이태진과 최재일이 회 안주로 소주를 마시고 있다.

술잔을 든 최재일이 이태진을 보았다.

"이봐. 네 덕분에 무역부 주가가 몇 배로 뛰었어. 몇 달 전과는 비교가 안 돼."

"세상이 변하고 있는 거죠."

이태진이 겸손하게 말했다.

"올해 1백억 불 수출실적을 달성한다고 하지 않습니까?"

"네가 그 공신이 되겠구나."

"오늘 왜 이러십니까?"

"나도 이렇게 될 줄은 상상도 못 했다."

한 모금에 소주를 삼킨 최재일이 이태진을 보았다.

"글쎄, 사람의 운(運)은 알 수가 없다니까?"

그때 이태진이 옆에 놓인 검정 비닐 가방을 들더니 최재일에게 내밀었다.

"이거 받으시죠."

"뭐냐?"

가방을 받은 최재일이 물었다.

"만 원권 뭉치로 20개 들었습니다. 2백만 원이죠."

그때 최재일이 고개를 끄덕였다.

"응. 고맙다. 잘 쓸게."

"가끔 만들어드리겠습니다."

"알았다. 관리 잘해. 소문 나가지 않게."

"부장님한테 불똥 튀지 않게 할 겁니다."

"그래야지."

술잔을 든 최재일이 이를 드러내고 웃었다.

"넌 크게 될 놈이야."

집으로 돌아왔을 때는 오후 10시 반이다.

옷을 갈아입고 샤워까지 마친 이태진이 탁자 위에 꺼내놓은 소형녹음기의 버튼을 눌렀다.

그 순간 최재일의 목소리가 울렸다.

일식당에서 최재일과의 대화를 녹음해놓은 것이다.

소파에 몸을 기댄 이태진의 얼굴에 쓴웃음이 떠올랐다.

녹음기에서 최재일의 목소리가 울렸다.

"응. 고맙다. 잘 쓸게."

곧 녹음기의 버튼을 눌러 끈 이태진이 테이프를 꺼내 봉투를 찾아 넣었다. 그러고는 봉투에 날짜와 내용을 표시하고는 코트 주머니에 넣었다.

내일 아침에 신우상사에 들러서 사장실의 개인금고에 보관해놓아야 한다.

오피스텔에 두면 위험하다.

정예은이 들을 수도 있기 때문이다.

"함단한테서 잡화류 신용장이 왔어."

신우상사 사장실에서 정경호가 신용장을 내놓으면서 말했다.

2백만 불 정도의 물량이다.

신용장을 펼쳐본 이태진이 고개를 끄덕였다.

이미 생산자 측에는 연락이 되어있기 때문에 T/S를 해주면 된다.

신우상사에서는 제품의 검사와 납기를 맡는다. 함단의 에이전시 역할인 것이다.

제품이 선적되면 수수료 3퍼센트가 떨어진다.

2백만 불 오더면 6만 불이다.

서울의 20평 아파트 1채가 600만 원. 환율이 1불이 800원 정도였다.

이태진이 고개를 들고 정경호를 보았다.

"함단이 올해 말까지 1천만 불을 한다고 했어."

현재 함단은 3백 50만 불 오더를 했다. 함단의 오더는 잡화류여서 물량이 많은 것이다.

오마르보다도 재력이 월등한 거상(巨商)이다.

"너도 1천만 불 오더를 하는 오퍼상 사장이야."

이태진이 웃음 띤 얼굴로 정경호를 보았다.

"관리 잘해. 직원들 검사하면서 딴짓하지 못하게 하고."

"그럴 리가 있나?"

정색한 정경호가 고개까지 저었다.

"그런 놈은 교도소 보내야지."

신우상사의 실제 사장은 이태진인 것이다. 그러나 그것은 정경호와 이태진

둘만 아는 비밀이다.

정경호와 점심까지 먹었기 때문에 이태진이 대영산업에 들어섰을 때는 2시 반쯤 되었다.

3시 무렵에 전화가 왔다.

고등학교 동창 박기만이다.

"날짜 잡았어."

이태진의 목소리를 들은 박기만이 대뜸 말했다.

결혼식 날짜다.

박기만이 말을 이었다.

"너한테 안 와도 된다고는 했지만 예의상 말해줘야 할 것 같아서."

"예의 좋아하네."

이태진이 길게 숨을 뱉었다.

그때 돈 주고 나서 당분간 못 만날 것 같다는 생각이 들었던 것이다. 다시 목소리를 들으니까 반갑다.

"시간과 장소 말해."

이태진이 낮게 말했다.

박기만도 조심하겠지만 중앙정보부에서 도청할지도 모른다. 잘못 걸리면 공범이 된다.

그때 박기만이 목소리를 낮추고 물었다.

"왜? 오려고?"

"시간 나면."

"네가 와준다면 고맙지."

"말해, 어서."

메모지를 빼낸 이태진이 재촉했다. 박기만이 불러준 시간과 장소를 재빠르게 메모한 이태진이 물었다.

"너, 조심하고 있지?"

"물론. 나도 도망 다니는 데 도사가 다 되었어."

"인마, 언제까지 이럴 거냐?"

"나 같은 놈도 있어야지."

그러더니 박기만이 짧게 웃었다.

"걱정해줘서 고맙다, 태진아."

"립 서비스야, 인마."

"네가 준 돈으로 준비를 다 했어. 신부 옷도 사주고."

"…."

"교회 목사님한테 인사도 했고."

"…."

"고맙다, 태진아."

박기만의 목소리가 다시 가라앉아 있다.

오후 5시가 되었을 때 전화벨이 울렸다.

이 시간이면 사무실 분위기는 어수선하다. 전화기를 든 이태진이 응답했다.

"예, 이태진입니다."

"나야."

오세영이다.

옆쪽 두 사람 건너 자리에 앉은 오세영은 전화기를 귀에 붙인 채 앞쪽을 응시하고 있다. 힐끗 그쪽에 시선을 주었던 이태진도 앞쪽을 향한 채 묻는다.

"무슨 일인데?"

"소정이가 만나고 싶대."

"야, 너 장난해?"

낮게 되묻자 오세영이 주춤하더니 말했다.

"화났군."

"너 하나로 족해."

"우린 그냥 즐기는 사이 아냐?"

오세영의 목소리가 더 낮아졌다.

"심각한 건 너도 싫어하잖아."

"닥치고 끊어."

"소정이를 중간에 놓는 게 너한테도 이로워. 넌 양손에 떡 쥔 거야."

"내가 이번 기회에 네 진면목을 알게 되어서 다행이야. 네 떡도 안 먹을게."

"넌 여자 문제는 예상외로 순진하네."

"닥쳐."

"오늘 오후 8시. 인사동의 한정식당 전주옥에서."

"못 가. 그리고 오늘 약속이 있어."

"그것이 너한테도 좋아."

그러고는 통화가 끊겼기 때문에 이태진은 심호흡을 했다.

그러나 동시에 전화기를 내려놓으면 표시가 날 것 같아서 5초쯤 더 전화기를 귀에 붙이고 있었다.

과 회식이다.

1977년도에는 지금처럼 팀이니 리더 따위의 단어가 없었다.

과(課), 부(部) 조직은 일제 강점기부터 전해온 조직 명칭이지만 부담 없이 전용되고 있다.

중동과원은 모두 5명으로 늘어났다. 기존 사원이었던 윤정규와 한여옥에다 박윤선, 고재규 둘이 증원되었기 때문이다.

대림동의 돼지갈비 식당 안.

구석 쪽 칸막이가 있는 자리에 다섯이 둘러앉았다.

고재규는 26세.

입사 1년 차로 국내영업본부에서 근무하다가 무역부로 전출되었다. 영전이다. 무역부 전출 희망자를 모집했더니 수십 명이 지원해서 경쟁률이 10 대 1이 되었다고 했다. 미혼.

박윤선도 22세.

미혼이었기 때문에 중동과는 과장 이하 사원까지 모두 미혼이다.

"자, 중동과의 미래를 위해서 건배."

소주잔을 든 이태진이 건배를 제의했다.

"그리고 우리들의 연애사업을 위해서도 건배다."

그러고는 이태진이 한 모금에 술을 삼켰다. 엉겁결에 모두 들고 있던 술을 삼키고 났을 때 역시 한여옥이 물었다.

"과장님, 갑자기 연애사업 이야기는 왜 꺼내시죠?"

이태진이 쓴웃음을 지었다.

민소정은 지금 인사동에서 기다리고 있을까?

염병.

2차로 근처의 카페로 옮겨갔다.

칸막이가 있는 방에 둘러앉은 다섯의 얼굴에는 모두 취기가 떠올라 있다. 이곳에서는 맥주를 마셨는데 떠들썩한 분위기다.

윤정규가 말이 많아지면서 시선이 자꾸 한여옥을 스치고 지나갔다. 박윤선은 주는 대로 다 받아 마시더니 눈이 반쯤 풀린 상태라 한여옥이 옆에 바짝 붙어 앉아있다.

한여옥은 말짱한 얼굴이다.

소주에다 맥주를 섞어 마셨지만 절반쯤이나 입안에 들어갔을까?

식당에서는 마시는 시늉만 했다. 술을 마시면 성격을 알 수가 있다.

이태진의 시선이 고재규에게 옮겨졌다.

“네 꿈이 뭐야?”

고재규가 바로 대답했다.

“지금 당장은 업무에 익숙해지는 것입니다.”

“대망(大望)이 있을 거 아냐? 난 대학 들어갈 때 에펠탑 같은 근사한 건축물을 짓는 건축가가 되고 싶었다.”

“무슨 말씀입니까?”

고재규는 술이 세었다.

이태진만큼 센 것 같았다. 소주를 세 병 반쯤 마신 것 같은데 시선이 또렷했고 억양도 분명했다. 취하면 아무리 노력해도 말이 느려지는 법이다.

정색한 고재규의 시선을 받은 이태진이 쓴웃음을 지었다.

“난 공대 건축과 지망이었단 말이야. 그런데 시험 원서를 접수하러 간 우리 어머니가 건축과 경쟁률이 센 것을 보고는 섬유공학과로 써낸 것이지.”

“아하.”

“그래서 이 신세가 되었다.”

“전화위복입니까?”

“그건 아직 알 수 없지.”

“운명 아닙니까?”

“어쨌든 내 꿈은 그렇게 비틀려졌어. 말 돌리지 말고 네 꿈을 말해봐.”

그때 듣고 있던 윤정규가 불쑥 말했다.

"난 축구선수가 되려고 했습니다. 그것이 말도 안 되는 꿈이라는 걸 진즉 깨닫고는 방향 전환을 했지요."

윤정규가 웃음 띤 얼굴로 이태진을 보았다.

"제가 중학교 때까지 축구를 했거든요. 믿어지십니까?"

"믿기지 않는데."

그때 고재규가 말했다.

"전 군인이 되고 싶었지요."

모두의 시선이 모였고 고재규가 뒷머리를 긁었다.

"그땐 군인이 힘이 세지 않았습니까? 밥 굶을 걱정도 없구요."

그렇지.

5·16 이후로 군인이 정권을 쥐었으니까.

이태진이 고개를 끄덕였다.

"내 꿈보다는 현실적이구나."

회식이 끝났을 때는 오후 10시쯤 되었다.

그동안 다섯은 원 없이 술을 마시고 대화를 나눴다.

지금 같으면 대화 도중에 스마트폰에 절반쯤 시간을 빼앗겼을 것이다. 편리한 만큼 빼앗기는 부분도 많은 것이 세상 이치다.

밤 11시 반.

오피스텔에서 이태진이 집으로 전화를 한다.

어머니가 전화를 받았다. 반색한 어머니가 묻는다.

"아이구. 집이냐?"

"그럼. 집이지. 어머니, 별일 없지?"

어머니한테는 언제나 반말이다.

"응. 너도 일 잘되지?"

"잘돼, 어머니."

"밥은 잘 먹고 다녀?"

"아, 그럼."

이것이 70년대 인사다.

그때 어머니가 말했다.

"네 아버지가 만날 술 먹고 술주정하는 바람에 못 살겠다."

"왜? 무슨 일 있어?"

"이제는 만나는 사람도 없어서 그런가 봐. 내가 화풀이 대상이야."

어머니의 목소리가 낮아졌다.

"네 아버지는 친구가 없어. 그것이 문제야."

"…."

"친구들이라도 있어서 만나서 스트레스를 풀든지 해야지. 집에서 나만 들볶으니. 세상에."

"…."

"자기 잘났다고 자존심 세우다가 친구 다 떨어졌고 오히려 적이 되었지. 네 아버지 친구들은 모두 일본 놈들이야. 일본에 있어."

이태진이 전화기를 바꿔 쥐었다.

그렇다.

아버지는 아직도 일본에 대한 향수가 남아있다.

현실에 대한 불만이 정부, 정치로 옮겨지는 것을 어릴 적부터 목격했다.

어렸을 적, 박정희가 5.16 혁명을 일으켰을 때다.

학교에 가려고 가방을 챙기던 이태진은 갑자기 아버지가 '미친' 것을 보았다. 마루에 선 아버지가 두 손을 치켜들고 만세를 부르는 것이었다.

"만세! 만세! 대한민국 만세!"

만세를 부르는 아버지를 뒤로 하고 이태진은 집을 나왔다.

만세를 부른 이유는 곧 밝혀졌다.

박정희가 쿠데타를 일으켰다는 것이다. 중학교 1학년이었던 이태진은 아버지가 박정희하고 친한 줄 알았다. 그래서 아버지가 저렇게 만세를 불렀겠지.

그 후로 16년 동안 박정희가 대한민국을 통치해온 것이다.

1961년부터다.

아버지는 그때 5월 16일 만세를 부른 후에 지금까지 한 번도 만세를 부르지 않았다.

그 이유는 알 수 없다.

아버지 형편이 펴지지 않았기 때문일까?

"아버지 주무셔?"

이태진이 묻자 어머니가 한숨부터 쉬었다.

"그래. 술주정을 하다가 지금 잔다."

오늘은 어머니의 하소연을 들어주는 날이 되었다.

오마르한테서 추가 오더가 왔다.

150만 불.

1차분 105만 불에 이어서 255만 불의 오더가 되었다.

작년 대영산업의 전체 수출액이 220만 불이었으니 중동과가 회사 전체의 수출량을 넘어버린 것이다.

대영산업 무역부는 7개 과(課), 38명의 직원이 있다.

중동과 인원은 5명.

대영산업은 올해 목표를 250만 불로 설정했다가 이태진이 105만 불 신용장을 받아오는 바람에 350만 불로 수정했다.

목표 대비 40퍼센트 성장한 실적이다.

그것이 다시 400만 불이 되었다.

이러니 회사가 난리가 날 수밖에. 중동과가 전체 무역부 실적의 2배를 채웠으니.

실적이 모든 것을 대변한다.

사회생활의 진리다.

"잘했다."

회장실로 불려간 이태진에게 정병현이 칭찬했다.

회장실 안에는 사장 안석호, 무역부장 최재일까지 모여 있었는데 정병현이 부른 것이다. 그래서 공개적인 칭찬이 되었다.

의도적이다.

정병현이 말을 이었다.

"이건 누가 뭐래도 위대한 실적이야. 회사 목표를 두 배로 신장시키다니. 정부에서라면 훈장을 주었을 거야."

정병현이 상기된 얼굴로 안석호를 보았다.

"그렇지 않나?"

"예, 회장님."

안석호가 대답했지만 굳어진 표정이다.

"사장은 어떻게 생각하나?"

"예? 그것은…."

"이렇게 실적을 올렸는데 사기를 올려줘야겠다는 생각은 안 들어?"

"예, 그렇습니다."

"그렇다면 말해봐."

"상을 주는 것이."

"상?"

"예, 포상금을…."

"여기가 시장바닥이냐?"

"예?"

눈을 치켜뜬 정병현이 안석호를 보았다.

"우리가 지금 야채 팔고 있어?"

"아닙니다."

"진급이라는 방법이 있지 않아?"

"예, 그렇습니다."

그때 정병현이 고개를 돌려 최재일에게 말했다.

"총무부장 오라고 해."

"예, 회장님."

벌떡 일어선 최재일이 방을 나가더니 금세 돌아왔다. 비서실에 연락한 것이다.

오마르의 2차 오더 150만 불 신용장이 도착한 날 오후.

중동과장 직무대리 이태진은 과장(課長)으로 승진되었다.

특별승진이다.

무역부에서는 당연한 승진으로 여기는 분위기여서 놀라는 사람은 없다.

"축하."

다가온 오세영이 손을 내밀었을 때 이태진이 쓴웃음을 지었다. 오세영은 부서장급 중에서 맨 나중에 왔다. 손을 내민 이태진의 손을 오세영이 꽉 쥐었다가 놓았다.

민소정을 바라맞혔지만 오세영은 아무 말도 안 했다.

그 후로 오늘 처음 말을 하는 셈인데.

"고마워."

"앞으로 과장님, 해야 되나?"

"해야지."

그때 오세영이 잠자코 몸을 돌렸다.

다른 사람은 몰라도 오세영은 창자가 꼬이지는 않았을 것 같다.

과장 진급 축하파티는 하지 않았다.

기존 과장들은 바쁜 시늉을 했고 대리급 셋은 날짜만 잡으라고 했지만 건성이었다. 과원들과는 어제 회식을 했기 때문에 다음 기회로 미뤘다.

그런데 퇴근 시간이 다 되었을 때 직통전화가 왔다. 과장급 이상은 직통전화가 설치되어 있다.

"예, 중동과장 이태진입니다."

이태진이 응답했을 때 곧 정예은의 목소리가 울렸다.

"나야. 축하해."

회사로는 거의 전화를 안 했던 정예은이다.

"아, 고마워."

"내가 어떻게 알게 되었는지 모르지?"

정예은이 말을 이었다.

"아버지가 나한테 연락을 했어, 오후에."

"…."

"자기가 과장 진급했다고 말야."

"그래?"

이태진이 심호흡을 했다.

그렇다면 회장이 자신을 미래의 사윗감으로 찍어 놓은 것일까?

정예은이 말을 이었다.

"나한테 축하 전화를 해주라고 했어."

"이런."

"어때? 감상이?"

"이제야 실감이 나는 것 같아."

"흥. 그래?"

정예은의 목소리에 웃음기가 섞였다.

"오늘 술 많이 마셔?"

"아니. 그냥 집에 갈 거야."

"웬일이야? 승진 축하파티도 안 하고?"

"다음에 하기로 했어."

"그럼."

잠깐 뜸을 들였던 정예은이 물었다.

"내가 집에 갈까?"

"오늘?"

"응. 현이 데리고."

"가능해?"

"사촌 언니 집에 간다고 하고 거기로 가는 거지. 전에도 몇 번 현이하고 자고 왔으니까."

"손발을 잘 맞춰야 하는데."

"걱정 마."

정예은이 들뜬 목소리로 말했다.

"내가 8시까지 갈게."

이태진이 집에 도착했을 때는 7시 반.

옷을 갈아입고 났을 때 문이 열리더니 정예은이 들어섰다. 정예은도 키를 가지고 있다.

"아유, 힘들어."

정예은은 현이를 업고 두 손에 비닐 가방을 들었다. 이태진이 가방을 받아 들었다.

묵직하다.

"아니, 이게 뭐야?"

"내가 가져오려고 미리 준비해놓은 거야. 밑반찬이야."

비닐 가방을 탁자 위에 내려놓은 이태진이 업혀있는 현이를 받아 안았다. 깨어있던 현이가 순순히 이태진에게 안긴다.

가방에서 병에 담긴 반찬거리를 꺼내면서 정예은이 말했다.

"엄마 모르게 가져오느라고 혼났어."

"이런. 쌀도 좀 가져오지 그랬어."

"쌀?"

고개를 들었던 정예은이 곧 눈을 흘겼다.

그때 현이를 한 팔로 안은 채 다가간 이태진이 정예은의 뺨에 입을 맞췄다. 정예은이 이태진의 허리를 감아 안는다.

식탁 앞에서 셋이 엉켰다.

밤.

열린 창으로 도시의 소음이 들려왔다. 바람결에 매연이 섞인 도시 냄새가 났다.

방의 불은 꺼놓았지만, 어둠에 익숙해지자 사물 윤곽이 선명하게 드러났다.

이태진과 정예은은 침대에서 마주 보며 누워있다. 벽 쪽에는 현이가 잠들어 있다.

정예은이 입을 열었다.

"아버지는 우리 사이를 아는 것 같아."

이태진은 잠자코 정예은을 안은 팔에 힘을 주었다. 정예은의 숨결이 목을 훑고 지나갔다.

"어머니도, 진호도 몰라."

"좀 복잡하실 거야."

이태진이 말을 이었다.

"회장님 말이야."

"왜?"

"왜라니? 자기를 아끼기 때문이지. 또다시 상처를 받도록 하지 않으려는 거야."

"그래서?"

"신중하게 고려하시는 거야. 일단은 나하고의 관계를 인정은 하셨지만."

"그래서 자기는 어쩔 건데?"

"실력으로 인정받을 거야."

"자기 본심을 말해."

정예은의 눈빛이 강해졌다.

"나에 대한 감정."

"자기는 내 꿈이야."

"나하고 결혼하고 싶어?"

마침내 정예은이 물었다. 정예은의 시선을 받은 이태진이 허리를 당겨 안았다.

"그래. 할 거다."

그때 정예은이 이태진의 가슴에 입술을 붙였다.

"사랑해."

"자기는 행복해야 돼."

"난 자기만 있으면 돼."

정예은이 몸을 흔들어 이태진에게 바짝 붙었다.

"다른 거 다 필요 없어."

이태진이 정예은의 입을 맞췄기 때문에 말이 끊겼다. 방 안이 다시 거친 숨소리로 덮였다.

다음 날 오전에는 이태진이 신우상사로 출근했다.

신우상사는 함단의 에이전시인 것이다.

함단은 신우상사에 5백만 불 가까운 오더를 넘겨주었다.

물론 그 오더는 생산자에게 바로 T/S를 해주었지만 신우상사에는 3퍼센트의 수수료가 떨어진다.

검사, 선적일자 체크, 보증 역할에 대한 대가다.

"동국상사 수수료가 입금되었어."

정경호가 서류와 통장을 내밀면서 말을 잇는다.

"이달 말까지 140만 불 선적시켰고 4만 2천 불이 입금되었어."

이태진이 고개를 끄덕였다.

소공동의 사무실 안이다. 30평 규모의 사무실에는 정경호를 포함해서 직원 4명이 근무하고 있었는데 2명은 검사원이다.

"검사를 철저히 해야 돼. 문제가 발생하면 우리 책임이야."

이태진이 정색하고 말했다.

"검사원이 돈 받고 물건 그냥 내보냈다가 회사 망한 경우도 있어."

"그래서 내가 직접 검사 나갈 때도 있어. 검사원들한테는 각서를 받았고."

그러나 각서 썼다고 검사원한테 책임을 넘길 수는 없다. 회사가 책임을 져야 한다.

아직 그런 문제는 발생하지 않았지만 마음을 놓을 수는 없다.

이태진은 신우상사에 믿을 만한 심복을 심어놓아야겠다는 마음을 굳혔다.

정경호는 관리에 뛰어나지만 유순한 성품이다. 믿음직한 관리자다.

그러나 이곳에서는 강한 성격의 심복이 필요하다.

아버지가 언젠가 그랬다.

"믿을 놈은 너 자신뿐이다."

그게 무슨 내용인지 아직 실감한 적은 없지만, 32년 더 산 아버지다.

경험에서 우러나온 교훈이겠지.

신우상사는 오마르 오더의 에이전시로 만들어놓았기 때문에 오전을 그곳에서 보낸 것도 회사 일이다.

오후에 사무실로 들어온 이태진에게 최재일이 다가와 말했다. 이제는 부르지 않고 다가와서 말한다.

"이 과장, 사원 둘 배정되었으니까 면접을 봐."

"면접 봐서 탈락시킬 수도 있는 겁니까?"

"그건 어렵겠는데."

테이블에 두 손을 얹은 최재일이 상반신을 굽혔다. 그러고는 낮게 말했다.

"야, 주는 대로 먹어. 건방 떨지 말고."

"해본 소립니다, 그냥."

"널 시기하는 놈들이 둘러싸고 있다는 걸 명심해."

"압니다."

몸을 더 숙인 최재일이 말을 잇는다.

"언제 술 한잔하자."

최재일은 이태진에 대한 회장의 반응을 목격한 후로 대우가 이렇게 달라졌다.

이것이 현실이다.

충원된 사원 둘은 김태식, 최상호인데 1년 차로 고재규와 동기들이다.

그들도 국내영업본부에서 선발되었는데 경쟁이 치열했다고 들었다.

요즘은 수출 붐이 일어난 상황이라 수출부 인기가 좋은 것이다. 특히 중동과는 엄청난 오더를 받아서 회사 매출을 몇 배로 올려놓은 부서다. 지원자가 몰린 것은 당연했다.

과(課) 회의.

퇴근 무렵에 회의실에 7명이 모였다.

이태진과 한여옥, 둘로 시작했던 중동과(中東課)다.

둘의 인사를 받은 이태진이 한여옥과 윤정규를 돌아보며 말했다.

"처음이 중요하니까 교육 잘 시켜."

이태진이 고개를 돌려 둘을 보았다.

"중동과가 잘나간다고 들었겠지만 긴장해야 될 거다."

정색한 이태진이 말을 이었다.

"우리는 앞으로 몇십 배 더 성장할 계획이니까 낙오하지 말도록 해."

그러고는 이태진이 자리에서 일어섰다.

"회식 안 해요?"

자리에 앉아있는 이태진에게 한여옥이 다가와 물었다.

한여옥은 이제 영업직에다 사수다. 반년 전에는 서류업무만 담당했고 영업직 사수는 이태진이었다.

그때 이태진이 목소리를 낮추고 말했다.

"비자금 노출시키지 마."

리베이트 문제다.

한여옥이 고개를 끄덕였다. 눈에 웃음기가 있다.

"절 어린애로 아세요? 무역부 근무 5년이에요."

주위 자리가 비었지만 이태진은 목소리를 낮췄다.

"아직 윤정규한테도 알려주지 않았어. 너만 알고 있는 거다."

"알겠습니다."

"회식은 나중에. 기반 좀 잡으면."

몸을 돌리는 한여옥의 뒷모습을 보면서 이태진은 문득 '비밀의 공유'는 약점이 될지 모른다는 생각을 했다.

토요일 오후 5시 무렵.

충청북도 옥천의 작은 교회 앞에서 택시가 멈춰 섰다.

택시에서 내린 사람이 이태진이다.

토요일 오전 근무를 마치고 기차로 대전까지, 대전에서는 버스로, 옥천 버스터미널에서 이곳까지 택시로 온 것이다.

옥천읍에서 영동 쪽으로 4킬로쯤 떨어진 작은 마을 앞 교회다. 교회는 50평쯤 되는 시멘트 건물이었는데 문 앞에서 서너 명이 왔다 갔다 했다.

안으로 들어섰더니 7, 8명의 남녀가 모여 있다가 일제히 이쪽으로 시선을 주었다.

그때,

"왔구나!"

외침 소리가 교회당을 울리더니 박기만이 다가왔다. 활짝 웃는 얼굴이다.

이곳이 결혼식장인 것이다.

다가온 박기만이 이태진의 손을 두 손으로 감싸 안았다. 이태진의 눈빛만 조금 더 부드러웠다면 껴안았을 것이다.

교회당 안쪽에 대기실이 있다.

목사용 공간이다.

이태진을 데리고 목사실로 들어선 박기만이 안쪽에 앉아있는 여자를 소개했다. 그 옆에도 여자 하나가 서 있다.

"여기, 내 신부야."

그때 여자가 자리에서 일어섰다. 갸름한 얼굴의 미인이다. 박기만이 이태진을 소개했다.

"내가 말했던 친구, 이태진이야."

"축하합니다."

이태진이 인사하자 여자 얼굴이 붉어졌다. 그러고 보니 화장도 안 한 얼굴이다. 쇼트커트 머리에 흰색 투피스 정장 차림으로 단화를 신었다. 단정한 모습이다.

"감사합니다. 먼 길을 오셨네요."

"와야지요. 내가 스폰서인데."

"말씀 많이 들었어요."

여자의 얼굴에 웃음기가 떠올랐다. 옆에 서 있던 여자가 시선을 주었는데 친구인 것 같다.

결혼식에 모인 가족, 하객은 12명이다.

박기만은 어머니와 외삼촌 부부가 가족으로 참석했고 친지는 이태진뿐이다.

나머지는 박기만의 신부 유영미의 하객이다.

목사는 유영미 가족과 친밀한 관계인 것 같았다.

결혼식은 20분도 안 되어서 끝났는데, 모두 박기만이 수배 중인 것을 알고 있기 때문이다.

교회 안쪽의 목사 사택에서 피로연 겸 저녁 식사 자리가 준비되었다.

맛도 없는 곰탕을 서너 번 떠먹고 난 이태진이 대기실로 들어갔다. 대기실에 박기만 부부가 있었기 때문이다.

"밥 다 먹었어?"

박기만이 물었지만 이태진이 잠자코 주머니에서 봉투를 꺼내 유영미에게 내밀었다.

묵직하게 보이는 종이봉투다.

눈만 크게 뜬 유영미에게 이태진이 말했다.

"축의금이 아닙니다. 생활비 가져왔습니다. 2백만 원입니다."

유영미의 얼굴이 하얗게 굳어졌고 이태진이 앞에 봉투를 놓았다.

"앞으로 기만이를 보살펴 주셔야 할 테니까 제수씨한테 드립니다."

박기만은 숨을 죽였고 이태진이 말을 이었다.

"도망 다닐 때 조금씩 떼어주시고 생활비로 쓰세요. 절대로 이놈한테 크게 떼어주지 마세요. 술이나 처마실 테니까요."

그러고는 이태진이 박기만에게 손을 내밀었다.

"나 간다. 잘 살아라."

박기만이 이태진의 손을 두 손으로 감싸 쥐었는데 눈이 흐려져 있다.

교회에서 아래쪽으로 3백 미터쯤 떨어진 곳에 버스정류장이 있다.

오후 6시 반.

버스정류장에 선 이태진이 버스를 기다리고 있다. 정류장에는 노인 둘이 지친 표정으로 나무 벤치에 앉아있다.

그때 어둠 속에서 여자 하나가 다가왔다. 다가온 여자가 이태진을 향해 머리를 숙여 알은체했다.

유영미의 친구다. 유영미도 친구 하나만 참석했다.

여자가 잠자코 옆쪽에 섰기 때문에 이태진도 버스가 오는 방향만 보았다.

이미 산골은 짙은 어둠이 덮여서 가끔 지나가는 차량의 불빛이 정류장을 밝히고 갈 뿐이다.

이윽고 버스가 도착했다.

버스 자리가 많이 비어서 이태진은 뒤쪽 빈자리에 앉았다.

여자는 앞쪽의 빈자리에 앉는다.

한 칸 떨어진 자리다.

파마한 머리가 어깨에 닿았고 은색 재킷에 바지 차림이다. 아직 이름도 모르고 말도 나누지 않았다.

유영미의 친구라니 운동권이겠지.

버스가 옥천 버스터미널에 도착했을 때는 오후 7시 10분이다.

여자도 같이 내렸는데 주춤대더니 이태진의 뒤를 따라온다. 그래서 마침내 이태진이 걸음을 멈추고 여자에게 물었다.

"어디로 갑니까?"

"서울요."

맑고 울림이 강한 목소리다.

고개를 끄덕인 이태진이 그제야 눈앞에 선 여자의 얼굴을 자세히 보았다.

키는 167쯤 될까?

날씬한 체격. 계란형 얼굴이다. 넓은 이마. 쌍꺼풀이 없는 눈. 맑은 피부.

이태진의 시선을 받은 여자가 눈꼬리만 조금 내리고 웃었다.

말수가 적은 여자다.

그래서 이태진도 용건만 말했다.

"같이 갑시다."

여자는 고개만 끄덕였다.

그런데 대전행 버스는 8시 반에 출발이다.

한 시간 넘게 기다려야 한다.

이태진이 여자에게 말했다.

"여기서 대전까지 택시로 가십시다."

여자가 눈만 깜박였기 때문에 이태진이 말을 이었다.

"대전에서 서울 가는 특급이 8시 반 출발이니까 그걸 타십시다."

여자가 입을 반쯤 벌리더니 다시 고개를 조금 끄덕였다.

택시 운전사는 반색하더니 대전까지 1만 원을 불렀다.

버스요금이 대전까지 7백 원인 시대이다.

이태진이 그냥 받아들이려고 했을 때 여자가 말했다.

"안 되겠어요. 너무 비싸요."

"아니, 아가씨."

당황한 운전사가 여자를 보았다.

"올 때는 빈 차로 온단 말입니다."

"전에 2천 원씩 주고 합승으로 갔어요."

"그럼 8천 원만 주십시오."

"대전 택시는 5천 원이면 가는데 대전 택시 타겠어요."

이태진은 둘의 대화를 들으면서 처음으로 여자에게 관심이 일어났다.

여자 목소리가 듣기 좋기도 했다. 다투는 내용이었지만 이태진에게는 음악처럼 들렸다.

이윽고 여자가 7천 원으로 합의를 했고, 이태진이 고개를 끄덕였다.

"갑시다."

대전까지 가는 동안 다시 둘 사이에는 침묵이 덮였다.

뒷자리에 앉은 둘은 제각기 어둠이 덮인 창밖을 보았고 이번에는 이태진에게 이 정적이 어색하게 느껴졌다.

여자를 의식했기 때문이겠지.

차량 통행이 드물어서 포니 택시는 속력을 내었고 8시가 조금 지났을 때 대전역에 도착했다.

그동안 둘은 한마디도 말을 나누지 않았다.

# 6장 분가(分家)

대전역에서 내린 이태진이 앞장서 가더니 곧 서울행 티켓을 샀다.

여자는 이태진의 뒤에 서 있다가 손에 쥔 표 2장을 보더니 낮게 말했다.

"고맙습니다."

처음 만난 사람한테 인사하는 분위기다. 시선을 내리고 있어서 그늘진 표정이 되었다.

8시 반 특급열차 특실 표다.

둘은 곧 개찰구를 지나 열차에 탔다.

특실 좌석에 나란히 앉았을 때 이태진은 저절로 한숨이 뱉어졌다. 점심도 거른 데다 피로연에서 맛도 더럽게 없는 곰탕을 서너 술밖에 안 먹었지만 배도 고프지 않았다.

피곤했다.

그리고 옆에 앉은 이 여자가 슬슬 부담스러워졌다.

이름도 모르는 여자.

알고 싶지도 않았다.

이제 눈을 감고 자고 나서 서울역에 도착하면 헤어지는 거다.

통로 쪽에 앉은 이태진은 눈을 감았다.

그때 여자가 말했다.

"서재경이라고 합니다."

눈을 뜬 이태진이 여자를 보았다.

여자가 빤히 쳐다보고 있다.

잠이 확 달아난 이태진이 시선만 주었고 여자가 말을 이었다.

"짐작하셨겠지만 저도 운동권이구요, 영미하고는 친구죠. 한국대 경영학과 졸업했고 지금은 구로동에서 야학 교사를 하고 있어요."

"…."

"전 1년 형을 받고 나왔어요. 전과자죠. 하지만 기만 선배처럼 수배자는 아닙니다."

"…."

"그래서 제대로 된 직장은 못 다니고 구로동에서 먹고 자는 대가로 야학 교사로 일하고 있죠."

서재경의 두 눈이 번들거렸다.

말을 마친 서재경이 시선을 내리더니 입을 꾹 다물었는데 입술 끝이 희미하게 경련을 일으켰다. 한동안 그 입술을 보던 이태진이 고개를 돌렸다.

그때 열차가 덜컹거리더니 천천히 움직이기 시작했다.

특실에는 손님이 절반 정도 차 있었다.

조용하다. 옆쪽, 앞쪽 좌석도 다 비었다.

그런데 앞쪽으로 고개를 돌렸어도 서재경의 얼굴, 입술 끝이 눈앞에 영상으로 떠 있었다.

화장을 안 한 얼굴. 입술도 맨 입술이어서 세로로 가는 줄이 패였고 건조했다.

이태진은 다시 눈을 감았다.

가슴이 먹먹했고 입안이 마른 것도 느껴졌다. 그래서 속으로 혼잣말을 했다.

'답답하군.'

'답답한 여자야.'

'팔자가 드센 여자야.'

'교도소 밥까지 먹었으니 더럽게 된 것이지.'

그때 또 서재경이 말했다.

"영미가 울더군요."

눈을 뜬 이태진이 서재경을 보았다.

"돈 주고 가셨잖아요."

서재경이 말을 잇는다.

"그 돈이면 영미가 기만 선배하고 2년은 먹고 산다고 했어요."

"…."

"죽을 때까지 잊지 않겠다고 하더군요."

이태진이 잠자코 서재경의 입술을 노려보았다. 이제는 입술 끝이 떨리지는 않는다.

말을 마친 입술이 꾹 닫혀 있다.

그 순간 그 입술을 열어보고 싶은 충동이 일어났기 때문에 이태진은 고개를 돌렸다.

이제는 이태진이 말이 없는 대신 서재경이 조잘거린다.

말이 많은 여자인가?

다시 정적.

문득 어색해졌는지 서재경이 창밖만 보았고 이태진은 또다시 눈을 감고 의자에 머리를 붙였다.

그러나 이제는 머리만 무겁고 잠이 오지 않는다. 그래서 눈을 뜨고 싶었지만 참았다.

다시 서재경의 영상이 감은 눈 위로 떠오른다.

미모다.

처음 목사 대기실에 들어섰을 때부터 알았다, 안에는 유영미하고 같이 있었지만 서재경부터 눈에 들어왔으니까.

그러나 애써 지웠다.

박기만, 유영미와 함께 있다는 것은 같은 부류라는 의미였으니까.

저런 부류와 엮이면 좋은 일이 없다.

박기만 저 개 아들놈도 이런데, 여자 운동권이라니.

아니, 유영미의 친구라도 그렇다.

그래서 무시하고 나왔는데 버스정류장으로 쫓아오다니.

우연인지도 모르지만 어쩔 수 없이 여기까지 온 것이다.

그때 이태진이 눈을 뜨고 서재경을 보았다.

그 순간 이태진이 숨을 들이켰다.

서재경이 이쪽을 쳐다보고 있었다.

시선이 마주쳤지만 서재경은 태연했다. 그냥 쳐다보았다.

이태진이 헛기침을 했다.

"구로동에서 먹고 잔다고 했지요?"

"네."

서재경이 고개를 끄덕였다.

"선배 언니하고 둘이서요."

어깨를 으쓱한 서재경이 입고 있는 재킷을 눈으로 가리켰다.

"이 옷도 선배 옷을 빌려 입은 거죠."

"…."

"돈 없어서 1만 원 빌려서 왔어요."

"집은 어딘데요?"

"대구인데 안 간 지 몇 년 되었어요. 그러니까 내가 교도소에 들어갔을 때부터."

"남자 없어요?"

"있었는데 헤어졌어요."

"앞으로의 계획은?"

서재경이 입을 다물었기 때문에 이태진이 다시 물었다.

"독재정권 타도인가요?"

그때 서재경이 외면했다.

입 끝이 단정하게 닫혔고 무표정한 얼굴이다.

그것이 형사의 말에 묵비권을 행사하는 표정 같았다.

서울역에 도착했을 때는 오후 10시 반이다.

특급이지만 두 시간 남짓 걸렸다.

객차에서 내린 이태진이 서재경에게 물었다.

"포장마차에서 국수나 먹고 갈까요? 배가 고픈데."

"그래요."

서재경이 바로 고개를 끄덕였다.

"저도 곰탕 맛없어서 안 먹었어요."

"내가 안 먹은 것 아는 것 같네."

"보았어요."

둘은 걸어서 대우빌딩 뒤쪽 골목의 포장마차를 찾아가 들어섰다. 토요일 밤이어서 포장마차 안은 손님이 넷이나 앉아있다.

둘은 구석에 앉아 가락국수와 소주를 시켰다.

"아, 맛있겠다."

금세 국수가 놓이자 서재경이 탄성을 뱉더니 주머니에서 고무줄을 꺼내 파마한 머리를 뒤에서 묶었다. 그러고는 젓가락을 들었다.

힐끗 시선을 주었던 이태진도 국수를 먹기 시작했다. 배가 고팠기 때문이기도 했지만 국수는 맛이 있었다. 순식간에 국수 그릇을 비운 둘은 꼼장어 안주로 소주를 마셨다.

수주를 두 병째 시켰을 때다.

술잔을 든 서재경이 이태진을 보았다. 술기운이 오른 눈 주위가 붉어졌고 입술은 윤기가 흘렀다. 뒤로 묶은 머리 때문에 얼굴 윤곽이 선명했고 상큼한 목선이 드러났다.

"나 그만뒀어요."

"뭘 말요?"

"운동."

"전향한 건가?"

"뭐, 내가 대단한 존재도 아니고 조직에 속해있지도 않았으니까 그만두면 끝나는 거죠."

"성과도 없이 끝내?"

"성과는 많죠. 말하긴 그렇지만."

한 모금에 술을 삼킨 서재경이 말을 이었다.

"나머지는 기만 선배 같은 분한테 맡기고 난 일상으로 돌아가야죠."

"지친 것 같군."

"그동안 열심히 한 것으로 만족해요."

서재경의 잔에 술을 따라주면서 이태진이 물끄러미 옆모습을 보았다.

깨끗하다.

그때 이태진의 가슴에서 맹렬한 갈등이 일어났다. 그래서 심호흡을 해서 가슴을 가라앉혔다.

잠자코 술잔을 든 서재경이 고개를 돌려 이태진을 보았다.

어느덧 포장마차 안은 조용해져 있다. 손님들이 다 나간 것이다.

"오늘 고마웠어요."

"천만에. 당연한 일인데 뭐."

"기만 선배한테서 이야기 많이 들었어요."

"그놈은 입이 가벼워서."

"선배가 진정한 애국자라고 하시데요."

"지금 선배라고 했어요?"

"그럼 안 돼요?"

둘의 시선은 붙여진 채 떨어지지 않았다. 그때 이태진이 말했다.

"오빠라고 해."

"네, 오빠."

서재경의 눈이 초승달처럼 눕혀졌다. 고개를 끄덕인 이태진이 술잔을 들었다.

"그놈한테 투자한 보람이 있네."

"오빠 같은 친구는 드물죠."

"그런데 재경이는 계속 이렇게 살 거야?"

이태진이 정색하고 서재경의 위아래를 훑어보는 시늉을 했다.

"야학 일 하면서 언니한테 빌린 옷이나 입고 다닐 거야?"

순간 서재경의 얼굴이 새빨개졌다. 서재경이 시선을 떨구었기 때문에 이태진이 자리에서 일어섰다.

"자, 가자. 늦었어."

밤 11시 반이 되어가고 있다.

소주를 세 병 마셨기 때문에 포장마차를 나왔을 때 취기가 올라왔다.

골목 앞에 선 이태진이 서재경을 돌아보았다.

"택시 타고 가."

주머니에서 1만 원 지폐를 꺼낸 이태진이 내밀었다.

가로등 빛을 받은 서재경의 얼굴은 이제 창백했다.

"버스 막차 있어요."

"받아."

이태진이 지폐를 서재경의 재킷 주머니에 쑤셔 넣고는 몸을 돌렸다가 멈췄다. 그러고는 숨을 고르고 나서 묻는다.

"너, 나하고 여관방에 갈래?"

서재경이 눈도 깜박이지 않고 쳐다보았기 때문에 이태진이 바짝 다가섰다.

"싫으면 관두고."

"…."

"그래. 술기운에 이러는 거야."

서재경을 굽어보던 이태진이 고개를 끄덕였다.

"알았다. 그럼."

이태진이 몸을 돌렸을 때 서재경이 말했다.

"같이 가요."

그렇다.

여러 번 생각이 바뀌었다.

자제력이 강한 편인 이태진이다. 그렇지만 혼란스러웠다.

정예은에 대한 죄책감도 거의 일어나지 않았다.

운동권에 대한 이태진의 선입견은 존경과 경멸이 각각 절반씩 섞인 상태라고 봐도 될 것이다. 그것은 박기만의 영향이 컸다.

서재경한테도 그것이 작용되었는데 결국 손을 내밀어버렸다.

이것이 무슨 마력인지 아직 알 수 없다.

다만 이태진 식으로 이유를 찾기는 했지.

여관방?

그거야 이태진의 전문 분야 중 하나지.

여자에게 맞춰 벗고, 씻고 또는 씻고, 벗고, 침대에 오르는 것.

상황에 맞는 대화, 테크닉.

서재경은 수동적이었지만 어긋나지는 않았다. 잘 호응했다. 그리고 달아올랐다. 입술도 열어주었는데 진심이 느껴졌다. 행동에 꾸민 것이 드러나지 않았다. 마음과 몸이 일체가 되었다는 증거다.

끝났을 때 조용히, 거칠지 않게 일어나 씻고 나오더니 따뜻하게 적신 물수건을 이태진에게 내밀었다.

이 장면이 다소 전문적이어서 이태진은 오히려 가슴이 서늘해졌지만 금세 감동으로 바뀌었다.

전문적이 배려심으로 바뀐 것이지.

눈에 뭐가 씌었었는지, 원.

이제 껴안고 마주 보고 누워있는 것도 어색하지 않다.

서재경은 몸을 딱 붙인 채 두 손으로 이태진의 허리를 감아 안고 있다. 얼굴을 이태진의 가슴에 붙이고 있는 자세다.

"야학한 지 얼마나 돼?"

이태진이 묻자 서재경의 입술이 가슴에서 달싹거렸다.

"6개월요."

"먹고 자고 한다고 했지?"

"네. 한 달에 후원회에서 3만 원씩 받아서 그 돈으로 용돈 써요."

"다른 데 취직은 안 돼?"

"안 돼."

"원서 내봤어?"

"6개월간 한 60군데."

서재경이 다리를 들어 이태진의 하반신을 감아 안았다.

"오빠, 나 남자관계는 안 한 지 오래됐어. 교도소에 있을 때부터니까 한 3년 되었어."

"그전에는 무지 많이 한 것 같던데."

"몇 번 안 돼."

고개를 든 서재경이 눈을 흘겼다.

"내 몸이 그런 거야. 오빠 때문에."

"너 월요일에 나 만나자."

"왜?"

"일요일까지 야학 정리할 수 있지?"

"왜?"

"아, 글쎄. 대답이나 해."

"갈 데 있다면 오늘이라도 정리하지."

"내일이 일요일이니까 네 자취방 하나 알아봐."

"왜?"

이태진이 서재경의 엉덩이를 움켜쥐었다. 세게 쥐었기 때문에 서재경이 비명을 질렀다.

"대답부터 해. 자취방 얻을 수 있어?"

"돈만 주면 구로동에 많아."

"신촌 쪽으로 알아봐."

"거긴 내가 대학 다니던 곳이라 자취방 많아. 금세 알아볼 수 있어."

"그럼 내일, 아니 오늘이군. 오늘 자취방 알아보고 월요일에 다시 만나자. 그리고 화요일부터 회사 출근하는 거야."

"그렇게 빨리? 어딘데 오빠?"

"오퍼상이야. 월급은 한 달에 25만 원쯤 받으면 되겠지?"

이제는 서재경이 시선만 주었다.

윤정규, 한여옥도 그 정도 받는다.

"하지만 너하고 나 사이는 비밀이야. 너 운동권 출신이라 그쯤은 일도 아니겠지?"

신우상사다.

신우상사에 믿을 만한 심복을 심어두기로 했었다.

열차 타고 서울로 오면서, 포장마차에서 슬슬 그것이 마음속에 굳어졌던 것이다.

일요일 아침.

여관에서 헤어지면서 이태진이 지갑에서 돈을 꺼내 서재경에게 내밀었다.

30만 원이다.

"이 돈으로 자취방 계약금 내. 모자란 돈은 월요일에 줄 테니까."

서재경이 두 손으로 돈을 받더니 고개를 들었다. 눈에 눈물이 가득 고여 있다.

"고마워, 오빠."

그 순간 눈물이 주르르 흘렀다.

"내가 갑자기 신데렐라가 된 것 같아."

"난 왕자 아니야."

"신세 갚을게."

"배신하지 마."

"응?"

놀란 듯 서재경이 눈을 크게 떴다. 그때 남았던 눈물이 다시 떨어졌다.

"무슨 말야?"

"열심히 하란 말야."

그때 서재경이 이태진을 부둥켜안았다. 세게 안더니 한동안 떨어지지 않았다.

일요일 오후.

오피스텔로 전화가 왔다.

제다의 오마르다.

서울 시간은 오후 4시. 제다는 오전 10시다.

"할로우, 마이 브라더."

오마르가 소리치듯 불렀다.

부지런한 오마르는 지금 사무실에 나와 있는 것이다.

"리, 지금 뭐 하고 있나? 내가 쉬는데 방해하는 거 아냐?"

"아냐. 혼자 있어. 괜찮아."

"신용장 받았지?"

"오, 인수했어. 고마워, 오마르."

"리, 제다에 와서 나하고 앞으로의 사업계획을 세워야겠어."

"그러지 않아도 갈 예정이었어."

"빠를수록 좋아. 언제 올 수 있나?"

"다음 주에 가지."

"오케이. 기다릴게."

오마르가 활기찬 목소리로 말을 잇는다.

"할 일이 많아, 리."

"당연히. 준비해서 갈게."

이태진의 목소리도 활기에 떠 있다.

오후 6시에 아버지한테서 전화가 왔다.

지난번 밤에 어머니하고만 전화를 했었는데, 아버지가 대뜸 물었다.

"지난번에 전화했었다면서?"

"예, 아버지. 그냥 한 겁니다."

"별일 없냐?"

"예, 잘 돼요."

"네 엄마가 너 기다리던데."

어머니 이야기를 하는 걸 보면 옆에 어머니가 없는 모양이다.

"무슨 일인데요?"

"아마도 네 결혼 때문에 그러는 것 같다."

"생각 없다고 여러 번 말했는데."

짐작이 갔다.

아버지 쪽 사돈의 8촌쯤 되는 여자, 그 여자의 딸이다.

아버지는 그 딸을 염두에 두고 앞에다 어머니를 내세운 것이지. 물론 어머니도 그 아줌마하고 친해서 서로 언니, 동생 사이로 지낸다. 어머니가 언니뻘이고.

아버지가 헛기침을 했다.

"결혼할 거면 빨리 하는 게 낫다."

또 그 소리.

아버지가 말을 잇는다.

"가정을 이룬다는 게 처자식을 돌본다는 책임감을 길러주는 거야. 그것이 사회생활에도 도움이 된다."

문득 정예은의 얼굴이 떠올랐다.

아이가 있는 회장 딸.

정예은을 내세우면 아버지는 어떤 반응을 할까?

그때 아버지가 헛기침을 했다.

"너 청주 아줌마 알지?"

"예, 압니다."

"그 집 딸이 있다는 말도 들었지?"

"들었어요."

"그 딸이 참하다. 한번 만나보기나 해봐라. 만나고 나서 싫으면 그만둬도 돼."

"그렇게 상처를 줄 바에야 지금 결정하지요. 싫어요."

"…."

"저 만나는 여자 있습니다. 결혼은 나중에 하겠지만요."

"그러냐?"

"예, 결혼할 때는 당연히 데리고 가서 보여드리죠."

"알겠다."

"미안합니다, 아버지."

"아니, 괜찮다."

"어머니한테도 말씀드릴게요."

"알았다."

아버지가 전화를 끊었기 때문에 이태진이 심호흡을 했다.

결혼소동은 끝났다.

앞으로 스트레스는 받지 않을 것이다.

월요일 오전.

신우상사로 출근한 이태진이 정경호에게 말했다.

"사원 하나를 채용해. 여잔데 직장 경험은 없어."

그러자 정경호는 고개부터 끄덕였다.

"알았어. 마침 관리직이 필요한데, 잘되었어."

회사 운영을 전적으로 이태진이 맡고 있는 터라 이견이 있을 리가 없다. 더구나 검사원 관리직이 절실한 상황이다.

정경호가 물었다.

"어디 출신이야?"

"한국대 경영학과 졸업했어."

"어이구, 그만하면 훌륭하지."

한국대는 일류다. 대한민국 3대 대학에 포함된다.

이태진이 말을 이었다.

"그냥 입사원서만 받아. 다른 서류는 받을 필요 없고."

"알았어."

"내일 오전에 너한테 연락하고 가라고 할 테니까."

그러고는 이태진이 자리에서 일어섰다.

신우상사를 나온 이태진이 소공동의 커피숍에 들어섰을 때는 오전 11시다.

안에서 기다리던 서재경이 웃음 띤 얼굴로 이태진을 맞았다.

앞쪽에 앉은 이태진이 서재경을 보았다.

서재경은 하루 사이에 달라졌다. 흰색 블라우스에 바지 차림으로 환하다. 얼굴도 더 말끔해졌다. 입술의 세로줄도 없어졌고 윤기로 반들거린다.

이태진이 눈이 부신 표정으로 서재경을 보았다.

"방 얻었어?"

"네. 얻었어요. 짐까지 다 옮겼어요."

서재경이 바로 대답했다.

"보증금 20에 월세 3만 원. 한 달 치 선금까지 냈어요."

"잘했다."

"신촌역 근처인데 대학생들 전문 월세집이라 깨끗하고 분위기도 좋아."

고개를 끄덕인 이태진이 명함을 내밀었다. 정경호의 명함이다.

"여기야. 회사가 소공동 조선호텔 근처니까 내일 오전 10시에 찾아가. 기다리고 있을 거야."

명함을 받은 서재경이 조심스러운 표정이 되었다.

"그냥 찾아가요?"

"근처에서 전화하고 찾아가는 게 낫겠지."

이태진이 말을 이었다.

"사장까지 직원 4명인 회사야. 넌 관리직으로 채용될 거야."

"오퍼상이라면서요?"

"그래. 그런데 그 회사는 내가 사주(社主)나 마찬가지야."

이태진이 신우상사의 내역을 설명하는 동안 서재경은 숨을 죽이고 들었다. 이윽고 말이 끝났을 때 서재경이 고개를 끄덕였다. 얼굴에 웃음이 떠올라 있다.

"이제 알았다."

"이해가 가니?"

"오빠가 실세구나."

"네가 알고 있다는 말, 정 사장한테 내색하면 안 돼."

"근데 정 사장님도 기만 선배하고 친구인가요?"

"동창이지만 서로 이름만 아는 사이야. 정경호는 공부 잘해서 서울 상대 들어간 놈이고 박기만은 중간 성적인 데다 같은 반도 아니었어."

"근데 오빠는 양쪽 다 친한 사이군요."

"그러니까 이렇게 되었지."

"그럼 난 오빠하고 어떤 관계라고 하죠? 궁금해 할 텐데."

"그대로 말해. 박기만 후배로 운동권이고, 박기만 결혼식에서 만났다고."

이태진이 정색하고 서재경을 보았다.

"운동하다 전과자가 되는 바람에 취업을 못 했는데 내가 주선해주었다고."

"…."

"거기까지만 밝히고 나머지는 비밀이다. 진실과 거짓이 반쯤 섞여야 더 믿을 만해지는 거야."

"오빠."

이태진의 시선을 받은 서재경이 얼굴을 펴고 웃었다.

"저, 잘할게요."

"잘해야지."

손목시계를 본 이태진이 자리에서 일어섰다.

회사에 들어갈 시간이다.

대영산업.

"다음 주에 출장이야."

윤정규와 한여옥을 회의실로 부른 이태진이 말했다.

"오마르하고 내년 오더 일정을 상의해야 돼."

"며칠간 가시는데요?"

한여옥이 물었다.

요즘 한여옥은 생산 체크하느라고 정신이 없다. 조수인 김태식과 함께 노상 공장을 돌아다닌다.

"2주일 예정이지만 업무에 차질은 없을 거야. 매일 전화로 업무 파악을 할 테니까."

이태진이 말을 이었다.

"올해에는 250이지만 내년에는 500이상이다. 너희들 둘만 알고 있도록 해."

순간 둘이 숨을 들이켰다.

회사는 목표 대비 실적으로 엄격히 평가하고 있다. 목표는 시장 상황과 전년도 실적을 기준으로 회사에서 설정해주는 것이다.

중동과는 6만 5천 불.

올해 목표는 회사에서 예의상 10만 불로 설정해놓았다가 현재 신용장만 받은 금액이 258만 불이다.

굳이 퍼센트로 계산할 필요 없이 25.8배 성장이다.

전대미문 표현도 부족하다. 전설의 시작이라고 말해야 옳다.

이태진이 둘을 번갈아 보았다.

"이건 비밀이야. 너희들을 위해서라도 납작 엎드려 있는 것이 이로워. 난 시장 조사하러 나가는 것으로 보고할 테니까."

둘이 동시에 고개를 끄덕였다.

매달 목표 대비 실적에 대한 포상금이 지급되는 것이다. 그래서 각 과(課)는 가능한 한 목표를 줄이려고 로비까지 한다.

목표가 적을수록 실적이 좋아지기 때문이다.

"오, 그래? 가야지."

최재일이 제 돈으로 출장 보내는 것도 아니면서 호쾌하게 동의했다. 회장실에서 이태진의 진급 결정을 목격한 후부터 최재일은 이태진의 우군이 되어 있다.

"며칠간 가는 거야?"

"2주일 예정입니다. 시장조사에 시간이 좀 걸릴 것 같아서."

"그런데 내년은 얼마 예상이야?"

"올해 실적만큼은 해야겠죠."

"으음. 250이란 말인가?"

"노력해보겠습니다."

최재일이 고개를 끄덕였고 이태진이 몸을 돌렸다.

이 목표는 바로 사장한테 전해질 것이었다.

사장은 곧 회장한테 보고하겠지.

고재규는 1년 차지만 김태식, 최상호보다 두 달 빨리 중동과에 편입되었다.

고재규도 국내영업본부 출신이어서 제품에 대한 기본 교육은 받은 상태다.

처음 중동과에 편입되었을 때 이태진이 몇 번 일을 시켰더니 뒤처리가 깨끗했다. 모르는 것은 두 번, 세 번까지 물어서 확인했고 행동의 낭비가 없었다. 두 번 걸음 하는 일이 없다는 뜻이다.

그리고 가장 마음에 드는 것이 신중했고 입이 무거웠다.

출신지는 서울.

국동대 졸. 입사 성적은 중간. 군필. 177센티에 다부진 체구. 입술이 좀 두텁고 눈이 작아서 잘생긴 얼굴은 아니지만 듬직했다.

그런 이유로 이태진은 고재규를 검사 담당을 시켰다.

검사 담당은 가장 힘든 업무다.

중동과 오더를 생산하는 공장이 22개나 되는 데다 지방에 흩어져 있어서 거의 하루걸러 출장이다. 기혼자라면 감당하지 못했을 것이다.

그렇게 두 달쯤이 지나고 난 후에 김태식, 최상호가 다시 충원되었다.

그런데 그동안 고재규는 두 달 동안의 검사역 효과가 확연하게 드러났다. 그래서 자연스럽게 과장 조수가 되어서 윤정규, 한여옥과 급수가 비슷하게 보였지만 서열은 낮다.

"드릴 말씀이 있습니다."

샘플실에서 출장용 샘플을 체크하고 있는 이태진에게 다가온 고재규가 말했다.

오후 4시 반이다.

이태진이 눈으로 앞쪽 의자를 가리키자 고재규가 자리에 앉는다.

이태진이 고재규를 보았다.

"무슨 일이냐?"

"동일섬유에서 중간검사를 했는데 불량이 7퍼센트나 나왔습니다. 숙련공이 18명이나 빠져나가서 문제가 많습니다."

"중간검사에서 7퍼센트면 사고야. 공원 현황은 어때?"

"178명 정원이었는데 33명이 빠져나가서 생산량에도 차질이 납니다."

"윤정규 씨는 뭐래?"

"밀고 나갈 수밖에 없다고 합니다."

"네 생각은?"

"사장이 밤마다 도박장에 나간다는 소문이 났습니다. 그래서 월급이 두 달이나 밀려있는 겁니다."

이태진이 고재규를 응시한 채 침묵했다.

이것은 윤정규가 처리해야 했다.

동일섬유는 임가공비를 다 지불했고 공원 임금을 제 때에 지급해야 했다.

동일섬유의 문제를 알게 된 것도 한 달 전, 고재규의 보고를 받았기 때문이다. 그래서 윤정규에게 해결하라고 지시했는데 더 악화되었다.

이태진이 입을 열었다.

"지금 동일에 걸려 있는 오더는?"

"윤정규 씨 담당 오더 DH-42 스타일이 생산 중이고, 이어서 DH-43 원부자재가 공급될 예정인데요."

"생산부에 연락해서 DH-43 원부자재 공급을 중지시켜."

"예, 과장님."

"DH-42 스타일은 현재 얼마나 생산되었지?"

"25,000장 중에서 17,000장 정도 생산되었습니다. 본래 선적 예정일은 이달 말인데 이 상태로는 2주일 이상 늦습니다."

"윤정규 불러."

마침내 이태진이 지시했다.

곧 샘플실로 들어선 윤정규가 앞쪽 자리에 앉으면서 물었다.

“동일섬유 문제지요?”

고재규한테서 들은 것이다.

이태진이 고개를 끄덕였다.

“DH-42가 2주일 이상 늦게 선적이 된다는군. 알고 있지?”

“기능공이 빠져나갔는데 곧 채운다고 합니다.”

“그걸 말이라고 하냐?”

이태진이 지그시 윤정규를 보았다.

“너 동일 최 사장한테 약점 잡힌 거 있어? 내가 무슨 말 하는지 알지?”

“지난달에 만났을 때 1백만 원 받았습니다. 나중에 가방을 열어봤더니 돈 봉투가 들어있어서….”

윤정규가 어깨를 늘어뜨렸다.

“면목 없습니다.”

“DH-43 원부자재는 공급하지 말라고 했다.”

“….”

“일단 DH-42는 그대로 선적시키기로 하지. 하지만 문제가 생길 경우에 대비해야겠어.”

이태진이 눈을 치켜떴다.

“넌 내일 아침에 출근하다가 쓰러지는 거야. 그래서 응급실로 들어가 입원하는 것으로 하자.”

“….”

“뇌일혈도 좋고 교통사고도 좋아. 그렇게 아침에 회사로 연락해.”

“….”

“너하고 나, 그리고 고재규하고 한여옥까지 넷만 알기로 하지.”

이태진이 길게 숨을 뱉었다.

"병원에 누워있는 너한테 약점 잡으려고 최 사장이 덤비지는 않겠지. 그동안 DH-42는 다른 공장의 숙련공을 투입시켜서 끝낸다."

그때 윤정규가 고개를 들었다.

"저는 언제 퇴원, 아니 다시 출근합니까?"

이번에는 4명의 회의.

샘플실에 넷이 모였을 때 이태진이 말했다.

"동일에서 사고가 났어. 기능공들이 대거 이탈, 두 달분 월급을 안 줬기 때문에 앞으로 더 나빠질 가능성이 많아."

윤정규는 고개를 숙였고 이태진의 말이 이어졌다.

"그렇다고 우리가 가불해줄 수는 없고. 현재 생산 중인 제품을 끝내려면 기능공이 몇 명쯤 더 있어야 될까?"

그러자 고재규가 대답했다.

"30명이면 되겠습니다. 현재 18명이 빠졌지만 더 나갈 수도 있으니까요."

"그럼 기능공 30명에다 포장, 아이롱 기능공까지 10명을 추가해서 40명을 모아."

그때 가만있던 한여옥이 물었다.

"동일섬유 근처의 한성, 유진, 대진에서 모으는 게 낫겠습니다."

모두 한여옥 담당 공장이다.

이태진이 고개를 끄덕였다.

"일당을 두 배 지급한다고 해."

"며칠간 대여할까요?"

그때 고재규가 대답했다.

"손에 익으면 1주일이면 끝납니다."

"바로 조치하지요."

한여옥이 말했을 때 이태진이 고개를 들었다.

"그리고 이번 DH-42건도 고재규가 맡아서 처리한다."

의아한 표정이 된 한여옥의 시선이 윤정규, 고재규, 이태진에게 옮겨졌다.

그때 이태진이 말했다.

"윤정규는 내일 아침에 출근하다가 사고가 난다."

이태진이 외면한 채 말을 이었다.

"교통사고는 좀 그렇고, 뇌일혈이나 계단에서 떨어져서 다친 것으로 하자. 그래서 병원에 입원한다는 전화가 오는 거야."

이태진이 눈으로 한여옥을 가리켰다.

"전화는 한여옥 씨가 받는 것으로 하자."

"…."

"윤정규는 DH-42가 선적되는 동안 병원에 입원해 있는 거야."

"무슨 일 있는 건가요?"

마침내 한여옥이 물었을 때다.

윤정규가 고개를 들었다. 눈이 흐려져 있다.

"내가 최 사장한테서 돈을 받았어."

모두 침묵했고 윤정규가 말을 이었다.

"후속 작업 원부자재가 안 들어가면 최 사장 그 사람이 내 약점을 쥐고 일을 벌일 것 같아서 미리 과장님이…."

그때 한여옥이 이제는 이태진에게 물었다.

"과장님, 정말이에요?"

"지금 장난하는 것 같나?"

이태진이 되물었을 때 한여옥이 펼쳤던 노트를 탁 덮었다.

"에이, 드러."

"조용히 해. 지금 그것 따질 때가 아냐."

이태진이 낮고 굵게 말했기 때문에 한여옥도 시선을 돌렸다. 윤정규는 고개만 숙이고 있다.

"어쨌든 이 일은 이렇게 처리한다."

이태진이 길게 숨을 뱉었다.

"출장은 며칠 늦어지겠다."

자리에서 일어선 이태진은 과(課) 서열이 다시 재정비되는 것을 느꼈다.

한여옥, 고재규, 그리고 윤정규다.

윤정규의 미래는 아직 확실하지 않다.

퇴근 시간이 되었지만 중동과는 아직 일하고 있다.

자주 있는 일이다.

내일 사고가 일어날 예정인 윤정규는 굳어진 얼굴로 고재규와 둘이 회의실에서 머리를 맞대고 있다.

아직도 샘플실에 남아있던 이태진에게 한여옥이 다가왔다. 앞쪽에 앉은 한여옥이 이태진을 보았다.

"윤정규한테 뭐, 맡기신 일 있어요?"

이태진이 고개를 들었다.

"뭘 맡겨?"

"비자금 같은 거요."

쓴웃음을 지은 이태진이 의자에 등을 붙였다.

"없어. 내가 도와준 일이 하나 있지만."

이태진이 윤정규를 도와준 이야기를 했을 때 한여옥이 다시 물었다.

"어떻게 하실 거죠?"

"무슨 말이야?"

"동일에서만 돈 받은 게 아닌 것 같아서 하는 말이에요."

한여옥이 길게 숨부터 뱉었다.

"일이 터지고 나니까 수상한 점이 한두 개가 아녜요."

이태진이 고개를 끄덕였다.

등잔 밑이 어둡다고 했다.

그때 한여옥이 말했다.

"이 기회에 처리해야 돼요."

벌써부터 이런 일이 일어나다니.

"윤정규가 계단에서 넘어져 머리를 다쳤습니다."

다음 날 아침.

출근한 지 얼마 되지 않았을 때 이태진이 최재일에게 보고했다.

"머리가 부었기 때문에 일주일쯤 입원을 한다는데요, 의사가 일주일 후에는 정상근무를 할 수 있다고 했다고 합니다."

"그렇다면 다행이네."

건성으로 대답한 최재일이 다시 서류를 뒤적였다.

"병가 처리를 해."

이것으로 윤정규는 정리되었다.

그 시간에 고재규가 동일섬유 최동호 사장에게 전화를 한다.

"윤정규 씨가 사고로 머리를 다쳐서 입원 중입니다. 그래서 내가 윤정규 씨 일을 맡았습니다."

"아이구, 그래요?"

놀란 최동호가 물었다.

"병원이 어딘데요?"

"의식이 없어서 문병 가도 만날 수 없답니다. 그렇게 알고 계시죠. 오전 중에 내가 공장에 들르지요."

이렇게 수습을 했다.

전화기를 내려놓은 최동호가 투덜거렸다.

"시발 놈이 이런 때 자빠지면 어떻게 하자는 거야?"

사무실에 경리직원 오선미가 앉아 있었지만 최동호는 거침없이 말을 잇는다.

"이 자식이 눈치를 챘나?"

최동호는 윤정규를 압박해서 가불금을 또 타낼 작정이었던 것이다.

그때 사무실 문이 열리더니 공장장 백기출이 들어섰다. 머리가 헝클어졌고 눈이 충혈되었다.

"사장님, 윤성희, 장미숙, 양혜자가 안 나왔습니다."

백기출이 말을 이었다.

"시다는 7명이 빠져서 3개 라인은 가동이 안 됩니다."

그렇다면 지금까지 기능공 24명, 시다까지 55명이 빠져나갔다. 정원의 30퍼센트가량이다.

최동호는 외면했다.

지금 나간 55명은 밀린 두 달분 월급을 일단 포기한 상태다. 법원 판결이 나면 받을 수 있겠지. 남아있는 공원들은 임금을 받기 위해서 어쩔 수 없이 일하고 있다.

고개를 든 백기출이 최동호를 보았다.

"애들이 일을 못 하고 있습니다."

"내가 어쩌란 말이야?"

버럭 소리친 최동호가 어깨를 부풀렸을 때다.

사무실 문이 열리더니 사내들이 들어섰다. 셋이다.

"최동호 씨가 누굽니까?"

앞장선 사내가 주머니에서 서류를 꺼내면서 물었다.

"동부경찰서에서 왔습니다. 여기 영장입니다."

사내가 서류를 내밀고 흔들었다.

"누가 최동호 씨죠? 상습도박 혐의로 체포영장을 가져왔습니다."

최동호가 연행되고 나간 지 20분쯤이 되었을 때 사무실로 고재규가 들어섰다.

오전 10시 10분이다.

"사장이 연행되었다면서요?"

아직도 얼이 빠진 표정이 되어있는 백기출에게 다가간 고재규가 물었다. 입맛을 다신 고재규가 말을 이었다.

"자, 정신들 차리고 수습하십시다. 이러고 있을 수만은 없으니까요."

그러더니 덧붙였다.

"전화위복이 될 수도 있으니까요."

"오늘부터 근무하고 있어요."

수화기에서 서재경의 목소리가 울렸다.

오전 11시 반.

"사장님이 바로 근무하라고 하셔서요. 지금 잠깐 사무실이 비어서 연락드리는 거예요, 오빠."

"잘됐다."

"열심히 할게요."

서재경의 목소리는 활기에 차 있다. 전화기를 내려놓은 이태진이 자리에서 일어섰다.

이태진이 광화문 근처의 커피숍에 들어섰을 때는 오후 1시 반이다.

커피숍 안쪽 자리에 앉아있던 사내가 이태진을 보더니 손을 들었다.

커피숍에는 손님이 많았고 소란했다. 대부분이 젊은 남녀다.

이태진이 앞쪽에 앉자 사내가 입을 열었다. 30대 중반쯤으로 건장한 체격이다.

"조금 전에 구속영장이 청구되었는데 곧 영장이 집행될 겁니다."

사내가 말을 이었다.

"불법도박을 한 증거가 명백한 상황이라 형을 받게 될 겁니다."

이태진이 고개만 끄덕였다.

사내는 김봉철. 용역회사 사장이다. 이태진의 의뢰를 받고 최동호를 경찰에 신고한 것이다.

고개를 든 김봉철이 이태진을 보았다.

"윤정규의 뒷조사는 며칠 걸릴 것 같습니다."

"부탁합시다."

이태진이 주머니에서 봉투를 꺼내 내밀었다.

김봉철은 이태진의 선배가 추천해준 인물이다. 윤정규 사건을 계기로 김봉철 같은 정보원이 필요할 것 같아서 고용한 것이다.

출장 전에 사고가 터지는 바람에 늦게까지 일하고 집에 돌아왔을 때는 오후 9시 반이다.

옷을 갈아입고 났을 때 바로 전화벨이 울렸다. 이태진이 전화기를 귀에 붙였다.

"여보세요."

"나야."

정예은이다.

회사로 전화가 왔기에 오늘은 집에 늦게 들어간다고 했다.

정예은이 물었다.

"밥 먹었어?"

"응. 직원들하고."

그렇게 말했지만 안 먹었다. 한여옥과 고재규, 김태식과 최상호까지 대전 공장에 내려가 있는 상황이다. 동일섬유가 대전에 있기 때문이다.

조금 전에야 다른 회사에서 지원 나갈 기능공 수배가 끝났고 내일 아침부터 투입될 예정이다. 사장이 구속된 동일섬유는 공장장 백기출이 당분간 운영해야 될 것이다.

그때 정예은이 물었다.

"언제 시간 있어?"

"무슨 일 있어?"

"곧 여름방학 아냐?"

"그렇구나. 근데 누가 방학이야?"

"방학 때 놀러가잖아?"

이태진이 심호흡을 했다.

무슨 말인지 짐작이 되었다. 그런데 지금 상황은. 그러나 대답은 했다.

"그렇지. 놀러가지."

"우리 휴가 가자."

정예은의 목소리가 밝아졌다.

"자기, 발리 가봤어?"

"아니."

"그럼 발리 가자."

그때 이태진이 말했다.

"내가 다음 주에 사우디 출장을 가."

"다음 주에?"

"응. 오더 받아야 돼. 시장조사도 하고."

"며칠이나 걸리는데?"

"2주 예정이야."

"아유, 나 몰라."

정예은이 신음처럼 말했다.

"자기하고 2주나 떨어져 있다니."

"나, 참."

입맛을 다신 이태진이 이맛살을 찌푸렸다.

"내가 실적 못 올리고 책상에만 앉아있다가는 잘리게 된다구."

"그럼 내가 먹여 살릴게."

정예은이 말했지만 헛소리다. 실적을 올렸기 때문에 만난 사이 아닌가?

이태진이 말을 이었다.

"이번 일요일에 이야기해."

전화기를 내려놓은 이태진이 소파에 등을 묻고는 저절로 길게 숨을 뱉었다.

정예은과의 환경 차이를 실감했기 때문이다.

전에는 느끼지 못했지만 둘 사이가 가까워질수록 이해시키기 어려운 분위기가 생겨나고 있다. 조금 전 같은 경우도 그렇다.

이쪽은 전력을 다해서 뭔가를 이루려고 하는데 저쪽은 다 이룬 상태다. 그래서 감동을 느끼지 못하는 것 같다.

그런 상황에서 생(生)의 의욕이 일어날 수 있겠는가?

그리고 이태진의 성격에도 문제가 있다.

지금까지 여자를 여럿 겪었지만 몰두해본 경험이 없는 것이다. 그리고 오래간 적도 없다.

만나서 좋아지고, 자고, 그러다가 헤어졌다. 대부분 상대방이 이태진의 반응을 보고 떠난 것이다. 양다리를 걸친 것이 발각되어서 갈라선 경우는 없다.

그 이유는?

그것도 환경 때문이겠지.

데이트 비용이 없던 때가 많았던 형편이었으니까.

요즘 세상에 사내답고 코 크다고 접근하는 미친 여자는 없다.

밤 10시 반.

아버지한테 전화를 했다.

이제는 이태진에게 패턴이 생겨났다. 자신의 정체성에 대한 의식이 일어날 때 아버지와 통화를 하는 것이다.

마주 보고 하는 대화보다 이게 훨씬 효율적이고 부담이 적다. 대화를 하면서 생각하는 여유도 생긴다.

어머니하고의 통화는 마음을 가라앉히는 효과가 있지만 슬픈 여운이 자주 남는다는 단점이 있다.

신호음이 두 번 울리고 나서 아버지가 응답했다.

"여보세요."

"아버지, 저요."

"응. 태진이냐?"

아버지 목소리는 멀쩡했다. 이 시간에 멀쩡한 목소리는 드문 편이다.

"술 안 드셨어요?"

"응, 오늘은 술 생각이 없구나."

"어머니는 주무세요?"

"응, 산에 갔다가 와서 피곤하다고 일찍 잔다. 나하고 뒷산에 갔어."

"아, 잘하셨어요."

"그런데 무슨 일이냐?"

"없어요, 그냥. 그런데요, 아버지."

숨을 고른 이태진이 말을 이었다.

"옛날에 아버지가 말씀하신 적이 있었는데, 만주에서 만척에 다니실 때요."

"…."

"땅을 엄청 불하받았다고 하셨지요?"

"그렇지. 그런데 왜?"

"얼마나 받으셨어요?"

"좀 컸다. 흑룡강 아래쪽의 옥토였지."

"얼마나 컸는데요?"

"그 당시 도량형이 정보(町步)로 불렸지만 알기 쉽게 말해주지. 4천 제곱킬로였다."

"그건 얼마나 됩니까?"

"제주도가 1,845제곱킬로야. 제주도보다 2배 이상 된 셈이지."

"아, 그렇구나."

"전라북도가 8,066제곱킬로다. 전라북도 절반쯤 되겠다."

이태진은 입을 다물었다.

설명하기 쉽도록 미리 준비를 해놓은 것이다. 40년이 지난 지금까지 그것을 계산하고 있었다는 증거다.

그때 아버지가 말을 이었다.

"물론 헐값이지만 내가 번 돈을 다 투자했다. 주위에서 비웃었지만 우리 사장은 나를 인정해줬지."

"사장요?"

"만척 사장 말이다."

"…."

"'해봐라. 네 땅에다 근사한 성을 하나 짓고 영주가 되어라'라고 하더군."

"영주가 되라구요?"

"그래. 영주가 되라고 했다."

아버지가 말을 이었다.

"그때 내 나이 스물일곱. 만척에서 가장 젊은 간부였다. 조선인뿐만 아니라 본토인, 아니 일본인 중에서 나만큼 빨리 출세한 사람이 없었지."

"어떻게 출세하셨는데요?"

"그것이."

잠깐 말을 멈췄던 아버지가 말을 이었다.

"너한테 내 유전자가 있어."

"…."

"네가 요즘 하는 일을 들으면 옛날 내 생각이 난다."

이태진이 입을 벌렸다가 닫았다.

요즘의 나를 어떻게 아느냐고 물을 뻔했던 것이다. 아버지는 요즘 이태진이 잘 나간다는 것을 안다.

어쨌든 스물일곱의 나이에 제주도의 2배나 되는 땅을 소유하다니.

물론 만척의 위세를 업고, 간부직을 이용해서 구입한 것이지만, 대단하다.

아버지 따라가려면 멀었다.

다음 날 오전.

이태진은 대전으로 내려갔다.

동일섬유 문제를 해결해야 된다.

동일섬유에 도착했을 때는 오전 10시 반.

사무실에는 한여옥, 고재규, 최상호까지 기다리고 있었는데 최상호는 윤정규의 조수다.

공장장 백기출이 죄인처럼 고개를 숙이고 사과했다.

"죄송합니다. 드릴 말씀이 없습니다."

백기출은 48세. 고졸 후에 시다부터 출발해서 포장, 아이롱까지 다 섭렵한 기술자다.

그때 한여옥이 보고했다.

"충원된 직원으로 일은 시작했지만 아직 능률이 오르지 않습니다. 그리고…."

말을 그친 한여옥이 힐끗 백기출을 보았다.

"직원들이 두 달분 밀린 월급을 달라고 하고 있어요. 오늘까지 해결이 안 되면 일 안 하겠답니다."

이태진이 내려온 것도 이것 때문이다. 사장까지 구속이 되었으니 직원들은 더 불안한 상태다.

그때 이태진이 백기출을 보았다.

"내가 알아보았더니 최 사장은 상습도박 혐의로 재판을 받아야 돼요. 아마 1년 형은 받을 것 같다고 합니다."

"예, 저도 들었습니다."

백기출이 충혈된 눈으로 이태진을 보았다.

"그리고 도박 빚이 많아서 임금을 해결할 능력이 없습니다. 집도 은행에 저당을 잡힌 상태구요."

최동호가 도박에 빠진 것이 1년도 넘었고, 쌓인 문제가 지금 터진 것이다.

윤정규는 그동안 최동호에게 가불금을 3번이나 지급해주었는데 그 사례로 돈을 받았다.

이태진은 공장을 증설한다는 윤정규의 말만 듣고 결재를 해준 것이다.

그때 이태진이 백기출을 보았다.

"공장장이 회사를 차릴 수 있지요?"

"예?"

놀란 백기출의 눈이 흐려졌다.

백기출의 꿈이 무엇이겠는가?

공장 사장이다.

30년 전에 시다부터 시작해서 공장장까지 되었다.

이태진이 말을 이었다.

"직원들한테 말해요. 공장을 차릴 테니까 같이 나가서 일하자고. 공장은 우리가 세워드릴 테니까."

모두 숨을 죽였고 이태진의 말이 사무실을 울렸다.

"이번 달 월급은 내일 지급할 것이고, 다음 달부터는 새 공장에서 지급할 것이라고 말해요."

"어떻게 하실 건데요?"

백기출이 허둥지둥 사무실 밖으로 나갔을 때 한여옥이 물었다.

두 눈이 반짝이고 있다.

고재규와 최상호도 숨을 죽이고 있다. 사무실에는 그들 넷뿐이다.

이태진이 한여옥에게 지시했다.

"미스 박한테 연락해서 동일섬유 선수금 결재를 올리라고 해. 내가 오후에 들고 가서 사장 결재를 받을 테니까."

"네, 바로 연락하지요. 그런데."

숨을 고른 한여옥이 다시 물었다.

"공장장한테 공장 차리라고 한 건요?"

"동일섬유는 이 오더가 끝나면 분해돼. 공장장이 동일섬유를 인수하든지 직원들을 데리고 나가지 않으면 모두 흩어지게 되겠지."

이태진이 말을 이었다.

"가장 좋은 방법은 공장장이 인수하는 건데 그건 힘들 것 같아. 그러니까 데리고 나가는 것으로 추진하려는 거다."

그때 고재규가 말했다.

"유동적입니다. 그러니까 상황을 보고 결정하는 것이 낫겠습니다."

이태진이 고재규를 향해 고개를 끄덕였다.

고재규가 이태진의 의중을 아는 것이다.

고재규와 최상호를 동일섬유에 남겨놓고 이태진은 한여옥과 함께 서울행 열차를 탔다.

오후 1시 반.

열차가 대전역을 출발했을 때 옆자리에 앉은 한여옥이 고개를 돌려 이태진을 보았다.

“어떻게 하실 예정이죠?”

“뭘 말야?”

되물었지만 윤정규 처리 문제다.

그때 서너 번 눈을 깜박이던 한여옥이 말을 이었다.

“공장장이 경리 오선미한테서 들었다고 해요. 윤정규가 몇 번 더 돈을 받았다네요.”

“…”

“오선미가 꼼꼼하게 기록해놓았대요. 50만 원씩 두 번, 1백만 원 1번, 30만 원 3번, 이렇게요.”

“…”

“동일섬유 선수금이 3번 있었죠? 선수금 받아주는 조건인 것 같아요.”

“…”

“윤정규 씨가 관리하는 공장이 6개나 돼요. 다른 공장은 어쩐지 모르겠어요. 동일섬유는 사장이 도박하다가 걸리는 바람에 오픈이 되었지만.”

그때 이태진이 쓴웃음을 지었다.

“아마 집에서 가만있지는 않겠지. 동일섬유가 지금 어떻게 돌아가고 있는지를 알게 될 거야.”

“…”

“곧 사직서를 낼 거야.”

한여옥이 외면한 채 말했다.

“사직서 안 낸다면 제가 가서 받아낼 겁니다. 중동과가 어떻게 만들어진 과인데, X새끼가….”

"가불 형식으로 선급금 한 달분을 지급하되 가불금은 매월 공제하는 것으로 하지요."

이태진이 말하자 최재일이 고개를 끄덕였다.

"동일은 사장이 구속되어도 공장장 체제로 운영된단 말이지?"

"그렇습니다."

"좋아. 선적에는 차질이 없어야지."

최재일이 결재를 했다.

오후 4시 10분.

결재서류를 갖고 사장실로 들어섰을 때는 4시 20분.

사장 안석호가 서류를 대충 보고 나서 도장을 탁 찍더니 이태진을 보았다.

"이 과장, 내일 저녁에 나하고 저녁 먹을 수 있지?"

"네?"

놀란 이태진이 안석호의 시선을 받고 나서 고개를 숙였다.

"예, 사장님."

"그럼 7시에 조선호텔의 일식당 나고야에서 보자."

"예, 사장님."

서류를 받아든 이태진이 사장실을 나왔다.

사장과의 저녁 식사다.

대영산업 역사에 과장과 사장, 둘의 저녁 식사가 있었나?

오후 6시가 다 되었을 때 이태진은 경리부에서 동일섬유 선급금 1,500만 원을 받았다.

동일섬유는 공원이 178명이나 되는 중급 공장이다.

현재는 50여 명이 빠져나간 상황이지만 다른 공장에서 지원을 나와 인원수는 채워져 있다.

당시는 공원 월급이 7, 8만 원대인 시절이다.

회의실에서 기다리던 한여옥이 돈 봉투를 들고 온 이태진을 보고는 경황 중에도 활짝 웃었다.

"다른 과에서는 꿈도 못 꿀 일을 하셨군요."

"우리가 벌어들인 돈이 얼마냐? 벌써 수십억이다."

돈 봉투를 내려놓은 이태진이 빼기면서 말했다.

"내가 또 대전 내려가야겠다. 얼른 수습해야지."

"저도 같이 갈까요?"

"넌 여기 남아있어. 난 내일 오후에 올라올 거다. 저녁 약속이 있어."

사장과의 저녁 약속을 했다는 건 당분간 발설 안 하는 것이 낫다. 쓸데없는 소문은 도움이 되지 않는다. 최재일부터 견제를 하려고 들 테니까.

한여옥이 흐려진 눈으로 이태진을 보았다.

"그럼 지금 내려가시게요?"

"응, 백기출한테 내려간다고 했어."

"그럼 오늘 밤 술 드시겠네."

"아마도."

"조심하세요."

자리에서 일어서던 이태진이 한여옥을 보았다.

"뭘 말이야?"

그때 한여옥이 눈을 흘겼다. 교태다.

"다 아시면서."

이태진은 잠자코 몸을 돌렸다.

한여옥과는 선(線)을 지켜야 한다.

중동과는 기본이고 이곳에서 시작이 되는 곳이다.

목구멍에서 손이 나오는 한이 있더라도 참자.

선(線)이 무너지면 윤정규 경우 이상이 된다.

다시 대전에 도착했을 때는 오후 8시 반이다.

대전역에는 고재규가 백기출과 함께 마중 나와 있었는데 원단 싣는 승합차를 끌고 왔다.

"고생 많으십니다."

이태진을 본 백기출이 허리를 기역자로 꺾으면서 인사를 했다. 허리를 편 백기출의 눈에 눈물이 가득 고여 있다.

"회사 근처로 가서 저녁 먹읍시다."

이태진이 백기출의 팔을 끌면서 말했다.

옆으로 다가온 고재규가 잠자코 이태진의 가방을 받아들었다.

돈 가방이다.

동일섬유는 밤 12시까지 연장근무를 하는 중이어서 사무실에는 최상호가 남아있다.

셋은 동일섬유 옆 기사식당에서 늦은 저녁밥을 먹으면서 소주까지 마셨다.

이태진이 고재규가 들고 있던 가방에서 현금이 든 비닐봉투를 꺼내 백기출에게 내밀었다.

"이거 1,500만 원입니다."

"아이구, 감사합니다."

얼굴이 벌겋게 된 백기출이 가방을 받고 나서 말했다.

"오늘 밤에는 밀린 월급 절반을 주겠습니다. 한 달분이지만 다 주면 받고 안 나오는 애들이 있을 테니까요."

"그런가요?"

"일주일 후에 선적시키고 나서 나머지 절반을 주겠습니다."

이태진이 고개를 끄덕였다.

공장 상황을 가장 잘 아는 사람이 백기출이다.

그때 술잔을 든 이태진이 백기출을 보았다.

"윤정규를 어떻게 생각합니까?"

백기출이 주춤하면서 고재규부터 보았다. 그러더니 어깨를 부풀렸다가 내리고는 입을 열었다.

"최동호하고 윤정규는 그놈이 그놈입니다. 둘 다 거머리 같은 놈입니다."

작심한 듯 백기출이 어금니를 물고는 말을 이었다.

"불쌍한 직원들 월급으로 도박을 한 사장 놈이나 그 사장 놈한테서 뇌물을 받아 챙긴 윤정규나 똑같은 놈입니다."

이태진이 잠자코 술잔을 들었다.

밤 11시가 되었을 때 전화벨이 울렸다.

거실에 있던 윤정규가 서둘러 전화기를 들었다. 이 시간에 전화가 올 사람은 집안에서 윤정규뿐이다.

"여보세요."

응답했을 때 바로 사내의 목소리가 울렸다.

"윤정규 씨, 나요."

바로 동일섬유 공장장 백기출이다.

"아, 공장장님. 그렇지 않아도 궁금해서 전화라도 하려고 했는데."

윤정규가 반갑게 물었다.

"어떻게 되어갑니까?"

"우리 경리 오선미 알죠?"

불쑥 백기출이 물었기 때문에 윤정규가 전화기를 고쳐 쥐었다.

"그럼요. 알죠."

"오선미가 윤정규 씨한테 간 돈을 다 기록해놓았어요. 날짜까지."

"…."

"사장이 구속된 마당에 애들은 돈 내라고 아우성이고 공장은 엉망진창이 되어있는 상황이오."

"…."

"오선미가 적어준 자료를 갖고 경찰서로 갈까 아니면 대영산업으로 갈까 고민하다가 이 시간에 윤정규 씨한테 전화를 하는 겁니다."

"…."

"들으니까 윤정규 씨는 병가를 내고 쉬고 계시다면서? 머리를 다치셨다고?"

"…."

"내가 그동안의 정을 생각해서 충고하는데, 내일 회사에 사표 내고 어디로 가서 당분간 숨어있는 것이 나을 거요. 그러지 않으면 감당 못 할 겁니다."

"우리 과장도 압니까?"

겨우 윤정규가 그렇게 물었을 때 백기출이 짧게 웃었다.

"내가 회사나 경찰서에 고소장을 내면 알게 되겠지."

다음 날 아침.

동일섬유 근처의 식당에서 해장국을 먹으면서 이태진이 고재규에게 말했다.

"동일섬유를 그대로 존속시킬 수는 없어. 그렇게 되면 최동호의 빚까지 다

떠안게 될 테니까, 동일은 깨뜨리고 다른 회사로 변신시키는 거다."

고재규가 고개를 끄덕였다.

"백기출 씨도 그런 생각이었습니다."

"이번 오더 선적시키고 나면 작업량은 없는 상황이니까 모두 놀게 돼. 백기출 씨가 서둘러야 돼."

이태진의 시선이 고재규 옆에 앉은 최상호에게 옮겨졌다.

"네가 요즘 마음고생이 심하겠다."

"아닙니다."

최상호가 고개를 숙였다가 들었다.

"저도 책임이 있습니다."

최상호는 윤정규의 조수인 것이다.

조수가 된 지 2개월이 조금 넘었지만 항상 붙어 다녔으니 그럴 만했다. 이제 윤정규가 병가를 낸 이유도 알게 된 것이다. 고재규가 말해줬기 때문이다.

그때 최상호가 말을 이었다.

"저는 모르고 있었습니다."

"그렇겠지."

이태진이 쓴웃음을 지었다.

"너한테 알려준다면 미친놈이지."

심호흡을 한 이태진이 최상호를 보았다.

"네가 말 잘했어. 이건 내 책임이 커. 내가 잘못 가르쳤어."

이태진이 흐린 눈으로 둘을 번갈아 보았다.

"이것을 전화위복의 계기로 삼자."

오전 10시가 되었을 때 이태진은 대전에서 한여옥의 전화를 받았다.

동일섬유 사무실 안이다.

"윤정규 씨가 사직서를 보냈다고 전화를 했어요."

한여옥이 가라앉은 목소리로 말을 이었다.

"과장님께 직접 전화드리지 못하겠다고, 죄송하다는 말씀 전해달라고 하더군요."

"…."

"가슴이 아파요, 저도."

"알았어. 나 오후에 출근할 테니까, 그때 봐."

전화기를 내려놓은 이태진이 자리에서 일어섰다.

어젯밤 백기출을 시켜 윤정규에게 전화를 하도록 했던 것이다.

이번에도 대전역까지 백기출이 승합차로 이태진을 배웅했다.

이번에는 둘이 타고 간다.

오후 1시 반.

이태진이 백기출을 바라보았다.

"자금 준비는 어떻게 돼요?"

"급하게 준비하려니까 힘듭니다."

백기출이 바로 대답했다.

"집을 담보로 잡혔더니 은행에서 15일쯤 걸린다네요. 공장은 폐업한 곳이 있어서 그쪽으로 옮길 수 있을 것 같고, 기계는 중고가 있습니다."

"가동하려면 얼마나 시간이 걸릴 것 같습니까?"

"한 달입니다. 한 달이면 충분합니다."

"공원들하고는 이야기가 되었어요?"

"예, 약속한 공원이 1백 명 정도 됩니다. 조금 있으면 150명이 됩니다. 기능공들하고는 10년 가깝게 정든 애들이 많아서요."

백기출의 목소리에 열기가 느껴졌다.

"제 재산이 그것 아닙니까? 딴짓 안 하고 30년간 열심히 봉제만 했습니다. 이제 한번 일어나 볼 겁니다."

"그래요. 내가 밀어드릴 테니까."

"저는 과장님만 믿고 이러는 겁니다. 다 내놓고 시작하는 겁니다."

백기출이 번들거리는 눈으로 이태진을 보았다.

"과장님, 제가 자식이 셋입니다. 큰놈이 고3, 그다음이 고1, 중2지요. 부모님 모시고 사니까 식구가 일곱입니다."

"잘될 겁니다."

이태진이 길게 숨을 뱉었다.

일곱 식구뿐만이 아니다. 백기출이 운영할 공장의 150여 명의 식구들도 이태진이 맡아줘야 하는 것이다.

회사에 도착했을 때는 오후 4시 반.

오늘 오후에 사장 안석호와의 저녁 약속이다.

5시 무렵이 되었을 때 직통전화 벨이 울렸다. 전화기를 귀에 붙인 이태진이 응답했을 때 곧 정예은의 목소리가 울렸다.

"바빠?"

"아니, 괜찮아."

이태진이 숨을 골랐다.

오늘은 금요일. 일요일은 정예은이 집에 오는 날이지만 가끔은 평일에 들를 때도 있다.

그때 정예은이 말했다.

"오늘 밤 집에 갈게."

<2권에 계속>

## 한국인 1권

초판1쇄 인쇄 | 2024년 7월 25일
초판1쇄 발행 | 2024년 7월 30일

지은이 | 이원호
펴낸이 | 박연
펴낸곳 | 한결미디어

등록 | 2006년 7월 24일(제313-2006-000152호)
주소 | 서울시 마포구 모래내로 83 한올빌딩 6층
전화 | 02-704-3331
팩스 | 02-704-3360
이메일 | okpk@hanmail.net

ISBN 979-11-5916-221-3(04810) 979-11-5916-220-6 (세트)